U0659041

のがみやえこ

宋波 著

日本作家
野上弥生子的
小说世界

九州出版社 JIUZHOUPRESS | 全国百佳图书出版单位

图书在版编目（CIP）数据

日本作家野上弥生子的小说世界 / 宋波著. -- 北京：九州出版社，2021.6

ISBN 978-7-5225-0169-7

Ⅰ．①日… Ⅱ．①宋… Ⅲ．①小说研究－日本 Ⅳ．①I313.074

中国版本图书馆CIP数据核字(2021)第121837号

日本作家野上弥生子的小说世界

作　　者	宋　波　著	
责任编辑	邹　婧	
出版发行	九州出版社	
地　　址	北京市西城区阜外大街甲 35 号（100037）	
发行电话	（010）68992190/3/5/6	
网　　址	www.jiuzhoupress.com	
印　　刷	三河市九洲财鑫印刷有限公司	
开　　本	880 毫米×1230 毫米　32 开	
印　　张	10.75	
字　　数	210 千字	
版　　次	2021 年 6 月第 1 版	
印　　次	2021 年 6 月第 1 次印刷	
书　　号	ISBN 978-7-5225-0169-7	
定　　价	56.00 元	

★版权所有　侵权必究★

前　言

野上弥生子（1885—1985，以下简称弥生子）这个名字，对于中国的日本文学读者来说，或许会有一点陌生。因为她的作品在中国基本没有译介过，而且有关她的报纸杂志的记载也只在多年前才有过。相比于受到中国读者喜爱的夏目漱石、芥川龙之介、谷崎润一郎、川端康成、村上春树等现当代日本作家，弥生子在中国的确是默默无闻的。而弥生子的这种默默无闻，或许与她对文坛的有意疏离不无关联。从弥生子的人生经历来看，她一直试图站在文坛的外围，是与文坛保持了一定距离的。这就难免会影响其作品的知名度。但是，这并不代表弥生子的文学价值就是不高的。从她的创作历程来看，弥生子的文学作品不但有对女性现实处境的观照，也有对儿童世界、对左翼知识分子的理性思考，传达出的是一种朴素的人道主义的关怀，而这些都是我们今天要重新阐发弥生子文学的意义之所在。

弥生子本名小手川八重，笔名八重、八重子、弥生子，生于九州大分县北海部郡臼杵町，为家中长女。在 1900 年，年仅 15

岁的弥生子求学于东京的明治女学校。毕业后，她与后来的日本传统戏剧"能乐"研究者野上丰一郎（1883—1950）结婚。在丰一郎的鼓励下，弥生子着手小说创作，并得到了夏目漱石（1867—1916）的指导。1907年，弥生子公开发表小说《缘》，从此正式登上文坛，开启了长达八十年的文学生涯。在这漫长的文学生涯中，弥生子创作了大量反映社会时代而又各具特色的文学作品。《海神丸》（1922）、《真知子》（1928—1930）、《迷路》（1936—1956）、《秀吉与利休》（1962—1963）等小说至今仍为读者和文学评论家们津津乐道。日本政府为表彰其社会贡献，于1948年将其选为日本艺术院会员。弥生子由此成为日本艺术院历史上首位女性会员。之后，岩波书店《野上弥生子全集第Ⅰ期》（1980—1982）、《野上弥生子全集第Ⅱ期》（1986—1991）、《野上弥生子全小说》（全15卷）（1997—1998）的出版发行，使人们得以一窥弥生子文学的全貌。

纵观弥生子的文学生涯，她经历了日本的明治、大正、昭和三个时代，见证了社会与时代的变迁。她时而像一个冷酷的旁观者，对社会与时代进行冷静的观察与描摹；时而又站在女性的立场，去思考女性的现实处境；时而又以母亲的身份，对笔下的儿童和年轻一代报以理解、关心与同情；时而又对左翼思想、左翼运动进行理性的观察与思考。这就显示出弥生子小说世界的丰富内涵。而本书的主要目的，就是聚焦于弥生子的文学作品，并通过对其文学文本的赏析与评论，来呈现弥生子丰富多彩的小说世界。

　　笔者在概观弥生子的"人生经历与创作历程"的基础上，将她的小说世界分为"主流话语的规约与性别角色的认同""对男权文化的质疑与女性意识的觉醒""母性意识的觉醒与对儿童世界的知性观察""对历史人物的重构与对左翼知识分子的观照""对战后女性命运的关注与对心路历程的回望""弥生子小说的艺术特色"等几个部分进行论述。最后的结语部分，是对弥生子的文学特性的总结与提炼。各章节的具体内容如下：

　　一、人生经历与创作历程。本章主要从宏观上概述弥生子的人生与创作历程，进而厘清弥生子小说的创作脉络以及社会与时代所带来的影响。弥生子求学于东京，从而摆脱了故乡因循守旧的婚恋习俗，也促使她去思考日本女性的命运。弥生子的初期作品大多以女性的视角去描绘自身以及周边的日常生活。之后，母性的觉醒激发了弥生子新的创作欲望，促使她创作出多部以母子关系为题材的作品。接着，左翼运动中的知识分子又成为她刻画的主要人物。但值得注意的是，弥生子在创作中始终坚持从"人"的立场出发看待问题，而不是从"主义"和"思想"等意识形态的层面来思考问题。战后，弥生子作为一名有社会责任感的作家，始终未放弃对和平的向往，并对危害世界和平的国家权力体制保持了抵制的态度。

　　二、主流话语的规约与性别角色的认同。本章主要分析弥生子初登文坛时期的作品。第一节主要以《明暗》和《缘》两部作品来进行论述。这两部作品都得到了夏目漱石的点评。诚然，漱石对《明暗》的点评指出了弥生子创作中的诸多问题，也存在误读的一面，即未能捕捉到其作品中所流露出的女性意识。《缘》是弥生子公开发表的第一部作品，也是在漱石指导下的一部写生文，体现出了弥生子创作风格的转变。但这一转变遮蔽了弥生子在《明暗》中流露出的女性意识。第二节主要分析弥生子小说中书写的婚恋悲剧。她在作品中对婚恋悲剧的书写，更加偏重于对恬淡、凄婉氛围的营造。第三节主要论述其初期作品所体现出的对传统性别角色的认同。《紫苑》中的恒代，在家庭内部父权与夫权的双重驯化下，对传统家族制度下性别角色的认同不断被强化。同样的，《柿羊羹》中的时子也认同男权社会，并最终满足了吉田所代表的男权文化对传统女性形象的期待。

三、对男权文化的质疑与女性意识的觉醒。在日本明治、大正时代，"恋爱"所引发的个体欲求的张扬，势必与男权文化下的传统家族制度形成冲突。弥生子一方面认识到"恋爱"对压抑个人自由的传统家族制度的解构，同时也主张女性应审视自我内心的情感，保持对恋爱与婚姻的理性思考。不仅如此，弥生子还将目光转向男权社会所带来的女性性别悲剧，写出了在男权社会中被扭曲、压抑，甚至被奴化的女性意识，进而表达出对父权文化的质疑与批判。此外，觉醒后的"新女性"在男权社会的层层包围下举步维艰，同样成为弥生子关注的主题。弥生子写出了她们在面临未来命运时所感到的困惑与迷茫，其中既有对"新女性"的认同，又有对她们的理性审视。值得注意的是，弥生子还写出了意识形态遮蔽下的性别压迫问题，主张意识形态不应泯灭女性的主体性，更不应成为性别压迫正当化的说辞。

四、母性意识的觉醒与对儿童世界的知性观察。弥生子对母亲这一性别角色有着自觉的认识，所以，家庭对她来说，并非男女两性的斗争场所，而是其养育新生命的摇篮。对弥生子而言，母性意味着获得新生命的感动与喜悦，又不乏对新生命的慈爱与无私。而女性的生育体验，尽管伴随着肉体上与精神上的痛苦与折磨，弥生子却将其提升至人类命运的高度，从而深化了对生命意义的理解，同时也对新生命始终怀有一份赞叹与敬畏之情。同时，家庭中的儿童也成了弥生子观察与思考的对象。但是，弥生子不是站在成人的立场上来观察儿童，而是尽可能地贴近儿童的视角，从他们的立场出发来看待这个世界。而且，在弥生子看来，儿童的世界是与世俗社会相对立的存在，儿童代表了纯洁与善良。她认为人们应该在儿童的社会化过程中加以积极引导，以确保其身体与心理的健康成长。

五、对历史人物的重构与对左翼知识分子的观照。本章主要论述弥生子在其创作脉络上的继承与超越，和她对人类本性的审视以及对社会与历史的书写。在《海神丸》中，弥生子将人类置于极端严酷的自然环境中，人性的善与恶便随之彰显出来；而在遭遇危机时，内在信仰的重要性便凸显出来，并成为人类获得精神救赎的关键所在。在《大石良雄》《秀吉与利休》这两部作品中，弥生子通过细致的心理描写以及对历史事件的独特视角，将历史人物还原为有着七情六欲的普通人形象，从人性角度对历史人物进行了重构。此外，在《迷路》中，弥生子还将视角进一步切入到转向后的知识分子的内心世界，刻画出他们内心的苦闷与焦虑，以及他们所进行的自我精神救赎之旅。

六、对战后女性命运的关注与对心路历程的回望。弥生子在战后继续其创作生涯，相继创作出多部以女性为主人公的小说。《笛》聚焦于两代人在家庭观念上的冲突这一社会现象，其中"母亲"这一角色所承载的，便是传统与现代家庭观念的对立与冲突。《铃兰》不但反映出社会下层人们生活的艰辛与困苦，而且呈现出一位女性在远离爱情与婚姻之后努力寻求自我出路的心路历程。最后，弥生子在长篇小说《森林》中，对自我心路历程进行了回顾。这既是弥生子对自我心路历程的审视与反思，又是她对这一时代与历史的洞察与思考。小说中的校长冈野直巳一方面基于基督教的平等思想，主张人的价值与权利，但另一方面又极度认同江户幕府时代的武士伦理道德。冈野直巳在基督教徒的表象之下潜藏着内心的欲念，并最终在灵与肉的纠葛中败下阵来。而明治女学校作为冈野直巳精神与思想的外化，则在内部涌动的欲念与外部时代风潮的夹击下走向衰落。

七、弥生子小说的艺术特色。本章主要将弥生子文学的艺术特色归纳为清淡平和的写生文文体、书信体与日记体叙事、对社会与时代的理性观照这三个方面。写生文培养了弥生子在写作方面重视细致观察与写实的创作风格，并成为野上文学创作中不可或缺的重要因素。书信体与日记体的叙事策略，将作品主人公复杂而又细腻的内心情感淋漓尽致地呈现出来，进而引发读者的感悟、思考。弥生子通过对东西方书籍的大量涉猎，加深了思考问题的深度与广度。面对社会上风起云涌的各种思潮与运动，她没有盲目地去追随，而是时刻保持了冷静的审视与理性的思考。

最后是结语部分。这部分重点阐述了弥生子文学所体现出来的旁观者姿态以及偏重理性的思考。弥生子的旁观者姿态，最鲜明地体现在与日本文坛、日本女性运动、左翼运动等保持距离的方面。这种旁观者的姿态，有助于弥生子站在团体组织的外围进行自由的创作，但同时，也不可避免地导致由于缺乏亲历性而不能更为深刻地去描绘社会与时代。弥生子的偏重理性思考的特点，主要反映在对待日本的青鞜社、左翼运动以及左翼知识分子的态度方面。从本质上来看，弥生子的文学是有着近代朴素人道主义思想的现实主义文学。在日本的明治、大正、昭和时代的各色文学思潮、文学流派的交相更替中，弥生子始终保持了这样的文学创作观念，去关怀人类的现实处境并探寻人世间的真善美。

如上所述，本书通过上述几个方面的分析，将弥生子的文学世界大致上呈现了出来。总体而言，弥生子的文学是有着朴素的人道主义思想的底蕴的。因此，她的文学世界中才会有着对女性的现实处境、对儿童的健康成长以及对左翼知识分子的理解、同情与关怀。或许也正是因为如此，弥生子的文学作品直到今天仍旧受到大众读者的喜爱。

　　此外，需要说明的是，本书中所引用的弥生子文学文本均出自岩波书店出版的《野上弥生子全小说》（全 15 卷）（1997—1998），并且，由于其作品尚未有中译本，故文中所引用的弥生子文学文本如非特殊说明，均为笔者自译。

　　最后，希望本书能为中国的弥生子文学研究，以及中国的日本女性文学研究贡献自己的微薄之力。当然，因本人能力有限，不足之处在所难免，还请读者方家多多批评指正。

目　录

绪　论　中日两国弥生子文学研究现状

自从弥生子登上文坛以来，研究界就没有间断过对她的研究。早在 20 世纪二三十年代，日本学术界就已经开始了对弥生子文学的研究。与此相对，中国学界对弥生子文学的关注则始于 20 世纪 80 年代。尽管起步较晚，但中国学界仍然在弥生子文学研究方面取得了一定的成果。现将中日两国的研究现状择要综述如下：

一、中国学界的弥生子文学研究现状

整体上看，我国的弥生子文学研究成果并不算丰富，只有二十余篇论文，另外有一些文章和著作涉及弥生子文学。这些成果大致可分为以下三个方面：

1. 反战思想的解读

这方面的研究主要集中在 20 世纪八九十年代。主要的研究成果有王璧城的《狐鸣声声有真意——读野上弥生子的小说〈狐〉》①、

① 王璧城：《狐鸣声声有真意——读野上弥生子的小说〈狐〉》，《外国文学研究》1982 年第 3 期。

郭来舜的《日本现实主义文学的一座丰碑——评野上弥生子〈迷路〉》^①以及王述坤的《野上弥生子和她的文学创作》^②等。上述论文都强调了弥生子文学在思想上的进步性，其主要结论可以归结为：弥生子以写实的笔致，表达了对日本军国主义的批判。

2. 人物形象研究

这方面的研究主要集中于弥生子的《海神丸》《真知子》《秀吉与利休》《迷路》等几部作品。殷悦在硕士论文《野上弥生子女性观的矛盾性——以初期代表作〈真知子〉为中心》中指出，真知子进步性与局限性的并存反映出弥生子女性观的矛盾性。^③马琴在硕士论文《解读〈海神丸〉里的"善"与"恶"》中认为，《海神丸》中充满了善与恶的对立，最终人性得到救赎。^④张倩倩的硕士论文《关于野上弥生子文学中能的受容的考察——以〈迷路〉为中心》则从小说的构造、人物造型、谣曲与主人公心理活动的关联三个方面对《迷路》所受的能乐的影响进行了解读，认为能乐在人物造型以及故事情节的架构方面有着重要作用。^⑤

---

① 郭来舜:《日本现实主义文学的一座丰碑——评野上弥生子〈迷路〉》,《日语学习与研究》1989 年第 3 期。

② 王述坤:《野上弥生子和她的文学创作》,《日语学习与研究》1990 年第 2 期。

③ 殷悦:《野上弥生子女性观的矛盾性——以初期代表作〈真知子〉为中心》,硕士学位论文,吉林大学,2007 年。

④ 马琴:《解读〈海神丸〉里的"善"与"恶"》,硕士学位论文,南京师范大学,2011 年。

⑤ 张倩倩:《关于野上弥生子文学中能的受容的考察——以〈迷路〉为中心》,硕士学位论文,北京第二外国语大学,2013 年。

3. 作家的文学史定位

这方面的研究主要集中于中国的日本女性文学以及日本文学史的著作中，它们只是呈现出弥生子在中国学者笔下的文学史定位，而并非对弥生子具体作品的研究。其中，有的研究者倾向于将弥生子文学归类于现实主义文学，比如，平献明的《战后日本现实主义文学及主要作家作品》①、叶琳的《论日本战后女性文学的创作风格》②等。有的研究者则从女性文学、女性主义文学的视角来观照弥生子文学，主要的研究成果有王成的《日本女性文学进入新时代》③、王晶的《动荡时期的日本女性文学——日本战后女性文学之管窥》④等。还有研究者从民主主义文学的视角来审视弥生子文学，比如，孙树林的《战后日本民主主义文学》⑤、陈晓明的《鬼影底下的历史虚空——对抗战文学及其历史态度的反思》⑥、肖霞的《突围与建构：论日本现代女性文学的发展》⑦等。

综上，我国的弥生子文学研究取得了一定的成就，为本书的写作提供了重要的参考资料，但同时，也存在一定的问题。目前

---

① 平献明：《战后日本现实主义文学及主要作家作品》，《日本研究》1985年第1期。

② 叶琳：《论日本战后女性文学的创作风格》，《外语研究》2010年第6期。

③ 王成：《日本女性文学进入新时代》，《外国文学》2000年第2期。

④ 王晶：《动荡时期的日本女性文学——日本战后女性文学之管窥》，《大连大学学报》2005年第3期。

⑤ 孙树林：《战后日本民主主义文学》，《日语知识》2000年第4期。

⑥ 陈晓明：《鬼影底下的历史虚空——对抗战文学及其历史态度的反思》，《南方文坛》2006年第1期。

⑦ 肖霞：《突围与建构：论日本现代女性文学的发展》，《文史哲》2010年第5期。

我国弥生子文学相关的研究成果大多是针对某部作品的分析，或者是在文学史中作简单的介绍，尚缺乏从宏观层面对弥生子文学进行系统的分析与探讨。

二、日本学界的弥生子文学研究现状

与中国相较而言，日本学者凭借其语言与文化优势，在弥生子文学研究方面取得了较为丰硕的成果。从整体上看，以 20 世纪 80 年代为分水岭，在这之后，弥生子文学研究成果呈现出上升的势头。这在很大程度上是由于 1984 年弥生子的离世和 1980—1991 年间《野上弥生子全集》第Ⅰ期、第Ⅱ期的相继出版。下面笔者以时间为序，对日本的研究成果进行大致的归纳与分析。

1. 20 世纪五六十年代的弥生子文学研究

日本学界有规模地对弥生子文学的研究大致始于 20 世纪 50 年代。在 1956 年，弥生子的长篇小说《迷路》创作完成。所以，这一时期的研究成果大多表现为对这篇小说文本的解读。比如，内贵荣子的《有关〈迷路〉》[①]、筱田一士的《野上弥生子〈迷路〉论》[②] 等。此外，神崎清的《名作模型论考——野上弥生子的〈真知子〉》以小说《真知子》为对象进行了分析。[③]

---

① 内貴栄子「「迷路」について」、『多喜二と百合子』5(1)、1957 年 1 月。
② 篠田一士「野上弥生子「迷路」論」、『三田文学〔第 2 期〕』47（3）、1957 年 3 月。
③ 神崎清「名作モデル考—野上弥生子の「真知子」」、『女性改造』5(2)、1950 年 2 月。

　　20 世纪 60 年代研究成果略有增加。渡边澄子的专著《野上弥生子研究》① 是这一时期最具代表性的研究成果。她首先从宏观上概括了弥生子的文学生涯，随后就其代表作《海神丸》《真知子》《年轻的儿子》等作品展开论述。而且，渡边澄子在书中所收录的作家相关资料为后续研究提供了便利。此外，还有一些有代表性的论文。比如，坂本育雄在《野上弥生子的历程》中，从宏观层面概述了弥生子的文学生涯，认为弥生子可归为"教养派"。② 关本直子在《〈缘〉前后——明治 40 年至 42 年野上弥生子的作品及其特质》中，以弥生子的《缘》《七夕》等初期作品为对象进行了分析，指出弥生子的文学创作始于夏目漱石的写生文指导，但之后的文学创作逐渐围绕女性自我价值的实现而展开，从而在形式与内容上，都显示出对写生文的背离。③

2. 20 世纪 70 年代的弥生子文学研究

　　在这一时期的弥生子文学研究中，助川德是的系列论文尤为突出。比如，助川德是在《〈新生命〉的世界——大正 5 年之前的野上弥生子》中认为，小说集《新生命》是其文学的原点。相比于伊藤野枝与宫本百合子在社会中实现自我价值，弥生子是在家庭中实现自我价值的。④ 助川德是继续在《野上弥生子的初期作

① 渡辺澄子『野上弥生子研究』、八木書店、1969 年。
② 坂本育雄「野上弥生子の道程」、『芸文研究』27、1969 年 3 月。
③ 関本直子「「緣」前後─明治 40 〜 42 年の野上弥生子の作品とその特質」、『日本文学誌要』20、1968 年 3 月。
④ 助川德是「「新しき生命」の世界─大正 5 年までの野上弥生子」、『日本文学』24（9）、1975 年 9 月。

品——〈观察〉的构造》一文中指出，弥生子在其初期作品中，对于近代的婚恋悲剧显示出一定程度的认同。她是在母爱的激发下，才对自己的文学资质有了自觉的认识，并依托于新式家庭中的母子关系而构筑起独特的文学世界。她的这种对于大正时代的新式文化家庭的自我崇拜构成了作品集《新生命》的核心。①

与此同时，渡边澄子的《野上弥生子研究》增补版②出版发行。她在原有的研究基础上，对作家年谱与相关参考文献进行了补充。板垣直子在《明治·大正·昭和的女流文学》一书中认为，弥生子的初期写生文作品以及《海神丸》《大石良雄》等作品完成度较高，而涉及时代与社会问题的《真知子》《年轻的儿子》等作品，由于作者显示出的旁观者态度，从而在一定程度上影响了作品的艺术表达。③

3. 20 世纪 80 年代的弥生子文学研究

这一时期的弥生子文学研究有了显著进展，出现了多部专著与多篇论文。其中，濑沼茂树的《野上弥生子的世界》④、助川德是的《野上弥生子与大正教养派》⑤，渡边澄子的《野上弥生子的文学》⑥都是代表性的研究成果。

---

① 助川徳是「野上弥生子の初期作品—「観察」の構造について」、『名古屋大学教養部紀要 A 人文科学·社会科学』20、1976 年 3 月。
② 渡辺澄子『野上弥生子研究』、八木書店、1979 年。
③ 板垣直子『明治·大正·昭和の女流文学』、桜楓社、1979 年 4 月。
④ 瀬沼茂樹『野上弥生子の世界』、岩波書店、1984 年 1 月。
⑤ 助川徳是『野上弥生子と大正教養派』、桜楓社、1984 年 1 月。
⑥ 渡辺澄子『野上弥生子の文学』、桜楓社、1984 年 5 月。

　　濑沼茂树自学生时代起，就已关注弥生子文学，后来又亲自参与《野上弥生子全集》的编纂工作，是弥生子文学研究领域的权威。他在书中对弥生子的整个文学生涯进行了评述，并给予了高度评价。他说道："我认为野上弥生子的特色，就在于初期冷彻的知性观察力和超越男性的理性思维。再加上英国文学带来的社会意识，野上文学便成为兼具深度与广度的理性写实文学。"① 助川德是的《野上弥生子与大正教养派》是将自己公开发表的论文稍做修改整理而成的。他在书中将弥生子文学置于大正时代的社会背景中，考察了其初期作品与"大正教养派"的关联。渡边澄子在《野上弥生子的文学》中，继续探讨了弥生子的文学原点以及夏目漱石的影响等问题，指出夏目漱石在弥生子初登文坛阶段发挥了重要作用，但他的文学遗产却未被弥生子所继承，比起漱石的"则天去私"思想，弥生子更接近于"白桦派"自我肯定的理念。

　　此外，还有多篇值得注意的论文。比如，相原和邦在《野上弥生子〈真知子〉中的真知子》中指出，弥生子自身的阶级属性为其情节架构与人物刻画带来局限，但作品的思想性与进步性值得肯定。② 红野敏郎在《女性的知性与感性——野上弥生子与竹西宽子》中指出，竹西宽子的知性与感性浑然天成，而弥生子是依

―――――――
　　①　瀬沼茂樹『野上弥生子の世界』、岩波書店、1984 年、3 頁。
　　②　相原和邦「野上弥生子「真知子」の真知子」、『国文学：解釈と教材の研究』25（4）、1980 年 3 月。

靠其意志力将知性与感性统合在一起的。^①中西芳绘在《〈大石良雄〉论——野上弥生子与芥川龙之介》中指出，无论对于芥川还是对于弥生子笔下的大石良雄，"生计问题"都是必须要面对的重要问题。^②松木新在《野上弥生子的作品与侵略战争——以〈真知子〉〈年轻的儿子〉〈迷路〉为中心》中指出，弥生子站在人道主义立场，在其作品中贯彻了对日本国内专制主义与日本对外侵略战争的抵抗。^③

4. 20 世纪 90 年代的弥生子文学研究

这一时期比较有代表性的著作有，逆井尚子的《野上弥生子》^④、田村道美的《野上弥生子与〈世界名作大鉴〉——围绕其西欧文学的受容》^⑤等。逆井尚子在书中对弥生子的内在精神世界进行了详细剖析，认为弥生子将"写生""自然""宇宙""国内外古典思想""现代思想"以及文学技巧等要素统统纳入其文学世界中，从而构筑起其名为"现代精神"的内在世界。田村道美的专著是她在这段时间内所发表的论文的汇总。作者以弥生子的日记为线索，在《世界名作大观》（全 50 卷）中选出弥生子读过的作品，

---

① 紅野敏郎「女流における知性と感性—野上弥生子と竹西寛子」、『国文学：解釈と教材の研究』25（15）、1980 年 12 月。
② 中西芳絵「「大石良雄」論—野上弥生子と芥川竜之介」、『相模女子大学紀要』46、1982。
③ 松木新「野上弥生子の作品と侵略戦争—「真知子」「若い息子」「迷路」を中心に」、『民主文学』234、1985 年 5 月。
④ 逆井尚子『野上弥生子』、未来社、1992 年 12 月。
⑤ 田村道美『野上弥生子と「世界名作大鑑」—野上弥生子における西欧文学受容の一側面』、香川大学教育学部、1999 年 1 月。

然后进一步将其与弥生子日记中的相关记述进行对比分析，考察其对弥生子文学创作所产生的影响。比如，她认为《真知子》的创作就受到了《傲慢与偏见》的影响。

在论文方面，也有一些代表性的成果。渡边璃璃的博士学位论文《野上弥生子作品研究》（1997）主要分析了弥生子 20 世纪二三十年代的文学作品。根岸泰子在《野上弥生子〈真知子〉》中梳理了《真知子》的研究动向后指出，《真知子》的主题在于具有强烈的自我主体意识的年轻女性能否有幸福婚姻。① 佐佐木亚纪子在《野上弥生子〈明暗〉的去向：以漱石的批评为轴》中重读其初期作品，认为《明暗》体现了弥生子描绘时代潮流的意愿，但这并未得到夏目漱石的理解。② 此外，还有研究者关注弥生子与中国的关联。比如，陈祖蓓的《野上弥生子〈迷路〉中的"中国"——以第 6 部为中心》③、陈淑梅的《野上弥生子〈我的中国之行〉论》④ 等，就是以《迷路》《我的中国之行》为对象，分析了弥生子作品中的"中国元素"。

5. 2000 年以后的弥生子文学研究

《野上弥生子全小说》（全 15 卷）的出版进一步促进了弥生子

---

① 根岸泰子「野上弥生子「真知子」」、『国文学：解釈と鑑賞』58（4）、1993 年 4 月。

② 佐々木亜紀子「野上彌生子『明暗』の行方：漱石の批評を軸に」、『愛知淑徳大学国語国文』22、1999 年 3 月。

③ 陳祖蓓「野上弥生子「迷路」における「中国」—第 6 部を中心に」、『都大論究』30、1993 年 3 月。

④ 陳淑梅「文学者が見た近代中国（二）—野上弥生子「私の中国旅行」論—」、『明治大学日本文学』25、1997 年 6 月。

文学的普及与研究。相应地，弥生子文学的研究成果也变得更为丰富。稻垣信子、狩野美智子、薮祯子、古庄由纪子等都是代表性的研究者。

稻垣信子的《解读〈野上弥生子日记〉》上·下①《解读〈野上弥生子日记〉》战后篇上·下②、《解读〈野上弥生子日记〉》完结篇上·中·下③系列，将弥生子的日记分为三个时期，并结合作者自身的经历进行了解读。狩野美智子的《野上弥生子与她的时代》④是这一时期野上文学研究领域的力作。狩野将弥生子文学置于社会时代大背景下，结合弥生子的日记、书信等第一手资料论证了弥生子与时代的关联，尤为值得注意的是，她结合战争年代弥生子的言行，分析了弥生子在战争期间对政府权力体制做出的抵抗。作者指出，她是一直在旁边"观望"的人，观望时代、自然与人类，并创造着自己的文学世界。

薮祯子的《女性作家评传系列3　野上弥生子》⑤对弥生子的生平与文学创作进行了详细的分析。作者给予了弥生子文学较高的评价，称其为"20世纪日本文学的纪念塔"。作者指出，弥生子作为一名知性女作家，勇于直面日常生活中必须面对的矛盾与纠葛，

————————

①　稻垣信子『「野上弥生子日記」を読む』上·下、明治書院、2003年3月。

②　稻垣信子『「野上弥生子日記」を読む』戦後編上·下、明治書院、2005年5月。

③　稻垣信子『「野上弥生子日記」を読む』完結編上·中·下、明治書院、2008年6月。

④　狩野美智子『野上弥生子とその時代』、ゆまに書房、2009年6月。

⑤　薮祯子『女性作家評伝シリーズ3　野上彌生子』、新典社、2009年10月。

而这正是大多男性作家打着梦想与理想的旗号所极力排斥与诋毁
的。弥生子既是日常生活中的一员，同时又不断追求实现自我价
值的梦想。换言之，艺术与生活的关系在弥生子这里并非对立，
而是呈现出和谐与统一。

　　古庄由纪子的《野上弥生子》①依托于极为翔实的资料，对弥
生子及其文学进行了解读。作者指出，弥生子与"大正教养派"
有千丝万缕的联系，其反战精神以及终生写作的生活方式是留给
大家的宝贵遗产。岩桥邦枝的《评传野上弥生子：穿越迷路走向
森林》②对弥生子的人生与文学进行了详细的论述，并对其顽强的
毅力与旺盛的创作欲望给予了高度评价。作者认为，弥生子的情
感主义批判与知性主义标榜是与生俱来的秉性。

　　这一时期，也出现了多篇有代表性的论文。比如，饭田佑子
在《野上弥生子的特殊性——〈师〉之效用》中指出，夏目漱石
对弥生子初期作品的评价基准略显僵化，所以他的部分评语有待
商榷。③下山娘子在《野上弥生子〈森林〉——虚实之间》一文中
指出，弥生子在《森林》中以文学家岩本善治为原型，塑造出君
临日本女性教育界的基督教背德者岩本善治这一人物形象。④屈川
博司在《野上弥生子〈真知子〉的轨迹：由狂气到自然》中将《真

---

① 古庄ゆき子『野上彌生子』、ドメス出版、2011 年 12 月。
② 岩橋邦枝『評伝野上弥生子：迷路を抜けて森へ』、新潮社、2011 年 9 月。
③ 飯田祐子「野上弥生子の特殊性—「師」の効用」、『漱石研究』（13）、2000 年。
④ 下山孃子「野上弥生子『森』—虚実の狭間に」、『日本文学研究』49、2010 年 2 月。

知子》置于大正、昭和时代的大环境中，指出真知子发现自己隐藏的对于河井的爱情之后，并非代表她又回到了原本所属的资产阶级，因为在真知子的影响下，河井内心也在发生变化。① 佐佐木亚纪子在《野上弥生子的〈青鞜〉时代——与索菲·柯瓦列夫斯卡娅之相遇》中指出，该时期弥生子在创作态度与作品等方面都显示出与《青鞜》的背离。② 中村直子在《野上弥生子与明治女学校》中认为，明治女学校作为其"精神摇篮"，是弥生子确立自我并寻求自我价值实现的核心。③ 山名美和子在《芥川龙之介·野上弥生子·真山青果的"大石"像》中，对三位作家笔下的"大石良雄"这一人物造型进行了比较后指出，芥川龙之介透过现代人的滤镜，描绘出内藏助那幻灭的满足感与虚脱感，而弥生子笔下的内藏助则为毫无决断力的软弱男性。④

综上所述，日本学界取得了较为丰硕的研究成果，为本书的写作提供了重要的参考资料。但是，弥生子文学研究仍旧存在继续探讨的空间。目前的成果多为一部或几部小说的个案研究，或者是对弥生子创作历程中某一阶段的考察，而对弥生子文学从宏观上进行整体把握的成果仍旧不足。而且，现有成果多沿袭传统

① 笹川博司「野上彌生子『真知子』の軌跡：狂気から自然へ」、『日本言語文化研究』17、2013年2月。
② 佐々木亜紀子「野上彌生子の『青鞜』時代—ソーニャ・コヴァレフスカヤとの出会い」、『愛知淑徳大学国語国文』25、2002年3月。
③ 中村直子「野上弥生子と明治女学校」、『東京女子大学比較文化研究所紀要』69、2008年1月。
④ 山名美和子「芥川龍之介・野上弥生子・真山青果の「大石」」、『大衆文学研究』2、2006年12月。

的研究方法，缺乏相关文学理论的支撑。有鉴于此，笔者将在适当借鉴女性主义文学批评的基础上，对弥生子的小说世界进行系统的梳理与解读。

第一章　人生经历与创作历程

弥生子是日本乃至世界历史上都少有的长寿女性作家。她求学于明治女学校，后在夏目漱石的指导下登上明治文坛。进入大正时代，弥生子不断拓宽自己的社会视野与创作领域。在军国主义肆虐的昭和初期，弥生子对社会与时代充满忧虑，并在作品中描绘出年轻知识分子的艰难处境以及内心的苦闷与彷徨。战争结束后，弥生子在作品中继续刻画战争阴影下的人类命运。同时她还积极参与社会运动，表现出较强的社会责任感。在人生晚年，她着手创作自传体小说来回望自我的心路历程。

第一节　明治时代：进京求学与步入文坛

弥生子是父亲小手川角三郎与母亲真沙再婚所生的长女，除了有弟弟武马、妹妹美津外，还有同父异母的哥哥次郎，所以家庭成员较多，人际关系较为复杂。十九世纪末，父亲小手川角三郎继承家传的酿酒业，并将事业越做越大。角三郎的二弟金次郎利用酿酒后剩下的酒糟来生产酱油和调味料，也取得了很大的成功。至今，她家仍旧是九州地区有名的酱油制造商之一，而且被人们称为臼杵的"御三家"之一。之后，为了守护家产，家族间便实行近亲联姻，从而使得家族内部关系更为复杂。角三郎的三弟丰次郎年幼时背部意外受伤，以至于成年后身体畸形，但他有着旺盛的求知欲，不仅去美国攻读博士，而且回国后还参加了议会选举。弥生子去东京求学期间，正是寄宿在丰次郎家中。而这段时间的生活经历，成为后来弥生子文学创作的重要素材。

一、东京求学

弥生子于 1891 年 4 月进入臼杵寻常小学学习，并于 1895 年 3 月毕业，同年 4 月升入臼杵高等小学。从这时起，弥生子就开始在久保会藏的私塾学习《四书》《万叶集》《古今和歌集》《源氏物语》等日汉古典文学。正是这一时期日汉古典文学的学习，为日后弥生子走上文学道路奠定了基础。

在明治时代的日本，女子教育仍受传统观念的束缚，并未普及开来，也没有获得足够的重视。弥生子之所以能够继续求学，家境殷实自然是一方面，同时弥生子的求知欲及其父母相对开明的态度也是较为重要的因素。对此，弥生子曾回忆道："我母亲因为种种原因，到现在只能读假名。嫁到我家后，她发现我姑姑都识字，所以可能有一种自卑感。……或许我母亲也是基于自己的人生经验才下定决心，只要她的孩子想读书，就算是女孩，也一定要让她去读。"①

1899 年 3 月，弥生子从臼杵高等小学毕业后，想进入高等学校继续学习。在父母的支持下，年仅 14 岁的弥生子便跟随叔父丰次郎来到东京。由于丰次郎工作繁忙，便将弥生子的求学事宜托付给每日新闻社社长岛田三郎，而岛田三郎又将她介绍给手下的记者木下尚江（1869—1937）。众所周知，木下尚江是当时有名的评论家、小说家和社会活动家，也是一名基督教徒。与木下尚江的相遇，对弥生子来说是人生路途中的一个重要转折点。因为正是他将弥生子推荐到了明治女学校，这是一所对弥生子日后的文学创作以及人生观、价值观都产生了重要影响的学校。关于明治女学校，弥生子曾回忆道："……我选择了明治女学校，而这对我一生产生了巨大影响。"并且，"在学校里，我懂得了基督教中神的存在。……形成了自己的思考方式，并开始重视精神层面的东西"②。

明治女学校于 1885 年由木村熊二（1845—1927）与镫子（1848—1886）夫妻二人共同创办。这所学校尊崇基督教精神，营造出一种无拘无束、自由自在的氛围，使它不同于那些传统的公立和私立学校。明治女学校在第二任校长岩本善治（1863—1942）

① 野上弥生子「妻と母と作家の統一に生きた人生」、『野上弥生子全集』別巻二、岩波書店、1982 年、122 頁。
② 野上弥生子「その頃の思ひ出」、『野上弥生子全集』第十九巻、岩波書店、1981 年、469 頁。

的带领下迎来全盛期,学生人数最多时达 300 余人。他先后邀请北村透谷(1868—1894)、岛崎藤村(1872—1943)、户川秋骨(1871—1939)、星野天知(1862—1950)等文学家和学者来校讲学,使学校充满了浓郁的浪漫主义情调与自由多元的文化氛围。木村夫妇于 1885 年创立的《女学杂志》,站在女性的立场上主张"男女同权""恋爱自由",致力于提升女性地位与女性素养,提倡在男女爱情的基础上构筑新时代的新式家庭,从而推动了日本女性解放运动的开展。杂志虽然冠以"女学"之名,但内容并不仅仅限于女子教育,还涉及文学、翻译以及社会热点问题等,具有较强的社会影响力。北村透谷、若松贱子(1864—1896)、中岛湘烟(1864—1901)、清水紫琴(1868—1933)等都曾活跃于该杂志。之后,《女学杂志》孕育出的同人杂志《文学界》,有力地推动了日本文学界的浪漫主义运动。

1896 年,明治女学校发生火灾,校舍受损严重,在第二年搬迁至庚申塚地区(不久之后,校长岩本善治的妻子因病去世)。再加上女学校的不断增多,明治女学校的处境也越发艰难。弥生子就是在这时进入明治女学校学习的。她在这里度过了普通科三年、高等科三年共六年的学习时间。尽管学校的发展势头不如以前,但自由开放的教学理念以及关注社会的问题意识并未改变,所以,这段时间的学习经历极大地影响了弥生子对人生、社会与时代问题的思考以及她的文学创作。对此,弥生子曾说道:"……那完全是自由而又无视文部省规定的教学方法。既没有考试又没有所谓的修身课程，甚至都没唱过《君之代》。现在想来，那段经历很让人惊讶。况且那时正值日俄战争期间，就越发让人觉得不可思议。不过我在当时并没有觉得有什么特别之处。六年时间里我也一次没听过'教育敕语'。"[1] 可以说，明治女学校的这段经历，让她免于国家意识形态的侵袭，保持了相对独立的思考。她还说道："我保持对社会动向的关注，或许就是明治女学校教给我的一种生活方式。田中正造希望政府就足尾矿毒事件给出处理意见时，我们全校人都行动起来了。……所以可以说我就自然而然地持续关注社会动向了。"[2]

明治女学校第二任校长岩本善治致力于女性解放与女性教育事业，有着较强的人格魅力，所以深受学生们的崇拜与爱戴。但是，他在男女关系方面的不检点，使包括弥生子在内的学生们受到了巨大的冲击。同时，这也促使弥生子思考更为普遍的人类本性以及两性问题。她曾在1952年1月2日的信中写道："在我的人生道路上有三块促使我成长的土壤，其中一个便是岩本老师的下台……"[3] 这是弥生子从自我成长的角度给出的解释。明治女学校的六年学习生涯，带给弥生子的不仅仅是知识的拓展，对社会现实问题的关注，还有对女性社会处境与传统家庭观念的审视。

① 野上弥生子「作家に聴く」、『野上弥生子全集』第二十一卷、岩波書店、1981年、382頁。

② 野上弥生子「妻と母と作家の統一に生きた人生」、『野上弥生子全集』別卷二、岩波書店、1982年、131頁。

③ 野上弥生子『野上弥生子全集第Ⅱ期』第二十五卷、岩波書店、1991年、267頁。

著名基督教思想家内村鉴三（1861—1930）也曾到校讲学，给弥
生子留下了较为深刻的印象。据弥生子记载，内村曾说道："……
与我一同乘船的英国传教士向我炫耀他的妻子。她会读希伯来文
圣经，在教会里赞美歌唱得比谁都好，而且烤的面包在村里也是
最好的。我希望你们成为那样的妻子。"[1] 在当时来说，内村的这番
话无疑启发了弥生子对日本女性的社会处境以及传统家庭观念的
反思。

二、与野上丰一郎结婚

野上丰一郎同样出生于大分县北海部郡臼杵町，比弥生子年
长两岁。1902 年，他从大分县立臼杵中学毕业后考入东京第一高
等学校。之后，他考入东京帝国大学，师从夏目漱石学习英美文
学。1908 年大学毕业后，丰一郎先后就职于国民新闻社、锦城
中学以及法政大学。1920 年，丰一郎晋升为法政大学教授。1947
年起，他开始担任法政大学校长一职。在这期间，他还潜心于英
国戏剧与日本古典戏剧的研究，尤其在能乐研究方面做出了突出
贡献。

1902 年，弥生子还就读于明治女学校普通科时，两人就已经
开始交往。逢年过节两人又一同往返于九州和东京。1906 年弥生
子从明治女学校高等科毕业后不久，便与丰一郎登记结婚。当时，

---

[1]　野上弥生子「私が女学生時代に見た内村さん」、『野上弥生子全集』第
二十一卷、岩波書店、1981 年、423 頁。

丰一郎还是东京帝国大学二年级的学生。在当时，像他们这样的恋爱结婚并不多见。这自然与弥生子本人对于婚姻与家庭的思考有关。她曾说过："我想要结婚的时候，头脑里全然没有一般的主妇生活啦，奢华的家庭生活啦等的想法。这或许就是明治女学校教给我的。而且我个人也不希望过老家那种烦琐复杂的生活。我母亲就是那种生活的牺牲品……"① 可以说，明治女学校的启蒙教育与弥生子自身的人生经验，促使她选择了这一有别于传统的恋爱婚姻。

两人结婚后尽管生活得不算富裕，但也省却了传统包办婚姻带来的苦恼，而且他们能够互敬互爱、互相扶持，共同组建起的是新型的知识分子家庭。回忆起当年的家庭生活，弥生子说道："……我一个劲地读书。他不仅仅是我的丈夫，也是我的老师、朋友、哥哥、学习上的同伴。我和他双方的父母给了我们自由的空间，所以我压根就没体验过那种一般家庭里儿媳们所品味过的酸甜苦辣……"② 从中不难看出，她的丈夫以及有别于传统的新型家庭对其成长所起的重要作用。

就这样，弥生子与丰一郎作为明治末年的知识分子，共同组建起新型知识分子家庭。由此，他们的家庭便具有了时代气息，尤其是对弥生子来说，家庭的意义不再仅仅局限于传统意义上的

---

① 野上弥生子「妻と母と作家の統一に生きた人生」、『野上弥生子全集』別巻二、岩波書店、1982年、128-129頁。

② 野上弥生子「先生であり友達であった良人」、『野上弥生子全集』第十九卷、岩波書店、1981年、347頁。

"贤妻良母"，而是为其个人成长提供了可能。

三、作家的诞生

丰一郎不但在大学期间就已师从夏目漱石，而且之后也经常参加漱石举办的"木曜会"。所谓"木曜会"，是指漱石与他的门生定期举办的文学批评会。每次参加完聚会，丰一郎都会事无巨细地讲给弥生子听。弥生子还在夏目漱石的建议下，阅读了简·奥斯汀（1775—1817）、夏洛蒂·勃朗特（1816—1855）等英国女作家的作品。在这种潜移默化的影响下，弥生子萌生了成为作家的念头。

1906年，弥生子写下第一篇小说《明暗》。这篇小说由丰一郎带给夏目漱石，并得到了漱石的指点。但是《明暗》一直以来只闻其名，直到弥生子去世后的1988年，才在东京都世田谷区成城的弥生子住宅内被发现。《明暗》是一篇触及当时的家族制度以及女性婚姻与工作的小说。漱石在写给弥生子的书信中详细地记录了他的建议。他认为这是弥生子的"苦心之作"，但同时存在"文中过度使用饱含诗意的语句""如汉文腔调般生硬"等不足之处，不过"作者并非没有才华，而在于缺乏综合思考的哲学与人生阅历"，并希望弥生子"应时刻保持作为一名文学家的觉悟"。[1]夏目漱石的悉心指点，对初出茅庐的弥生子来说无疑是难能可贵的，也更坚定了弥生子走文学道路的决心。继《明暗》之后，《缘》

---

① 宇田健「解題」、『野上弥生子全小説14』、岩波書店、1998年、635頁。

（1907）也得到了漱石的指导。这篇小说以女主人公与奶奶的对话为主，讲述了主人公父母的婚姻故事。漱石非常欣赏《缘》，认为它"写出了明治才媛未曾写出的情趣"[①]，并把它推荐到《杜鹃》杂志1907年2月号发表。由此，《缘》成为弥生子公开发表的第一篇小说。

之后，弥生子相继在《杜鹃》发表《七夕》（1907）、《柿羊羹》（1908）、《母亲大人》（1910）、《父亲和他的三个女儿》（1911），在《中央公论》发表《佛座》（1907），在《新小说》发表《紫苑》（1908），在《国民新闻》发表《女同伴》（1908）等作品。她的上述作品大多以女性视角，描述作者自身以及身边家庭生活的喜怒哀乐。正如有的论者所言："女性作家的性别身份，极易使女性作家对自身的认知过程较关注，而女性与家庭的天然联系决定了女性作家的创作，首先是以家庭为立足点，关照女性的生存际遇与命运，然后再以此为标识审视社会、过滤人生。"[②]在这以后，弥生子的创作领域逐渐扩大，并且发表平台也不再局限于《杜鹃》。而且，除小说外，弥生子还创作随笔，并进行翻译工作。这些都显示出她旺盛的创作欲望。1910年，弥生子的长子素一诞生，这也使得弥生子的文学创作中多了一份母性关怀。《母亲大人》就是这样的一部作品，主要讲述了外婆对女儿和外孙的挂念以及初为人

---

① 宇田健「解題」、『野上弥生子全小説 1』、岩波書店、1997 年、443 頁。
② 刘春英：《战后日本女性文学萌生的时代土壤》，《外国问题研究》2009 年第 2 期，第 63 页。

母的女儿的爱子之情。弥生子的这份母性关怀一直贯穿于她日后的文学创作中。

1911 年，日本第一份由女性创办的文艺杂志《青鞜》创刊。平冢雷鸟在杂志创刊词中写道"元始，女性是太阳"，以昂扬的女性意识呼唤女性的觉醒，给当时的日本社会以及女性群体带来巨大的冲击。杂志创刊后，前来入会的人络绎不绝。当时，弥生子的名字也一同出现在杂志创刊号的会员栏里。但是没过多久，弥生子就宣布退出"青鞜社"，而仅仅作为该杂志的投稿作家。关于退出原因，弥生子曾写道："我与青鞜的关系，从一开始也就是帮帮忙的事。每当涉及人际与社会关系的时候，我总会不自觉地认为事情不会进展得很顺利，所以我压根就不适合掺和这些轰轰烈烈的事。"① 后期青鞜社的运营，主要由伊藤野枝（1895—1923）负责。伊藤野枝与弥生子两家相距不远，再加上日常文稿的交接等事宜，两人一来二去便成了好友。但是，后来伊藤野枝在思想上逐渐倾向于无政府主义，同时在情感上又追求恋爱至上主义，便与处事谨慎的弥生子渐行渐远。1923 年关东大地震混乱之际，伊藤野枝被日本宪兵杀害。她的人生经历后来被弥生子写进小说，同时也成为弥生子思考"人与社会"这一时代命题的重要参照系。

① 　野上弥生子「その頃の思ひ出」,『野上弥生子全集』第十九卷、岩波書店、1981 年、479 頁。

第二节　大正时代：人生阅历的丰富与创作领域的扩大

进入大正时代，弥生子切身地体会了人类的"生"与"死"。1913 年，弥生子的次子茂吉郎出生。1918 年，幼子耀三出生。新生命的诞生愈加激发了弥生子对生命的敬畏之情，使她自觉地承担起抚养孩子的重任。但是，如影随形的死亡又无处不在。1914 年，父亲小手川角三郎去世。1915 年，叔父小手川丰次郎去世。1916 年，恩师夏目漱石去世。1917 年，丰一郎的父母相继去世。1921 年，叔父小手川金次郎去世。1926 年，哥哥小手川次郎去世。这些亲人、友人的相继离世，也促使弥生子不断思考"死亡"这一人类的终极命题。

一、作家的成长

在大正时代，弥生子相继写下了《新生命》（1914）、《五岁儿》（1914）、《小小两兄弟》（1916）、《写给母亲的信》（1919）等以儿童成长为题材的小说，拓宽了自己的创作领域。这些作品形象地描绘了儿童之间充满童趣的对话，把握住了儿童的心理特征，并塑造出充满母爱的母亲形象。这是弥生子母性之爱的自觉呈现，也成为弥生子大正时期创作的一个显著特点。

弥生子远离九州故乡，在东京与丰一郎组建了新式的知识分子家庭，因此她能够从外部更为客观地审视孕育了自己的传统

大家族。弥生子在这段时期创作的《戒指》（1913）、《父亲之死》
（1915）、《生别》（1920），以及被称为"准造四部曲"的《澄子》
（1923）、《准造和他的兄弟们》（1923）、《加代》（1924）、《疯狂的
时钟》（1925）等四篇小说，集中描写了传统家族制度下父母以及
亲戚之间的矛盾与纠葛，是弥生子对日本传统家族制度的一次理
性观照。其中，《生别》写于弥生子父亲去世三年后，讲述了她日
夜思念的母亲终于来到东京母女团圆的故事，并且穿插叙述了九
州老家的是是非非。而且，小说反映了传统家族制度在新时代下
的诸多不合理之处，尤其是对年轻一代的禁锢。比如，关于弟弟
武马与叔父的冲突，弥生子曾写道："请您倾听我唯一的忠告。……
那就是用心去理解年轻人。我们有必要让年轻人去做他们喜欢的
事情。如若不采取更为民主的方式，来更加宽大地处理事情，那
么你们即便是父子，也还会矛盾不断。"[1]"准造四部曲"主要讲述
了弥生子叔父的人生历程及其与周边人物的复杂关系。《澄子》中
孤独而又坚强的澄子，《准造和他的兄弟们》中虚伪的金钱政治以
及兄弟之间的矛盾纠葛，《加代》所描写的夫妻之间爱与恨的纠缠，
以及《疯狂的钟表》中对冷酷无情的高利贷者的描摹，都体现了
弥生子创作意境的提升与艺术表现手法的日趋成熟。弥生子有意
识地让这四部小说既独立成篇，又能合在一起成为一部长篇小说。
《澄子》发表时的"编者按"中这样写道："这是第一部长篇小说

[1]　野上弥生子『野上弥生子全集第Ⅱ期』第二十四卷、岩波书店、1991 年、
38-39 頁。

的第一部分……作者计划将这部作品与即将创作的姊妹篇结合在一起，从而完成一部数百页的大作。"① 可以说，"准造四部曲"为弥生子日后长篇小说的创作提供了宝贵的经验。

在此期间创作的《海神丸》（1922）与《大石良雄》（1926），则打开了弥生子写作的新局面。《海神丸》取材于真实的海难事件。弥生子的弟弟武马从船长渡边登久藏那里听说了"高吉丸海难"事件，随后写信将事件告诉了弥生子。弥生子便以此为素材进行艺术加工，创作出小说《海神丸》。《海神丸》描绘了处于绝境中的人类本性，以及人类最终依靠信仰获得救赎的故事。作品一经发表，便因其极具冲击性的主题，以及细致的人物心理刻画而获得无数好评，并成为弥生子的代表作之一。正如有的论者所言，《海神丸》是"一篇在大正文学史甚至于日本现当代文学史中大放异彩的小说"②。弥生子本人也曾颇为自负地说道："这或许是我写成的第一篇还算像样的小说。"③"我想再次感谢夏目漱石的恩情，但没让恩师看到我目前所取得的进步，实在令人遗憾。"④

弥生子的《大石良雄》取材于日本的"四十七武士物语"，聚焦于为主君复仇计划实施前的阶段。1926年1月3日，弥生子通过与来访的星野日子四郎的交谈而获得启发："大石是被这帮激进

---

① 宇田健「解題」、『野上弥生子全小説 5』、岩波書店、1997 年、385 頁。
② 藪禎子『女性作家評伝シリーズ 3　野上彌生子』、新典社、2009 年、130 頁。
③ 野上弥生子「わが小説「海神丸」」、『朝日新聞』、1962 年 3 月 27 日。
④ 野上弥生子「海神丸」、『野上弥生子全集』第二十二巻、岩波書店、1982 年、226 頁。

派所胁迫而不得已为之的。而且促使安兵卫一派下定决心的一大
原因就在于他们没有了俸禄，也就是生活比较困难。……上述事
实让我很感兴趣。我觉得这能够彻底颠覆传说中的大石形象。"①弥
生子沿着上述思路，刻画出了大石良雄复杂的内心世界，并将他
还原为一个有着七情六欲而又渴望挣脱封建伦理道德束缚而获得
自由的普通人形象。正如有的论者所言："弥生子笔下的大石良雄
形象并不受江户时代的制约，是超越时代更具普遍性的人类形象。
换而言之就是现当代的人类形象。"②总而言之，这两部作品显示
出弥生子努力进行创作转型的尝试，表明她在努力拓宽自己的社
会历史视野。从此以后，弥生子逐步将"人与社会"这一主题作
为创作重心，并将其一直延续至日本法西斯主义日益肆虐的昭和
时代。

弥生子曾在九州老家的私塾中学习过英文。后在明治女学校
求学期间，不但有丰一郎为其辅导英文，而且还阅读了大量英文
原典，这就为弥生子日后从事翻译提供了条件。1910 年在《中央
公论》发表的《玩偶》，是弥生子的第一篇译作。之后，她又相继
翻译了《近代人的告白》（1912）、《妇人记者的保姆生活》（1912）、
《传说的时代》（1913）、《索菲·柯瓦列夫斯卡娅》（1914—1915）
等作品。《传说的时代》中的希腊罗马神话，被视为欧洲文学与艺
术的源头，有着重要的文学与艺术价值。虽然翻译耗费了弥生子

① 野上弥生子『野上弥生子全集第Ⅱ期』第一卷、岩波書店、1986 年、354 頁。
② 古庄ゆき子『野上彌生子』、ドメス出版、2011 年、119 頁。

大量的时间和精力，但同时也加深了弥生子对欧洲文学的理解，并提高了她的文学素养。《索菲·柯瓦列夫斯卡娅》一书最初由丰一郎推荐给弥生子。弥生子随后将译出的部分发表在《青鞜》杂志上。1924 年 11 月，弥生子将译稿交由岩波书店出版发行。索菲·柯瓦列夫斯卡娅是 19 世纪末欧洲著名的女数学家，也是世界上第一位女教授。弥生子在感叹索菲·柯瓦列夫斯卡娅所取得的非凡成就的同时，也注意到这位知识女性在婚姻、家庭以及社会大环境下所承受的纠葛与痛苦。1924 年 11 月 17 日，弥生子曾在给岩波茂雄的信中写道："越伟大就越痛苦，越有名就越远离爱情。索菲的这份痛苦也正是现代优秀女性们的痛苦吧。"①

除此之外，弥生子还进行戏剧创作。1915 年至 1927 年间，弥生子共创作《两个校友之间的对话》(1915)《放火杀人犯》(1916)等 11 部戏剧。其中大多取材于弥生子在明治女学校时代的人生体验、古希腊神话以及日本古典能乐。戏剧创作深化了弥生子对于人类、社会的认识，同时也为其小说创作提供了养分。

二、与宫本百合子的友谊

宫本百合子（1899—1951），原姓中条，在 17 岁时就写下了处女作《贫穷的人们》(1916)，从而获得文坛的关注。后在日本女子大学求学期间，百合子随父亲前往美国留学深造。留美期

---

① 野上弥生子『野上弥生子全集第 Ⅱ 期』第二十四卷、岩波書店、1991 年、109 頁。

间，她与语言学家荒木茂结婚。但后来的婚姻生活并不如意，她遂于 1920 年返回日本。弥生子与百合子最初的交往就是从这时开始的。1921 年 4 月，百合子在《妇人公论》发表了《致野上弥生子》一文，传达了对弥生子的《小小两兄弟》等作品的赞赏之意。弥生子在读到文章后立刻给她写了回信，表达了自己喜悦的心情："我总会想，人在累了感到寂寞时，在感到无力而又苦闷时，能够有个人来互相安慰、互相鼓励，抚慰受伤的心灵，会有多么的美好。……这时我总会想起你的名字。……就让我们结伴而行，携手并进吧。"①

1922 年 3 月 16 日，百合子登门拜访弥生子。这是两人的第一次见面。百合子在日记中这样写道："我第一次去野上弥生子的住处。果然，她的教养之深厚让人难以望其项背。我或许比她更加感性，但在知性方面却是不如她的。"②弥生子也在 1923 年 8 月 16 日的日记中写道："她有艺术天赋，并且有着超出同龄人的艺术感受力。只不过生不逢时，她无法得到充足的艺术养分。今后好好培养的话，她必然能取得更高的成就。"③就这样，两人都在对方身上发现了闪光点，从而加深了彼此的友谊。在 1924 年 4 月拜访弥生子时，百合子偶然与俄国文学研究者汤浅芳子（1896—1990）

---

① 野上弥生子『野上弥生子全集第Ⅱ期』第二十四卷、岩波书店、1991 年、50 页。

② 宫本百合子『宫本百合子全集』第二十三卷、新日本出版社、1981 年、491 页。

③ 野上弥生子『野上弥生子全集第Ⅱ期』第一卷、岩波书店、1986 年、64 页。

相遇。此后，两人关系变得极为密切，并开始同居生活。在这之后，她们三人经常聚在一起探讨文学与生活。弥生子在 1926 年 3 月 26 日的日记中写道："她们是能够坦率地进行有意义谈话的唯一的朋友。"①1926 年 4 月至 5 月，百合子与汤浅芳子去九州旅行时，顺便拜访了弥生子的臼杵老家。弥生子特意写信通知弟弟武马务必要安排周到，照顾好自己的友人。

1927 年 11 月，百合子与汤浅芳子结伴前往苏联，希望能够亲身体验社会主义革命后的苏联社会。出发前，两人前来向弥生子告辞。当时，弥生子正患盲肠炎卧病在床。她在同年 11 月 27 日的日记中写下了自己的矛盾心境："她们在周游国外的一两年时间里，我也绝不能碌碌无为。友情归友情。竞争心归竞争心。"②在她们启程后，弥生子于翌年着手创作小说《真知子》。颇具意味的是，在《真知子》写完两天后，她们恰好从苏联返回日本。此后，百合子加入日本无产阶级作家同盟，正式走上左翼作家的道路。1932 年，百合子与日本共产党员宫本显治（1908—2007）结婚。但一个月后她就遭人举报，之后又反复被举报五次。这对她的身心健康造成了极大的损害。1933 年 12 月，宫本显治也被举报，并一直被关押至二战结束。弥生子在同年 12 月 27 日的日记中，流露出对好友的担忧，并祈祷她能平安渡过难关。"看到了《读卖》晚报上宫本显治被举报的报道。我很担心百合子。"③之后，她在

---

① 野上弥生子『野上弥生子全集第Ⅱ期』第一卷、岩波書店、1986 年、373 頁。
② 野上弥生子『野上弥生子全集第Ⅱ期』第二卷、岩波書店、1986 年、189 頁。
③ 野上弥生子『野上弥生子全集第Ⅱ期』第四卷、岩波書店、1987 年、242 頁。

1936 年 5 月 30 日的日记中也写道："与她的交谈，又给予我新的勇气、力量与信念。下个月公审，应该没什么大问题。我衷心祝愿她平安无事。"①

二战结束后，宫本百合子写信给弥生子，希望她能参与"新日本文学"的创建工作。但弥生子认为自己向来不擅长这种文学团体活动，所以仅同意为该团体提供赞助。1946 年 4 月，弥生子从北轻井泽来到东京拜访宫本百合子。1950 年 11 月，两人参加《妇人公论》举行的活动，畅谈 5 个多小时。1951 年 1 月 21 日，宫本百合子因病去世，享年 51 岁。在两天后举行的遗体告别仪式上，弥生子宣读追悼词，为两人长达 30 年的友谊画上了句号。

总而言之，宫本百合子是弥生子为数不多的好友之一。弥生子代表了理性，而宫本百合子则代表了感性，所以可以说在某种程度上，她们都将对方视作自己的分身，以此来满足内心的需求。

第三节　昭和时代：对左翼运动的观照与对和平的向往

昭和初期，日本国内外局势动荡不堪，阶级矛盾激化，左翼运动此起彼伏。这时的弥生子将注意力转移至社会与阶级问题，创作出多部颇具时代特色的作品。在日本侵华期间，面临国内的政治高压，弥生子保持了沉默，但也在一些作品中流露出了民族

---

① 野上弥生子『野上弥生子全集第Ⅱ期』第五卷、岩波書店、1987 年、97 頁。

主义情绪。战火蔓延至日本本土时，弥生子被迫避难于北轻井泽。战后，她在文学创作、评论以及社会实践方面呼吁和平、反对战争。直至临终前，弥生子仍创作不息。可以说，她的一生是不断学习、成长与进步的一生。

一、作为"同路人作家"的弥生子

1926年，弥生子前往日本东北的岩手县拜访了明治女学校时期的好友工藤哲子。工藤哲子家原本是东北地区的大地主，但在时代大潮的冲击下，已经濒临破产的边缘。这件事对弥生子的冲击极大，并促使她思考日本的经济以及阶级问题。1927年1月，弥生子在《改造》杂志发表的《陆奥之旅》一文，以及后来以此为素材创作的戏剧《腐朽之家》，都涉及日本农村地主阶层的凋敝，以及地主与农民之间的阶级问题。这也使得弥生子对社会形势的思考更加深入。

1928年，法政大学校长松室致（1852—1931）将位于群马县北轻井泽的八万坪（日本的面积单位，1坪约合3.3平方米）土地以较低价格卖给大学教师，打算组建"法政大学村"。当时，弥生子的丈夫丰一郎深得校长信任，被委任负责此事。同年，第一批四十栋别墅完工，其中就有弥生子一家的房子。之后，每年都会增建数十栋，五六年间已经形成颇具规模的大学村。最初的居民大多是森田草平（1881—1949）、岸田国士（1890—1954）、谷川彻三（1895—1989）等法政大学教授，后来岩波书店创始人岩

波茂雄（1881—1946），津田左右吉（1873—1961）、市河三喜
（1886—1970）等文化人又相继加入，从而使得大学村有了浓厚的
人文气息。弥生子几乎每年夏天都会在此度过。北轻井泽清新的
自然风光以及文人间的交流，都化为弥生子文学的养分。以至于
薮祯子曾说道："孕育了作家弥生子的正是北轻井泽这个地方"①。

在昭和初期，世界经济、政治形势严重恶化，导致阶级矛
盾日益加剧。整个国际社会动荡不安，无产阶级运动此起彼伏。
1929 年 10 月，世界性经济大危机爆发，导致全球经济更加恶化。
1931 年 9 月，日本军国主义政府挑起"九一八事变"，发动侵略中
国东北的战争。1933 年 3 月，日本退出国联，为继续推进其侵略
战争做准备。尽管日本国内的舆论思想控制日趋严厉，但在左翼
思潮影响下的无产阶级运动以及学生运动仍旧此起彼伏。弥生子
的孩子们也受到左翼思潮的影响，这是促使弥生子在以后的创作
中以年轻知识分子为主人公的一大原因。比如，《真知子》（1928—
1930）、《年轻的儿子》（1932）、《悲哀的少年》（1935）等作品，
都描写了年轻知识分子在社会时代大环境下的艰难处境以及内心
的苦闷与彷徨。就像她以前站在青鞜社外围那样，弥生子一方面
站在人道主义立场上对无产阶级运动表示理解，将无产阶级运动
看作"社会必然的爆发"②，但同时又表明"我不会承担同路人之外

　① 薮祯子『女性作家評伝シリーズ 3　野上彌生子』、新典社、2009 年、153 頁。
　② 野上弥生子「若い息子」、『野上弥生子全小説 6』、岩波書店、1997 年、
122 頁。

的责任"①，从而与之保持了一定的距离。也正因为如此，弥生子被人称为"同路人作家"。

《真知子》是弥生子的第一部长篇小说，主要围绕女主人公真知子的恋爱与婚姻问题展开。小说一方面揭露了资产阶级生活的堕落与腐朽，另一方刻画了真知子谋求自我成长的心路历程。在小说中，弥生子将视线转向革命话语遮蔽下的性别压迫问题，既体现了她的人道主义思想，也反映出她对无产阶级运动的独特思考。她曾说道："……如果没有平日里努力提升，自我道德的修行，那么劳动者的幸福，乃至整个人类道德伦理的升华等这些左翼运动的目标都是不可能实现的。我想声明这是作品中女主人公的思考，也是作者本人的思考。"②1932 年 12 月，弥生子又在《中央公论》发表小说《年轻的儿子》。小说的主人公工藤圭次是一名高中生，倾心于左翼学生运动。他在遭受学校处分后，又继续为受到不公正待遇的同学抗争。在二三十年代，日本的多所高校都爆发了不同程度的学生运动，从而成为左翼运动的一个重要组成部分。弥生子的《年轻的儿子》所描绘的，正是在运动中挣扎的学生们的苦恼与困惑，因此具有较强的现实意义。弥生子在《真知子》《年轻的儿子》中对学生的思想问题、阶级问题以及革命运动的思考一直贯穿于其后的文学创作中。

① 野上弥生子『野上弥生子全集第Ⅱ期』第三卷、岩波書店、1987 年、255 頁。
② 野上弥生子「岩波文庫版「まえがき」」、『野上弥生子全小説 7』、岩波書店、1997 年、384 頁。

1931 年 2 月，法政大学校长松室致去世。趁此机会，经济学系的教授们就学校的负债、人事制度提出质疑。随后，事态愈演愈烈，以森田草平为首的反对派要求时任学校理事、学监的丰一郎引咎辞职。最终，丰一郎于 1934 年 12 月被迫辞去学校的理事、学监一职。弥生子以此为素材，创作了《小鬼之歌》（1935）。尽管遭遇人生挫折，丰一郎并没有沉沦，他反而以此为契机，埋头于日本古典戏剧的研究，写下《能的再生》（1935）等著作，为日本的能乐研究开辟出新的天地。

1936 年 2 月 26 日，"皇道派"青年军官率领千余名士兵发动"二二六兵变"。在国内外的高压环境下，弥生子通过自己的作品对社会投去了批判的目光。这是有勇气与良心的行为。在日后的创作中，弥生子对日本政府与军部的行为继续保持警惕的态度。同年 11 月，弥生子在《中央公论》发表《黑色队列》。小说不仅正面触及当时严峻的社会形势，并且刻画出在政治压迫下"转向"了的知识分子的彷徨与苦闷。这在后来成为长篇小说《迷路》的第一部分。之后，由于政治、战争等原因，断断续续地直到 1956 年，弥生子的《迷路》耗时二十年才得以完成。

1937 年 1 月 1 日，弥生子在《东京朝日新闻》的《新春寄语》中写下了自己的心愿："我想向神圣的神明许一个愿望。这些年不论是丰收年还是歉收年，也不论是暴发洪水、地震、火灾、暴风雨，抑或是火山，还是霍乱、鼠疫，我只希望不要爆发战争。"[1] 在日本军部紧锣密鼓地密谋侵略中国之时，弥生子在媒体上公开发表向往和平的言论，既反映了她对时代与社会的忧虑，又是其人道主义思想的具体体现。1938 年以后，日本国内的言论统治达到无以复加的地步。石川达三（1905—1985）的《活着的士兵》（1938）被禁止发行。之后，宫本百合子、中野重治（1902—1979）等无产阶级作家相继被禁止从事文学创作活动。弥生子在日记中写道："艰难的时代终于来临。在此之前怀疑就算是一种有良心的表现，而现今要说有良心的表现的话，那就仅剩沉默了。不，这是一种强制的沉默。"[2] "强制的沉默"，一语道破了当时严峻的社会环境。

　　1935 年 10 月，弥生子与长子素一一同前往台湾旅行。这是弥生子的首次国外旅行。1936 年 4 月，弥生子以在台湾的所见所闻为素材创作了《台湾游记》。文中详细地记录了台湾地区的风土人情、文化以及日本人与客家人、当地少数民族之间的矛盾冲突。1938 年，丰一郎在日本传统戏剧能乐方面取得了丰硕的研究成果，遂被日本外务省派往欧洲做讲座。弥生子一同前往欧洲，再次获得了体验异域文化的机会。1938 年 10 月至翌年 11 月，野上夫妇先后游历了中国的上海和香港，埃及，法国与意大利等欧洲各国以及美国。后来，弥生子的旅欧经历集结为《欧美之行》上下两

---

　　① 　野上弥生子「一つのねぎごと」、『野上弥生子全集』第十九巻、岩波書店、1981 年、137 頁。

　　② 　野上弥生子『野上弥生子全集第Ⅱ期』第五巻、岩波書店、1987 年、505 頁。

册（1942—1943），由岩波书店出版。值得注意的是，他们的欧美之行毕竟是受到日本政府资助的，是以对欧美的文化输出为主要目的的，因此不可避免地具有较大的局限性。

1941 年 12 月 8 日，日军偷袭美国珍珠港，正式对美英宣战，从而使得国内的民族主义情绪空前高涨。即便是弥生子，也似乎或多或少显示出不同于以往的态度。她在同年 12 月 13 日的日记中写道："首先要说的是，8 日开始的对英美作战，给予我与中日事变时完全不同的感动。"① 这里的"感动"一词，是耐人寻味的，它呈现出了弥生子作为日本人的不可避免的民族主义情绪。1942 年 2 月，日本组建"大日本妇人会"，后又被统合到"大政翼赞会"下为战争服务。军国主义体制空前强化，个人的生存与创作空间被进一步压缩。1944 年 11 月 24 日，美军轰炸机从马里亚纳群岛起飞，开始对东京的轰炸。不久之后，弥生子到大学村避难，并与居住者商议发起"冬季避难会"。后来在谈及大学村的意义时，弥生子说道："在文人们都被迫以某种形式协助战争的时候，我们得以不去参与对中国的文化工作，也没有参与南方的报道阵营。"② 在这里，弥生子所言大致是准确的。因为，他们没有充当天皇制法西斯政府的"笔部队"，也没有前往中国等地为侵略战争摇旗呐喊。在这个意义上来说，大学村的避难生活使得弥生子得以远离

---

① 野上弥生子『野上弥生子全集第Ⅱ期』第七卷、岩波书店、1987 年、405 页。
② 野上弥生子「山荘記」、『野上弥生子全集』第二十卷、岩波书店、1981 年、144 页。

军国主义的控制。但是，弥生子在《中国》（1939）等游记，及后来出版的单行本《欧美之行》等作品中，都有一些流露出其民族主义情绪的言论，这是我们不能忽略的。

二、战后反省与《迷路》的创作

1945 年 8 月 15 日，日本裕仁天皇宣读"终战诏书"，宣布无条件投降。国民在战时体制下被鼓动起来的民族主义情绪，随着战争的失败而转化为一种强烈的失落与幻灭感。弥生子在 1945 年 8 月 16 日的日记中写道："此次日本无条件投降所带来的一般民众的不满，与日俄和谈时民众的反应别无二致。而且，由于在此之前他们太过骄傲自大，所以失落感更加强烈。诱导民众们狂妄至此的人要负全部责任。眼下让民众们从根本上进行反省，并得到坚实的成长，才是现在最为要紧的事情。"[1] 这时的弥生子，对日本社会形势的判断是比较准确的。

弥生子先后在 1945 年 11 月与 1946 年 2 月发表了她的随笔《山庄记》和《续山庄记》。这两篇随笔都以 1944、1945 年的日记为素材加工而成，主要描写了弥生子在战时和战后的山庄生活。在书的后记中，弥生子写下了对战争期间的自我反省："按说我不应该保持沉默，而应该在那时大声疾呼，并对把我们的祖国引向深渊的军部进行抗议。为了白白死去的士兵们，也为了他们留下的年迈父母、妻子和孩子们，我必须尽可能地去努力。虽然也懂

---

① 野上弥生子『野上弥生子全集第Ⅱ期』第九卷、岩波書店、1987 年、86 頁。

得这些道理，但是我的懒惰、胆怯与无能使我并没有勇气迈出那一步，而这让我无地自容。……我缺乏接受检举和被投入监狱的勇气。但至少我保持了沉默这一有良心的行为——借用现在的话说，也就是我所做出的些许的抵抗。"① 后来，宫本百合子与中野重治等无产阶级文学家携手创办《新日本文学》之际，邀请弥生子一同加入。但弥生子在 1945 年 10 月 30 日给宫本百合子的信中写道："我一直是'旁观之人'，所以没有这个资格。我为此感到十分羞愧。"②1948 年 8 月，在《妇人》杂志所刊载的《告世界之妇人·以妇人的力量使世界远离战争》特集中，弥生子发表了《我厌恶战争》一文，重申了自己对战争的反对态度，并对二战结束后仍不稳定的世界局势表示担忧。她站在一个普通女性的立场上发问："放眼全世界，问一问所有士兵们的母亲和妻子你就会明白，没有哪一个人希望再次发动战争。"③

1946 年 4 月，弥生子在《世界》杂志发表的《砂糖》，是她在战后发表的第一篇小说。小说讲述了一个远在台湾的好友在返回日本途中，由于所乘轮船被潜艇击中而葬身大海的故事。1946 年 11 月，弥生子又在《改造》杂志发表小说《狐》。小说主人公因患有肺病而得以侥幸远离战场后，便在偏僻山区埋头经营狐狸场，

---

①　野上弥生子「山荘記」、『野上弥生子全集』第二十巻、岩波書店、1981年、143-144 頁。

②　野上弥生子『野上弥生子全集第Ⅱ期』第二十四巻、岩波書店、1991 年、526 頁。

③　野上弥生子「私は戦争を憎む」、『野上弥生子全集』第二十一巻、岩波書店、1981 年、12-13 頁。

后因疾病加重，临终前将自己的妻子与狐狸场都托付给伯父。伯父原为海军中将，后在战争中失去左臂，又在广岛空袭中失去了妻子和女儿。最后，孤零零的伯父便替他继续经营狐狸场。弥生子在小说中，将时代的阴影与个人的命运联系在一起，从而增强了作品的思想深度与历史厚重感。

1947 年 1 月，弥生子在《新潮》发表小说《神仙》；2 月在《人间》发表小说《转生》；5 月在《艺林间步》杂志发表小说《钥匙》。这三篇小说都聚焦于战争期间或战后的时代变迁与日常生活，特别对人们的唯利是图和见风使舵进行了辛辣的讽刺。在此之后，弥生子便着手于《迷路》战前部分的整理以及《迷路》续篇的创作。1948 年 5 月，弥生子完成了《迷路》已发表部分的修改。1948 年，弥生子被推选为日本艺术院会员。但她推脱有病在身，没有出席颁奖仪式。在后来被授予文化勋章时，弥生子也没有出席。这都源于弥生子对于战后日本天皇制政府的抵触。1948 年 10 月和 12 月，修改版《迷路》的第一部和第二部相继出版。直至 1956 年 10 月前后历时二十余年，弥生子终于完成了《迷路》的创作。小说主人公菅野省三迫于国内的高压政治而"转向"，遭受着内心的苦闷与挣扎。为了实现自己的人生价值和贯彻自我信念，他拒绝接受他人的帮助，而选择应征入伍。在中国战场上他终于正视自我的内心世界，并营救了被捕的中国游击队员。最后，他在逃跑路上被前来追捕的日军士兵击中。此外，小说还塑造了各具特色的人物形象，从多角度、全方位再现了他们在战争年代下的悲惨命运。

1950 年 2 月 23 日，丰一郎病逝。他的遗骨被安葬在北镰仓的东庆寺内。丰一郎是弥生子的伯乐、老师，在弥生子的文学生涯中占有重要地位。弥生子在 1956 年 8 月 21 日的日记中写道："此时此刻，我又重新想起，在我人生的某个阶段，从这位好老师身上所吸取的养分。我和他的关系并不像一般人所想象的那样简单。但是，现在我们之间的所有这些怨恨，无疑与我们之间的爱情一样，都成为我成长的粮食，所以我首先必须感谢他。"[①]1951 年 2 月，宫本百合子病逝。在她去世前，1950 年 11 月 30 日，弥生子与宫本百合子曾在《妇人公论》的组织下畅谈五个小时。她们的对谈以《让女性放眼于世界》为题，发表在 1951 年 2 月的《妇人公论》上。宫本百合子是弥生子评价最高的一位女性。这不仅仅是因为宫本百合子率真的性格，还有她那准确的判断力、敏锐的洞察力以及思考力。弥生子在追悼文里写道："她的死，带给我的缺憾是在以后的人生中无论如何也无法弥补的。"[②]

1957 年 4 月初，中国对外文化协会和中国作家协会邀请弥生子来新中国旅行；同年 6 月 1 日至 7 月 11 日的 40 天时间里，弥生子游览了中国各地。回到日本后，自 1957 年 10 月起直到 1959 年 2 月，弥生子在《世界》杂志上连载了她的中国游记。文章以

---

① 野上弥生子『野上弥生子全集第Ⅱ期』第十二卷、岩波書店、1988 年、476 頁。

② 狩野美智子『野上弥生子とその時代』、ゆまに書房、2009 年、213 頁。

女性的眼光审视了新中国成立八年后中国社会的现状，也对新中国的妇女问题、文物保护问题等提出了合理的意见。弥生子之前就对革命圣地延安抱有极大兴趣，并且《迷路》的主人公最后向往的也正是延安，所以，弥生子趁此机会特意前往延安考察。文中有关延安之行的记述颇为翔实，对研究者来说具有一定的参考价值。

三、对和平的向往与未完之作《森林》

1958 年 6 月，弥生子读到唐木顺三（1904—1980）的《千利休》后，对这一题材产生了浓厚的兴趣。她在同年 6 月 8 日的信中就曾写道："唐木先生的利休写得很出色。我也有点想写这个题材的小说了。"[1] 为了收集素材，弥生子从唐木顺三那里借阅了大量参考资料，还特意拜访了日本中世史研究者林屋辰三郎（1914—1998），并且向谷川彻三请教茶道相关知识。1959 年 4 月至 1963 年 7 月，弥生子用 4 年多时间完成了《秀吉与利休》。小说选取了秀吉与利休的矛盾与纠葛这一历来为人们津津乐道的历史题材，探讨了"人与社会"以及"政治与艺术"之间错综复杂的关系。在小说中，弥生子虚构了利休的儿子纪三郎这一人物形象。在小说结尾处，弥生子借纪三郎之口道出了利休之死的意义："或许那才是真正的人生。父亲对于生活的强烈愿望并不仅仅止于作为天

---

[1]　野上弥生子『野上弥生子全集第Ⅱ期』第二十五卷、岩波书店、1991 年、543 頁。

下第一的茶人。他是努力地在遵循着自己的意愿生活着。所以在这个意义上，他的不幸离世，也可理解为这是他在一直努力坚持自我而活到了生命的最后一刻。"①《秀吉与利休》出版发行后曾连续增印三十多版，成为弥生子的一个重要代表作。

自 1958 年起，日美两国开始围绕《日美安全保障条约》的修改而展开谈判。1960 年，日美两国政府无视民意强行签订了新保障条约，从而激起了日本国民的强烈反对。这时的日本国民为了反对条约的修订，组织了数次全国性的反对运动。1960 年，弥生子还在忙于《秀吉与利休》的创作之时，就与青野季吉（1890—1961）等人一同参加安保批判会的国会请愿游行。他们批判政府置民意于不顾的粗暴行为，为创建和平社会贡献了自己的力量。此外，弥生子在 1959、1960 年期间，还在《世界》杂志上集中发表了《安保条约改定与飓风》《纳粹与安保改定》《华盛顿与樱花树》《暴力有很深的根源》等一系列针砭时弊的评论文章，彰显出一名作家的社会责任感。

1967 年，弥生子开始创作带有自传性质的小说《森林》。小说以弥生子在明治女学校的求学体验为素材，主要讲述了女主人公菊地加根求学于东京的心路成长历程、九州故乡的风土人情、东京的社会风貌以及明治女学校的独特校风等方面的内容。有关这部作品的意义，弥生子曾写道："因此我逐渐觉得，把我在某个时

---

① 野上弥生子「秀吉と利休」、『野上弥生子全集』第十三卷、岩波书店、1982 年、446 頁。

期与人们的某些交往写下来，并不仅仅对于我个人的回顾，而且对于明治社会史、女性史来说都是有意义的。"① 弥生子把在明治女学校求学的六年时间视为其"心灵的摇篮"。在论及明治女学校时，她写道："在当时，这所女学校是极其与众不同的，它更像私塾而不是学校。从地理上来看，它又像是远离市井的森林中的一个共同体。而且，在那里学到的东西，和一般的女学校是不同的。还有当时学校发生的一件不同寻常的事情，不但让我在懵懂中知道了神灵的存在，也让我开始思考人类与社会。"② 后来因弥生子的离世，小说创作并未完成。

1971 年 10 月，弥生子被授予文化勋章。获奖理由是，弥生子"以写实的笔致在描绘日本社会的矛盾与对立时，又不忘追求崇高的理念"③。但这个奖项来自日本天皇，是与她批判天皇制的个人信条相违背的。所以，她以身体状况欠佳为由，没有出席颁奖仪式。对此，弥生子在 1971 年 10 月 20 日的日记中写道："……我心情不坏，但也没有特别的高兴。……每年看到别人的脖子上挂着那个勋章的样子，我并不喜欢，所以换成是自己就更加讨厌。我能够顺利缺席的话，将会是最好的办法。我觉得那就是最好的。"④1984

---

① 野上弥生子「森」、『野上弥生子全集第Ⅱ期』第二十八卷、岩波書店、1991 年、85 頁。
② 野上弥生子「森」、『野上弥生子全集第Ⅱ期』第二十八卷、岩波書店、1991 年、86 頁。
③ 『毎日新聞』、1971 年 2 月 22 日。
④ 野上弥生子『野上弥生子全集第Ⅱ期』第十七卷、岩波書店、1990 年、410 頁。

年 5 月 6 日，弥生子迎来白寿之年。同月 10 日，日本文艺家协会、日本笔俱乐部、日本近代文学馆以及日本女流文学者会，在东京会馆共同举办了"祝贺野上弥生子女士百岁"的宴会。99 岁高龄的弥生子在家人的陪伴下到场并致辞。1984 年 6 月，《新潮》杂志也刊载了特集《野上弥生子的一个世纪》。但比起这些，弥生子似乎更在意正在创作中的《森林》。她写道："能不能写完，可是要决定好的。现在我到了最后关头。什么白寿啊黑寿啊，对我来说都是无所谓的。"①

1985 年 3 月 30 日，弥生子走完了百年人生路程。同年 4 月 3 日，举办了她的葬礼，由大江健三郎主持。4 月 20 日，她的遗骨被安置在镰仓东庆寺野上家的墓地。5 月，故乡大分县组织了"缅怀野上弥生子先生会"来纪念她。1980 至 1982 年间，岩波书店出版了《野上弥生子全集第 I 期》（全 23 卷·别卷 3）。1986 年至 1991 年间，岩波书店又出版了《野上弥生子全集第 II 期》（全 29 卷·31 册）。1997 年至 1998 年间，岩波书店重新出版了《野上弥生子全小说》（全 15 卷）。这些著作的集中出版，为人们呈现了弥生子文学的全貌。

---

① 野上弥生子「ふるさとの歴史と愛」、『野上弥生子全集第 II 期』第二十九卷、岩波书店、1991 年、442 頁。

第二章　主流话语的规约与性别角色的认同

　　明治政府虽然大力提倡女性教育，提升了女性的受教育水平，但其初衷仍然在于将女性的社会角色框定为"贤妻"与"良母"方面，是要为国家主流意识形态服务的。正如胁田晴子所言："对于女性的中等教育也不过是和'贤妻良母'这样的人生选项结合在一起的。特别是，这相当于强行将这个唯一的人生与教育的观念灌输给女性。而且'贤妻良母'的意义也是被国家决定的。这就是所谓的高等女学校教育和'贤妻良母主义'教育的实质。"① 而且，女性想要成为作家，首先要解决的便是物质方面的难题。"一个女人如果打算写小说的话，那她一定要有钱，还要有一间自己的房间。"② 在明治时代，虽然涌现出了许多女性作家，但她们并不代表文坛的主流话语。因为话语权掌握在男性作家手中。正如水田宗子所言，女性虽然获得了自我表达的空间，但最终还是必须

---

　　① 胁田晴子『女性文学史』、吉川弘文館、1993 年、206 頁。
　　② ［英］弗吉尼亚·伍尔芙：《一间自己的房间》，吴晓雷译，陕西师范大学出版总社有限公司，2014，第 19 页。

获得男性批评家的首肯，才能在文坛站住脚。她们的文学表达难以逃脱男性支配的文化市场。[①] 这时，女作家往往会自觉不自觉地受到主流话语的规约。她们的作品自然也就或多或少地体现出对于文坛男性作家作品的模仿，并且认同传统性别角色。弥生子在明治40年（1907）登上文坛，在之后短短几年时间内，相继创作了《缘》（1907）、《七夕》（1907）、《紫苑》（1908）、《柿羊羹》（1908）、《女同伴》（1908）等作品。《明暗》（1906）是她创作的第一部作品，但未公开发表，她公开发表的第一部作品是《缘》。这就是本章第一节将要探讨的"两部处女作"。第二节主要分析弥生子小说中的婚恋悲剧主题。第三节则侧重于从思想层面解读小说中的性别角色认同问题。总而言之，弥生子在这段时间创作的小说中，无论从主题的选择，还是从艺术手法来看，都体现出对文坛主流话语的借鉴与模仿，并在很大程度上体现了对于近代男女性别角色的认同。

第一节　风格迥异的"两部处女作"

一个作家的家庭环境、心路历程以及知识结构在很大程度上影响着作家的文学创作，特别是在其初登文坛之时。1906年，弥

---

① ［日］水田宗子：《女性的自我与表现——近代女性文学的历程》，陈晖、吴小莉等译，中国文联出版社，2000，第262页。

生子毕业于明治女学校高等科。在学期间，她接触到了基督教信仰以及学校里的多位文化名人，并涉猎了大量的英文原著，进而培养起了关注现实的社会意识，特别是培养起了独立思考的能力。这些都融入其文学创作中，成为她日后文学创作的养分。也正因为如此，她才没有一味固守明治政府所强加给女性的"贤妻""良母"之类的性别身份，而是选择走上了作家的道路。弥生子的早期作品经由丈夫丰一郎推荐，得到夏目漱石的指导。漱石对弥生子的《明暗》和《缘》两部作品均做了详细的批注。在夏目漱石的推荐下，《缘》发表在《杜鹃》杂志上，成为弥生子公开发表的第一部作品。那么，这两篇几乎创作于同一时期的小说在作品主题、情节架构以及表现手法方面有何不同？为什么夏目漱石对它们有不同的评价？弥生子又受到了漱石怎样的影响？弥生子创作风格的转变又反映出怎样的问题？本节将就上述问题展开论述。

一、《明暗》：女性意识的自然流露

《明暗》是弥生子的第一部作品。这篇小说由丈夫丰一郎转交给夏目漱石。漱石看过后做了详细批注，对弥生子提出了具体建议，并鼓励她在文学的道路上走下去。但是，长期以来小说《明暗》一直是只闻其名，没有出现在公众面前。弥生子生前自己也曾在成城的家和北轻井泽的山庄寻找过多次未果。在弥生子去世后的1988年，《明暗》原稿终于重见天日，为弥生子文学研究提供了重要的参考资料。在1984年10月，岩波书店刊发《漱石全

集》之际，弥生子曾寄去《两篇处女作》一文。她在文中也谈到
了该作品：

我除了为世人所知的处女作外，还有一部题为《明暗》的作
品。如果是稍微对文学感兴趣的人的话，会注意到这与先生的遗
作是同名的吧。不过，这些都是后话。当时我就是不顾一切地写。
目的只有一个，那就是为了让先生过目。

当时，先生结束了在英国的留学后，在《杜鹃》发表《我是
猫》一文而取得巨大的成功，之后的作品也都各具特色。他所取
得的成就是别人难以超越的。我是想要让先生当我的老师。虽说
这是一个乡下女孩的一厢情愿，但也并不是完全没有可能。夏目
先生自打兴趣转移到文学界后，他位于千驮木的住宅就成了一种
类似于"沙龙"的集会场所。他的好友，还有在一高、大学时代
的学生们都可以随意出入。我那《明暗》的原稿就是托我丈夫丰
一郎转交给先生的。而且，没过几天就有了回信。[①]

初涉文坛的弥生子能够得到文坛大家的亲自指导，是非常难
得的，所以她在文中表达出对于夏目漱石的崇敬与感激之情。漱
石不仅自己取得了很高的文学成就，同时也非常注重对于后辈的
培养与提携，所以他周围聚集了许多文学爱好者，其中就包括丰
一郎。丰一郎将"沙龙"内的文学谈话事无巨细地转述给弥生子，

---

① 野上弥生子『野上弥生子全小説 1』、岩波書店、1997 年、441-442 頁。

从而成为弥生子与漱石之间沟通的桥梁。

接下来看一下这部作品的大致内容。小说讲述了女主人公幸子拒绝世俗的婚姻，将绘画当作自己毕生追求的故事。幸子是闺秀画家，西洋画研究室里的唯一一位女性。她凭借着自己在绘画方面的天赋以及娇好的容貌，获得了世人很高的评价。由于很早之前父母双亡，所以她与哥哥嗣男相依为命。幸子作为一名女性，终究会面对婚姻这一必将来临的命运。之前，她拒绝了长野县富农家的次子冈本的追求，因为她不想让婚姻中断她对艺术的追求。现在，她的哥哥把心思全都花到未婚妻身上，不再跟幸子一起探讨绘画和艺术，从而让她倍感失落，而且哥哥结婚后，她将会成为家中多余的人。幸子只能躲进画室来整理自己的思绪。时过境迁，冈本成为医生，再次向幸子吐露心声。幸子的内心充满了矛盾，所以她保持了沉默。小说到此戛然而止，给读者留下了思考的空间。

不难发现，《明暗》是以女性为主人公，以恋爱为题材的短篇小说。就是这部习作，也得到了夏目漱石的指点。漱石这样写道：

这是作者的苦心之作。但作者的着力点仅局限于某部分，所以从整体上来看显得并不紧凑。

正因为作者非常在意作品的局部，所以就导致其文中过度使用饱含诗意的语句，即便在不应使用的地方也要去用，以至于就像一个被密密麻麻雕刻过的书桌一般，影响到文章的表现力。

但是，这等雕刻似乎又在某种程度上和此书桌不太搭。文中语句有如汉文腔调般生硬（有点儿像我的文体），而且名言警句太多。若将耗费在名言警句上的精力用在刻画人物内在心理方面的话，应该会写得更为出色。

《明暗》是一部年轻人的作品。作者与作品中的人物站在同一水平面上。这也不是一部作者居高临下地俯瞰作品中的人物的作品，所以并不能打动比其年长之人的内心。好的作者要有更高的眼界与立足点，要对作品中的人物了如指掌。《明暗》的作者还未能洞察纷繁复杂的人世。作者并非没有才华，而在于缺乏综合思考的哲学与人生阅历。……

……《明暗》的作者若想要成为一名文学家，那么就不应毫无目标地生活，而应时刻保持作为一名文学家的觉悟。……

幸子愿将一生都奉献给绘画这一点是可以的。但是这位妙龄女子为何会有此想法？如若不交代其原因，文章就会显得不自然。……

写这种奇怪的女性，一方面来说并不难，但是从另一方面来说又并不容易。因为她是怪人，所以与普通人的心理状态并不一样。而作者则必须要说明其中的原因。因为作者若不说明，读者也就不能认同其作品。……①

可见，漱石从文章的整体架构、文体、人物形象的刻画等多

---

① 宇田健「解題」、『野上弥生子全小説 14』、岩波書店、1997 年、635-636 頁。

方面给出了具体的评价。他认为这是弥生子的"苦心之作",但"仅局限于某部分"。再有就是文中使用了过多"饱含诗意的语句","就像一个被密密麻麻雕刻过的书桌一般",有如"汉文腔调般生硬",而且存在过度使用"名言警句",缺乏人物内在心理描写等问题。漱石的这些批评指出了弥生子作为一名年轻作家的不足之处。比如,弥生子在文中有多处如下描写:

　　恋爱就像迷宫,远离了世俗人间,而高耸入紫云之巅,沉浮于天地间的梦幻之境,与灿然的七宝宫殿相连。人们只要踏入其中,就会发现到处都是花园,柳绿花红,樱花、桃花相继盛开……①

　　上述引文体现的正是漱石所指出的"饱含诗意的语句"这一点。这类表述散见于文中,但与前后文并未构成紧凑的关系,反而无助于文章主旨的表达。可以说,漱石对于该作品的批评大部分都切中肯綮。但漱石的评价中是否有漏读或误读呢?佐佐木亚纪子认为,《明暗》中暗含了弥生子"描绘新时代潮流的姿态"②。她的这一姿态散见于文中,并未被漱石捕捉到。佐佐木将该姿态与其社会意识联系起来,并归因于弥生子在明治女学校所接受的教育。这是佐佐木将作品主人公与时代大环境下的女性形象作类

---

① 野上弥生子「明暗」、『野上弥生子全小説 14』、岩波書店、1997 年、581 頁。
② 佐々木亜紀子「野上彌生子『明暗』の行方:漱石の批評を軸に」、『愛知淑徳大学国語国文』22、1999 年 3 月、215 頁。

比所得出的结论，所以颇具说服力。饭田佑子也意识到漱石评论与《明暗》文本之间的"错位"。她进一步认为，"错位"的出现在于两人对女性现实处境的认识差异所致。[①]比如，对文中并未交代幸子心理变化的前后因果关系这一点，漱石感到颇为不满。但饭田佑子认为，情绪变化的原因未得到交代这一点，恰恰可解读为"女性经验"的特征。反而漱石将幸子理解为"奇怪的女人""不自然"这一点，正凸显出漱石对作品解读的偏差。

这样看来，问题就集中到幸子这一"人物造型"上。先来看作者对幸子的具体描述。"幸子是闺秀画家，西洋画研究室里的唯一一位女性。她凭借自己在绘画方面的天赋以及娇好的容貌，获得了世人很高的评价。"[②]她并不认同如下看法："女人必须成为男人的妻子。而且越早结婚越好，因为这关系到她的声誉。"[③]她要将自己献身给艺术，所以发誓终身不嫁。为此，她在六年前拒绝了冈本的追求。而在六年后，面对冈本的再次追求，尽管其内心不再如六年前那样坚定，但她依旧没有答应。

可见，幸子是对婚姻与工作有着自觉认识的女性。她认为自我价值的实现在于工作，而不是婚姻。即便内心有过纠结，但她最终仍旧坚守了自我的信条。该作品发表时，距明治维新已经过

---

① 飯田祐子「野上弥生子の特殊性——「師」の効用」、『漱石研究』（13）、2000 年、136 頁。

② 野上弥生子「明暗」、『野上弥生子全小説 14』、岩波書店、1997 年、554 頁。

③ 野上弥生子「明暗」、『野上弥生子全小説 14』、岩波書店、1997 年、569 頁。

去了将近四十年时间。在这段时间内，日本社会的现代化进程催生出多种新鲜事物，其中就包括"新女性"。顾名思义，"新女性"包括自立、平等、自我价值等多重内涵。不难看出，幸子并不属于传统女性，而是可以视为日本的现代化进程所催生的"新女性"。所以，可以说幸子这一造型在一定程度上契合了当时日本的现代化风潮。照此来看，漱石将其视为"奇怪的女人"，或许就在某种程度上反映出他对日本社会现代化进程所带来的女性主体意识觉醒所抱有的性别偏见。薮祯子认同漱石的解读，认为幸子是一个以自我为中心的、被自我观念所束缚的女性，她既没有为艺术献身的觉悟，又没有自食其力的志气。① 但笔者认为，薮祯子的这一解读将幸子的自我意识绝对化，从而完全抹杀掉幸子所具有的积极意义。相较之下，安达美代子表述得更为直接：从漱石作品中的女性来看，他并不喜欢那种拒绝男性的女性，这正是他拒绝《明暗》的主要原因。② 此观点颇有见地。

即便如此，漱石仍旧对其做出鼓励，认为弥生子"并非没有才华，而在于缺乏综合思考的哲学与人生阅历"，并建议"《明暗》的作者若想要成为一名文学家，那么就不应毫无目标地生活，而应时刻保持作为一名文学家的觉悟"。可以说，漱石的指导坚定了弥生子成为一名作家的信心。弥生子曾说道："如果没有那封信，

① 薮禎子『女性作家評伝シリーズ3 野上彌生子』、新典社、2009年、66頁。
② 安達美代子「野上弥生子の『明暗』と夏目漱石のその批評をめぐる覚書」、『國學院雜誌』99(8)、1998年8月、15頁。

我都不知道自己能不能坚持下来。如果当时他跟我说你还是别写了吧，说不定我还真就什么都不写了。"并且，漱石的"'保持作为一名文学家的觉悟'这句话是我一生的座右铭，是一份贵重的礼物"。后来谈及漱石时，她一再表达对恩师的感激之情："我离开学校后，称呼过老师的只有夏目先生一人。……我写的那些像小学生作文一样的小说，他都认真阅读，还给我写了那么多建议，我打心底认为那太难得了。而且我当时是给老师添了多大的麻烦啊。"① 不难发现，弥生子本人对漱石的批评并未有任何抵触感，而是在论及恩师时一味表达其感激之情。笔者认为，这其实显示出弥生子在另一层面的"错位"，即对漱石意见的全盘接受与对自我文学特质认识的"错位"。换言之，她并未认识到漱石对其作品的误读，也并未认清其自身的文学特质。那么，这里有必要考察弥生子为何在初次写作时会写下这样一部作品。而这，自然要从其之前的人生经历中寻找线索。

实际上，这在第一章论述弥生子人生历程时已有所涉及，主要有两方面：明治女学校的教育与新式家庭的组建。众所周知，明治女学校并非日本传统意义上的女学校，它秉承自由开放的教育理念，追求男女平等，鼓励女性走出家庭，去实现自我的人生价值。木村夫妇于1885年创立的《女学杂志》，站在女性的立场上主张"男女同权""恋爱自由"，致力于提升女性的地位与修养，

---

① 野上弥生子「二十年前の私」、『野上弥生子全集』第十八卷、岩波書店、1981 年、122 頁。

提倡在男女"爱情"的基础上构筑适应新时代的新式家庭。这些先进的教育理念无疑影响到了弥生子的女性意识及其日后的文学创作。若用弥生子自己的话来说，那就是她成长的"一片沃土"。关于明治女学校的意义，渡边澄子就曾说道："明治女学校在明治文化史、教育史上都有着不同寻常的意义。弥生子从这所学校中获得了难以计量的财富。那是一种精神主义，也可以说是不被社会舆论、习俗与形式所禁锢的明治女学校式的校风。而且，这也构成了野上弥生子人生历程与文学的核心。"① 可见，明治女学校对于弥生子人生与文学创作的影响有多么巨大。佐佐木亚纪子则更进一步，直接将幸子与弥生子的求学经历结合起来："我反而更想关注弥生子所塑造的像幸子那样'以画画为生命，以画画为另一半，发誓终身不嫁的女性'。明治女学校以'是女性，但同时也必须是人'为教育理念，而这正是只有在明治女学校度过'精神摇篮期'的弥生子才会有的表达。"② 在此之后，弥生子与丰一郎恋爱结婚，并组建新式的知识分子家庭这一点，则可看作其女性意识成长的体现。弥生子曾说道：

　　我想要结婚的时候，头脑里全然没有一般的主妇生活啦，奢华的家庭生活啦等的想法。这或许就是明治女学校所教给我的。

---

① 渡边澄子『野上弥生子の文学』、桜楓社、1984 年、8 頁。
② 佐々木亜紀子「野上彌生子『明暗』の行方：漱石の批評を軸に」、『愛知淑徳大学国語国文』22、1999 年 3 月、213 頁。

而且我个人也不希望过老家那种烦琐复杂的生活。我母亲就是那种生活的牺牲品……①

　　可见，明治女学校的启蒙教育与弥生子自身的人生经验促使她选择了这一有别于传统的恋爱婚姻。所以，无论是明治女学校的教育，还是其家庭的构筑，都体现出弥生子对于恋爱与婚姻的自觉认识，也反映出其女性意识的成长。这样看来，就不难解释为何弥生子会写下《明暗》这样一部描绘"新女性"的作品。因为，《明暗》所承载的正是其人生经历的无意识投射，是其女性意识的自然流露。而漱石的点评，确实指出了弥生子创作中的诸多问题，尤其是文体方面的问题，但也存在误读的一面，即未能捕捉到其作品中所流露出的女性意识。但弥生子本人亦未认识到这一点。就这样，在文坛男性主流话语的影响下，弥生子很快便创作出风格迥异、略显含蓄而又不失欢快的《缘》。

二、《缘》: 向写生文的转型

　　《缘》是夏目漱石点评过的弥生子的第二篇小说，后被推荐给《杜鹃》杂志社的高浜虚子（1874—1959）。高浜虚子便将这篇小说刊载在1907年2月发行的《杜鹃》第十卷第五号上，并配以《漱石来书》一文。文中透露出漱石对这篇小说的赞美之词：

---

①　野上弥生子「妻と母と作家の統一に生きた人生」、『野上弥生子全集』別卷二、岩波書店、1982年、128-129頁。

我手头有一篇很有趣的小说《缘》，现在推荐给《杜鹃》。不论从哪方面看，《缘》都出自女性之手，而且写出了明治才媛们未曾写出的情趣。我曾将《千鸟》推荐给《杜鹃》，所以我也不能对《缘》置之不理。我希望广大同仁们阅读它。

现在，一些喜欢小说的人或许会认为它很无聊。似乎有很多这样的人——他们就好像咕噜噜地煮好鲍鱼汁，然后吃到吐，紧接着半夜又肚子疼——如果阅读文学作品不经历这般苦闷，便好似缺点什么。还有一些人就是说要涉及人生啦什么的。……在这样的大环境下，我很庆幸有此文作者的出现。能够真心"欢迎"此小说的，我想也就只有《杜鹃》杂志了吧。因此，现将《缘》这篇小说献上。①

不难发现，漱石对《缘》的评论与之前的《明暗》大相径庭。他认为作品写出了"明治才媛们未曾写出的情趣"，而且亲自推荐至《杜鹃》发表。那么，《缘》是一部怎样的作品？这部作品与《明暗》有何不同？我们应如何理解弥生子创作风格的变化，以及漱石前后态度的变化？这要结合《缘》的具体文本来分析。

《缘》讲述了十八岁的寿美子听乡下祖母讲述父母亲的婚恋的故事。全文采用第三人称全知视角，以寿美子为聚焦人物。寿美子的父母亲之前从未谋面，但从第一次见面起，母亲便发誓非他

---

① 宇田健「解题」、『野上弥生子全小説 1』、岩波書店、1997 年、443-444 頁。

不嫁。出嫁之前，母亲剃光自己的眉毛，显示出其决绝之心。这种人与人之间的缘分使寿美子感到震惊。在她看来，缘分就如一根红线，冥冥之中将两人连接到一起。在想到自己身上的那根红线时，她的内心不再平静。

显然，《缘》与《明暗》相比，在文体、人物造型，以及情节架构等方面均发生了变化。首先是文体方面。《明暗》中的汉文腔调、诗意语句都不见了踪影，而代之以日常化的语言。其次是人物造型方面。幸子的强烈的自我意识在寿美子这里已变得极为淡薄；同样的，幸子对于恋爱与婚姻的拒绝，也转变为寿美子对婚恋的期待；而幸子对家庭与女性社会处境的审视也已荡然无存。再次是情节架构方面。《缘》不再重视故事情节的架构，而是在营造一种清淡而又平和的氛围，或者说是一种情趣。正因为如此，小说更加偏重于对自然环境和故事人物言行的观察与描摹。作者则与作品中的人物拉开距离，只是尽可能地去观察与描摹。可以说，弥生子的这部作品与《明暗》发生了某种"断裂"。而导致这种"断裂"的，则是夏目漱石对弥生子的指导。漱石曾对《明暗》做过如下评论：

《明暗》是一部年轻人的作品。作者与作品人物站在同一水平面上。这也不是一部作者居高临下地俯瞰作品人物的作品，所以并不能打动比其年长之人的内心。好的作者要有更高的眼界与立足点，要对作品人物了如指掌。①

　　显然，"作者与作品人物站在同一水平面上""居高临下地俯瞰""了如指掌"等词句皆透露出漱石希望作者应有的写作姿态，即那种超脱于世俗生活，以旁观者的心情来品味人生的写作姿态。其实，这也就是漱石所主张的"写生文"。众所周知，漱石在 1906 年创作的《我是猫》，以轻快洒脱的笔致，描绘出知识分子的孤独与苦闷，而这正体现了漱石的这一文学理念。《缘》也正是弥生子在漱石指导下创作的一部写生文。作品以第三人称的全知视角，将父母亲的婚恋故事娓娓道来，其中又穿插着对于自然环境与人物的细腻描摹，而这无一不体现出弥生子对写生文创作的尝试与转型。也正因为契合了夏目漱石那种以旁观者的心情来品味人生的文学理念，他才认为这部作品写出了"明治才媛们未曾写出的情趣"。所以，可以认为，弥生子创作上的转变是在漱石的影响下发生的，或者也可以说，这是她对漱石文学理念的有意迎合。

　　当时自然主义思潮风靡于日本文坛，它主张站在客观立场上去描摹人类与社会的丑恶与阴暗。漱石的文学主张与之大相径庭，从而遭到了来自自然主义文学阵营的责难。漱石在文中所用的比喻，就是暗指当时文坛上肆虐的自然主义风气。而刊载《缘》的《杜鹃》，原为俳句杂志，在正冈子规（1867—1902）、高浜虚子等人的推动下，提倡俳句的客观写生。其间杂志也刊载夏目漱石等

---

① 宇田健「解題」、『野上弥生子全小説 14』、岩波书店、1997 年、635 頁。

人的作品，促进了写生文的传播与发展，在某种程度上也成为夏目漱石等作家宣传其文学理念的阵地。这也是漱石将这部作品推荐至此的主要原因。甚至也可以说，弥生子转向写生文创作，才获得了难得的刊发平台。那么这种转变对弥生子来说又意味着什么呢？安达美代子曾对此评论道：

　　师从漱石学习"非人情"文学的创作手法，对弥生子来说是幸运的。漱石否定了《明暗》，而推荐《缘》，对弥生子来说，不能说是幸运的。《缘》的篇幅大约有十六页，在当时是符合要求的写生文。漱石选择了《缘》，从而不容分说地使之后的作品转向《缘》所体现出的文风。①

　　显然，安达认为"非人情"文学的创作手法有助于弥生子的文学创作，但是，漱石使其转向写生文的创作，并不利于其文学特质的发挥。众所周知，"非人情"是夏目漱石在《草枕》中所提出的理念，即超越世俗道德来旁观世界的艺术境地。漱石鼓励弥生子创作"非人情"的作品，确实有助于提升弥生子的文学创作，但为什么写生文的创作"对弥生子来说，不能说是幸运的"呢？安达的依据是，弥生子初期的写生文创作要低于其后来的艺术成就。这有一定的合理性，但若进一步分析则还可得出如下结论：这一转变遮蔽了弥生子自然流露出的女性意识。因为原本在《明

---

　　①　安達美代子「野上弥生子の『明暗』と夏目漱石のその批評をめぐる覚書」、『國學院雜誌』99(8)、1998 年 8 月、19 頁。

暗》中所体现出的女性意识，已经在《缘》这部写生文中消失了踪影。但是，同时我们又不能忽略弥生子这一转变所具有的积极意义，即作为一名女性作家，在文坛大家的提携下登上文坛。因为在当时的日本，女性要成为作家，需要付出数倍于男性的努力，还要承受来自男权社会的种种压力。所以，若从这一层面来看，弥生子向写生文的转变又何尝不能解读为一种借助文坛主流话语登上文坛的策略呢？自此，弥生子正式登上明治文坛，即将书写出一幕幕的婚恋悲剧。

第二节　婚恋悲剧的书写

恋爱与婚姻是文学家们历来的创作主题之一。相比男性作家，女性作家或是基于自我的切身体验，或是基于对女性命运的观照，更青睐婚恋主题的书写。实际上，在《明暗》和《缘》这两部作品中，都已或多或少反映出弥生子对这一主题的关注。之后，在1907、1908年的两年间，弥生子相继创作了《七夕》（1907）、《紫苑》（1908）、《柿羊羹》（1908）、《女同伴》（1908）等多部作品。这些作品大多以婚姻与恋爱为创作主题，分别刊载在《杜鹃》《新小说》《国民新闻》等报纸杂志上。但值得注意的是，这一时期弥生子的笔下，更加偏重于营造一种恬淡、凄婉的氛围，写的是在传统家族制度禁锢下的婚恋悲剧故事。

一、《七夕》：哀婉氛围的营造

弥生子的小说《七夕》发表在 1907 年 9 月号的《杜鹃》上，署名为"野上八重子"，这是自 1906 年 10 月弥生子与丰一郎结婚后，"野上"二字第一次出现在公共视野中。在此之前发表《缘》时，其署名为"八重了"。在这之后，她又交替使用过"弥生子""弥生女"等笔名。自 1909 年《鸽子的故事》开始，她正式将"野上弥生子"固定为自己的笔名。

这篇小说同样得到了夏目漱石的认可。他在 1907 年 5 月 4 日给丰一郎的信中写道："《七夕》是比《缘》更为出色的杰作。我重读一遍后大吃一惊。挑着灯笼去看和服那段写得非常好。小说末尾那样就可以了。"漱石又在当天给高浜虚子的书信中写道："我读了《七夕》这篇小说，非常不错。请给她发稿费。我们以前给的太少了。"① 在杂志上发表时，文末附带一行小字，写着"漱石评。大杰作"。那么，《七夕》是一部怎样的作品？和之前的《缘》有哪些不同？漱石缘何有这种态度上的转变呢？

《七夕》以第一人称"我"为叙述视角，讲述七夕节前后，一对互有好感的年轻男女在传统家族制的压抑下未能实现的恋爱故事。故事的叙述者"我"，是女主人公静的妹妹。静在家人的安排下要嫁给玉津家的胜，但她又与胜的弟弟清互有好感。七夕节当天，清和"我"去房间里看静刚刚做好的婚服，就在看完想出去

_____

① 宇田健「解题」、『野上弥生子全小説 1』、岩波书店、1997 年、445 頁。

时，他们发现静默默地站在门外。第二天清前来告辞，因为他要回东京继续自己的求学之路。两人之间的爱恋也随之无疾而终。

这部作品与之前的《明暗》《缘》既有关联又有区别。从内容来看，该作品同样涉及女性的婚恋问题，这与《明暗》《缘》具有一定的连续性。从叙述视角来看，《七夕》运用了第一人称的叙述视角。叙述者"我"作为女主人公的妹妹，在观察男女主人公的言行与推动故事情节等方面均处于有利位置。从艺术风格来看，《七夕》重在凄婉氛围的营造，这与《缘》是一脉相承的。这种凄婉氛围，在清和"我"从房间里出来与静相遇的那一刻达到高潮，这一刻将两人欲说还休的微妙关系以及静那哀婉凄美的形象烘托了出来。从文体方面来看，《七夕》延续了《缘》的写生文文体。比如，文中有多处这样的描写："桶里的水有八分满，切好的茄子一个个地漂在水上。君用手一下子把茄子弄到桶底，我也学她。沉下去的茄子马上又浮了起来。我觉得很有趣，就又把茄子弄下去，不一会儿它又浮了起来。"① 这种对人物动作的细致观察及其所蕴含的淡淡的情趣，都体现出了写生文的特征。

这样看来，《七夕》与《缘》具有一定的相通性，都是与夏目漱石所推崇的写生文创作一脉相承的，这也就不难理解漱石为何对这部作品极为推崇了。实际上，早期的作品分析也都是从写生文这一层面切入的。关本直子曾指出："批评家一直以来把弥生子

---

① 野上弥生子「七夕さま」、『野上弥生子全小説 1』、岩波书店、1997 年、18-19 頁。

这一时期的作品定位为'有品位的写生文系列作品','写生文影响下'的'漱石式手法'的作品,并将其视为'准确的对象把握与知性的细致观察'的萌芽。相关评论大抵止于此。"① 那么,除此之外,作品是否还存在其他解读的可能性呢? 关本继续评论道:

　　从整体上来观照弥生子这一时期的作品,会发现她在通过女性的眼睛来看待女性的婚姻问题,换句话说,她将身处近代诸多矛盾中的女性的不幸命运置于创作的中心。……

　　作为最基本的问题,必须指出的一点是,在这个时期,野上站在女性的自我解放与自立这一立场上,来思考女性的恋爱与婚姻以及与之相对的近代传统之间的问题。而且,她在思考这一问题的同时,也在探索与之相适应的小说这一文体形式。②

　　上述的关本的评论,大致上是准确的。这时的弥生子的确是"通过女性的眼睛来看待女性的婚姻问题",也的确刻画了"女性的不幸命运"。比如,这部作品之所以取名为"七夕",就是借用牛郎与织女的传说,来暗喻年轻男女无疾而终的恋情。在传统的婚姻制度下,他们只能被动地接受父母和家庭的安排。评论家数

　　① 関本直子「「緣」前後—明治40～42年の野上彌生子の作品とその特質」、『日本文學誌要』20、1968年3月、40頁。
　　② 関本直子「「緣」前後—明治40～42年の野上彌生子の作品とその特質」、『日本文學誌要』20、1968年3月、42-45頁。

祯子也说道："这部作品以较为含蓄的笔致，虽未点明，但仍让人联想到胜与清的婚姻所暗示的在古代共同体中家庭之间的联姻下，无力掌握自我命运的女性们。"[①] 但是否如关本所言，弥生子是站在"女性的自我解放与自立"这一立场上来创作的呢？笔者认为，从这部作品中并不能解读出弥生子明确的女性立场。因为，通过对婚恋悲剧的书写，弥生子意在营造出一种哀婉凄美的氛围，以创作出契合漱石理念的写生文，而不是对其进行价值与道德评判。作品主人公的恋情在传统家族制度的压抑下遭受挫折，但他们并未对此质疑或反抗，而是一味地顺从。对此，助川德是就曾评论道："其初期作品描绘出结婚与恋爱的诸种形态。那显然是陈旧的，无自我意识的，被家族伦理所扼杀的恋爱与女性。也正如渡边澄子所指出的，那是经不住现代眼光来审视的爱情的形式。值得注意的是，对这种爱情的形式，作者似乎显示出某种程度的共鸣。"[②]

笔者认为，从当代的女性主义视角来看，弥生子对婚恋悲剧的书写仅止步于哀婉氛围的营造，尚未达到反抗传统婚恋制度的层面。而且，在之后的《女同伴》等几部作品中，这一倾向愈加明显，并在某种程度上体现出她对传统婚恋制度的认同。

---

① 藪禎子『女性作家評伝シリーズ3　野上彌生子』、新典社、2009年、66頁。

② 助川德是「野上弥生子の初期作品—「観察」の構造について」、『名古屋大学教養部紀要A人文科学・社会科学』20、1976年3月、232頁。

二、《女同伴》: 向传统的回归

《女同伴》是弥生子首次在《国民新闻》发表的作品，也是其第一部连载作品。作品主要描写了一对青年男女情投意合，但在传统家族制度重压下不得不分离的爱情悲剧。女主人公营的婚事被继承家业的大哥定了下来。她对此无能为力，而且在家里的处境也越发尴尬。关是营在女学校学习时的好友，与文太萌生恋情，但因姐姐病亡，所以不得不嫁给姐姐的未婚夫。文太留学法国，两人的恋情无疾而终，但他们又不能将对方彻底遗忘。关只得将未来的希望寄托在孩子身上。

不难发现，这部作品实际上在题材与情节构思方面，与《明暗》《七夕》具有一定的相似性。从题材来看，《女同伴》与《明暗》《七夕》都是以传统家族制度下女性的婚恋为题材的。从情节构思来看，都涉及了无疾而终的男女恋情，也都涉及了个人命运与传统家族制度之间的对立。同时，《女同伴》又在故事情节方面更加复杂，在人物形象方面也更为饱满。

有关这部作品的研究，多见于对弥生子初期写生文的相关研究成果中。比如，濑沼茂树认为："《女同伴》作为弥生子最初的中篇小说，讲述了倾心于二哥（文太）的友人，也是以前的同学，回到老家继承家业，从而适应了那种农家生活，安于做一个平凡的主妇，并能从中看到人生的幸福。作者对此感慨不已。而我们也能从中看到一些合乎情理的因素。"① 显然，濑沼茂树试图解读出这部作品的积极意义，即"一些合乎情理的因素"。结合文本来看，似乎可解读为：如若一位女性坦然接受被安排的命运，那么她也能找到属于自己的幸福。这一解读虽然略显保守，但似乎也不无道理。渡边澄子从写实的角度认为："当时，像《七夕》和《女同伴》的女主人公那样，虽然相爱，但又在家庭的阻挠下被迫放弃的情形，应该是大多数女性命运的形象写照吧。"② 弥生子的这些作品写于明治末年，而明治末年的日本社会尽管已经开始了现代化进程，但女性的现实处境显然没有完全脱离近代家族制度的束缚。弥生子笔下的女性的婚恋悲剧确实在一定程度上也反映出这一社会现实。但是，除去上述解读外，我们是否还可以有另外的解读呢？笔者认为，这部作品也呈现出女主人公意欲退回传统家族体制内的倾向。

上文已经说过，这部作品同样涉及了传统家族制度与女性婚恋的矛盾与对立。菅的哥哥继承家业后，决定好了菅的婚事，而且让菅觉得"她就像一个他们想早点处理掉的东西"③。而菅对于这桩婚事的心态充满矛盾，一方面这段让人羡慕的姻缘可以满足其虚荣心，另一方面她的内心又感到不安。在向伯母倾诉时，伯母说道：

① 瀬沼茂樹『野上弥生子の世界』、岩波書店、1984 年、17 頁。
② 渡辺澄子『野上弥生子の文学』、桜楓社、1984 年、31 頁。
③ 野上弥生子「女同士」、『野上弥生子全小説 1』、岩波書店、1997 年、121 頁。

"那也没办法啊。你又不是小孩子了。"伯母指责道，然后又开始她那一套女性道德说教。伯母是旗本出身，所以从头到尾都是一派老式说辞。现在的婚礼上大家都在说戒指这样啦，那样啦，简直岂有此理。还是守护刀好啊。是生还是死，这代表着你的觉悟。这样一来，从你踏进门的那一刻起，做派就跟别人不一样。[①]

这位伯母，显然就是传统家族制的守护人和代言人。她的说教将莒再次推回到传统家族制度内，使其更加安于现状。其中的"守护刀"，代表了女性出嫁时誓死的决心。而且，在这里"戒指"与"守护刀"成为一组对立的象征意象：戒指象征新式婚恋观，而守护刀则是传统婚恋观的象征。从选择守护刀这一安排中，我们似乎可以窥见作者在婚恋方面显示出的保守态度。

关作为莒的同学兼好友，也在传统家族制度的压抑下，被迫代替病亡的姐姐出嫁。但值得注意的是，关的这种被迫与无奈，逐渐转换成了理解与认同。作品中有这样的描写：

丈夫向关询问在他外出时的大小事宜，关一一作答。她把孩子放在腿上，然后翻开小手账模样的东西，生怕漏掉一点事情，就连小麦一升交由佃户某某如何处理之类的事情也交代清楚。她的言谈举止看上去是那么温顺。丈夫吐出的烟雾，吹到她那未经

---

① 野上弥生子「女同士」、『野上弥生子全小说 1』、岩波书店、1997 年、122 頁。

打理过的前额，她自然地将身子转向厨房地炉一侧。她已经彻底成为一介农夫的妻子了。甚至都让人怀疑，这还是两年前懂英国文学，还会法语的那个人吗？菅从拉门外看到夫妻两人和睦地相视而坐，有些高兴，又有些悲伤，被这种奇妙的心绪所感染。①

面对已经由"懂英国文学"的女学生成为"一介农夫的妻子"的昔日同窗，菅"有些高兴，又有些悲伤"。菅高兴的是，同窗现在和丈夫有着和睦的生活；菅悲伤的是，同窗的命运原本不该如此。更进一步说，这其实也体现出菅内心的矛盾心态，一方面想逃离传统，但另一方面又多少对传统有所认同。

作品最后穿插了一个有代表性的故事，暗示了菅与现实的妥协以及向传统的回归。这个故事说的是，一个十六岁的女孩为了反抗强加给自己的婚姻而跳河自杀，最终付出了生命代价。这就暗示了与传统对抗的必然结果。对此，关颇有意味地说道："根本不值得丢掉自己的生命。"② 然后，她就将目光转向怀中的婴儿。显然，这意味着关试图以对新生命的关爱来消解内心的苦恼与焦虑。

综上所述，笔者认为《女同伴》这一题名，不仅在于点明两人的同学关系，同时也意味着两人相似的命运悲剧。尽管作者并未言明菅最后的人生抉择，但已或多或少地透露出其意欲退回传

① 野上弥生子「女同士」、『野上弥生子全小説 1』、岩波書店、1997 年、141 頁。
② 野上弥生子「女同士」、『野上弥生子全小説 1』、岩波書店、1997 年、146 頁。

统家族体制内的倾向。而这一倾向，在后续的《紫苑》与《柿羊
羹》中则表现得更为明显。

第三节 传统家族制度下的性别角色认同

西方女性主义学者将人的性别分为自然性别和社会性别，认
为自然性别是天生的、生物性的，而社会性别是一种后天的社会
和文化设定，所体现的是社会历史对男女两性不同的规范与期待。
西蒙娜·德·波伏娃（Simone de Beauvoir，1908—1986）从历史文
化的角度指出："女人并不是生就的，而宁可说是逐渐形成的。"[①]
这些都为人们分析父权制意识形态所规定的男女性别等级提供了
理论依据。社会性别包含了父权制意识形态对人，尤其是女性的
一系列强制性的文化设定。在男权社会中，女性被塑造为符合男
性期待的形象，并进而认同这种性别角色。在 20 世纪初，日本的
女性大多仍然认同被给定的社会角色，并以此来规范自己的言行。
弥生子这一时期的《紫苑》《柿羊羹》等作品就体现出日本女性对
传统性别角色的认同。

---

① ［法］西蒙娜·德·波伏娃：《第二性》，陶铁柱译，中国书籍出版社，
2004，第4—5页。

一、《紫苑》：父权与夫权的双重规训

《紫苑》（1908）主要讲述一对年轻夫妻在婚姻生活中出现不和谐音符时，女主人公恒代在父亲的教导下以刀明志的故事。恒代与丈夫从小青梅竹马，但在婚后她不得不毕恭毕敬地伺候丈夫。恒代向父母亲诉苦，却遭到他们说教。恒代在父母的教导下，决心更好地服侍其丈夫。

有关这部作品，漱石曾评论道："《紫苑》有点浅尝辄止，所以写得不算太好。"① 这里的"浅尝辄止"，似乎指的是作品写得不够长，只是写到女主人公自娘家回来后发誓要更好地伺候丈夫就结束了，而没有继续接下去写他们的家庭生活。渡边澄子则评论道："《紫苑》讲述夫妻间的微妙龃龉。……因其人生阅历不足，所以是一部'对于人类忽隐忽现内心世界的观察'并不充分的作品。两人从小青梅竹马，而且也已经结婚生子。但就在这时，面对丈夫毫无来由的不满，妻子却一筹莫展。为什么呢？怎么办才好呢？作品仅仅一味地刻画出这样一个六神无主的妻子形象。但妻子内心的苦恼这一更为关键的层面，却无法传递给读者。"② 在这里，渡边澄子主要指出了由于"人生阅历不足"而导致的对人物内心世界刻画的缺失。的确，尽管恒代是主人公，但作品更多的是对其外在言行的刻画，而缺乏呈现人物的内心。

---

① 宇田健「解題」、『野上弥生子全小説 1』、岩波書店、1997 年、448 頁。
② 渡边澄子『野上弥生子の文学』、桜楓社、1984 年、32 頁。

那么，从主题思想层面来看，这又是怎样的一部作品呢？这部作品在题材上，是与《缘》《七夕》《女同伴》等作品一脉相承的，都是写男女之间的婚恋，但是，在主题的表达上，却与《缘》《七夕》有所不同，而是与《女同伴》具有一定的相通性。上文已经说过，《缘》《七夕》重在哀婉氛围的营造，《七夕》至多写了无疾而终的男女恋情，但是，《女同伴》《紫苑》这两部作品，实际上都是写的他们在传统婚姻下的自我安慰与安于现状。而且，《紫苑》在某种程度上，更进一步地凸显出传统家族制度下父权与夫权对女性的规训。

恒代在从女儿到妻子的身份转换中产生了困惑与焦虑，不知该如何应对这个问题。而造成这个问题的原因，正是在于她的父亲和丈夫对她所持有的在男权社会中的性别角色期待。恒代并没有意识到问题之所在，反而是以男权社会强加的女性标准来要求自己，并努力去迎合他们。而自始至终，其父亲和丈夫都是站在男权文化代言人的立场上的。比如，恒代的父亲甚至拿出"守护刀"来要求她要有视死如归的决心。"守护刀"这一意象在上文中已有所涉及，它是传统的象征，代表着对传统家族制度的认同。关于这一点，恒代与丈夫的对话较有代表性：

"据说这把刀以前是我祖母的。我父亲说，以前女人出嫁的时候，大家都带着这样的守护刀，所以她们和现在的女人觉悟不一样。"恒代把两手优雅地放在膝前说道……

"那你父亲给你这把刀时说了什么啊？"

"也没说什么特别的事。"

"是吗？但是我觉得这样的东西不适合你啊。"说完后，丈夫看着恒代。

"从今往后，我要努力做到让它适合我。"

"你能做到吗？"丈夫很难得地开心笑了。她看到他眼睛里散发出温暖的光芒。①

不难看出，恒代在父亲与丈夫的双重"教导"下，再一次强化了自己在男权社会中被强加的性别角色与自我认识。在恒代看来，在她与丈夫的家庭中，丈夫的喜怒哀乐是唯一的价值标准。只有在看到恒代所谓的"以刀明志"时，丈夫才"难得地开心笑了"，并且"眼睛里散发出温暖的光芒"。也只有在这个时候，恒代才似乎体会到了自我的人生价值。这多么具有讽刺意味！对此，助川德是曾说道："作品试图刻画出一个温顺的年轻妻子的内心变化是可以理解的。父亲给她这把祖母遗留下来的守护刀也是可以理解的。对于这样的近代遗俗不加任何批判，或许也可理解为当时的一种社会常态。但是，关于恒代为祖母的觉悟而感动，从而再一次对丈夫表示忠诚这一点，作者将她视为'怜爱之人'而加以完全肯定的描绘，又应该怎样来理解呢？这部作品显示出自我

---

① 野上弥生子「紫苑」、『野上弥生子全小説 1』、岩波書店、1997 年、63-64 頁。

意识中羞耻心的缺失。"① 当然,助川德是的评论难免过于严厉。但无论如何,作品中所呈现出的传统家族制度下父权与夫权对女性的规训这一点,是不可否认的。如果说《女同伴》中的菅还处于对个人命运的犹豫不决而带来的焦虑之中,那么恒代则是在家庭内部父权与夫权的双重驯化下,其对传统家族制度下性别角色的认同不断被强化。

二、《柿羊羹》:"失声"的女性

《柿羊羹》(1908)是由男主人公吉田讲述的爱情悲剧。吉田是一位德语老师,至今未婚,但他说自己在大学时就已经结婚了,并把他的妻子安置在了其他地方。这里的所谓的妻子,就是时子。时子对吉田一往情深,曾经迫不得已嫁给别人,但后来又逃了出来。时子无家可归,而吉田只是一味地对其说教。在最终自杀时,时子仍旧幻想着能够嫁给吉田。吉田去寺庙寻找时子遗留的一缕头发未果,只是从那里带回了特产柿羊羹。这也是这部作品题名的由来。

实际上,从题材与内容来看,这部作品与之前的《紫苑》是一脉相承的。两者写的都是婚恋悲剧,都没有超越传统的家族制度。所不同的是,这部作品的叙述者为男性,也就是吉田,是他讲述了所有的故事经过。就这样,吉田的所谓的妻子时子,自始

① 助川德是「野上弥生子の初期作品—「観察」の構造について」,『名古屋大学教養部紀要 A 人文科学・社会科学』20、1976 年 3 月、232 頁。

至终没有发出过自己的声音，是一位"失声"的女性。但就是这位"失声"的女性，为了追求自己的幸福，在与传统家族制度的抗争中付出了生命的代价。对于时子的这种抗争，有的评论家给予了理解与肯定。比如，濑沼茂树评论道："哥哥的友人吉田是一位三十多岁的奇特之人。《柿羊羹》就讲述了吉田与一位奇妙新娘的故事。……这部作品中包含了作者借由吉田的这则逸事探寻婚姻真正意义的意图。结果，年轻的作者以这些身边见闻为素材进行写生文练习，而这一探寻则留待日后创作。"[1] 这里的"探寻婚姻真正意义的意图"，指的就是时子为了追寻幸福而与传统家族制度进行的抗争。渡边澄子说道："虽说其自我主张并不算彻底，但若考虑到当时根深蒂固的近代习俗，则可以认为这是她们所做出的竭尽全力的抵抗与自我主张。"[2] 同样也对时子的抗争表示了同情与理解。助川德是也肯定了时子所进行的抗争："《柿羊羹》的最后一章颇有俳趣，是一部佳作。但是，在吉田这位德语教师年轻时代浪漫史中出场的时子，其感情却是有些奇异的。迫于情分，时子抱着必死的决心而结婚，但是，吉田却说，若有必死的决心，何必要等到现在。不久时子便自杀了。她那漂亮的发髻被剪断而保留了下来。在其死后，时子藏在内心深处的爱恋才得以告白。若以现代的眼光来看，这确实是有违常理的。但是不管怎样，其

---

① 瀬沼茂樹『野上弥生子の世界』、岩波書店、1984 年、17 頁。
② 渡辺澄子『野上弥生子の文学』、桜楓社、1984 年、30-31 頁。

中毅然决然的情感却得以呈现出来。"①

作品中的时子的确有试图把握自我命运的一面，但也不得不说，她的对于传统家族以及对于男权文化的认识，是不完全的、片面的，这也是导致她在面对吉田的责难时"失声"的主要原因，以及为什么上述论者在肯定时子所付出的努力的同时，又都认为其"自我主张并不算彻底""奇异""有违常理"的原因之所在。上文中已经说过，时子并非是完全认同传统家族制度的女性。她反抗父母所安排的传统婚姻，从没有任何情感所言的婚姻中逃离出来。这时，她知道自己的父亲是不会给自己提供容身之所的，但是，她不知道的是，自己内心所期待的吉田，也变成了传统家族制度的代言人。比如，下面的时子与吉田的对话就较有代表性：

"真是愚蠢。嫁给别人又跑回来的，可不是什么正经的女人。你那样做了吗？我还以为你不是那样的人呢。"我对她狠狠地批评道。

"我也是被逼无奈。我都打算把自己当作一个已死之人了。可是无论如何都死不了，所以就跑回来了。"她说道。

"不管怎样，哪里有嫁出去又回来的女人？你要是那么不愿意的话，一开始就寻死不就好了。那样多省事。"我这么一说，她就

---

① 助川徳是「野上弥生子の初期作品—「観察」の構造について」、『名古屋大学教養部紀要 A 人文科学・社会科学』20、1976 年 3 月、233 頁。

哭了起来。①

　　吉田的这些"愚蠢""一开始就寻死不就好了"等的言辞，表明了他就是传统家族制度的代言人。实际上，这里的吉田，与《紫苑》中的恒代的丈夫、父亲一样，都是认同传统家族制度的。但关键是，时子本人并未意识到这些问题的根源之所在。她反而认同了吉田的说辞，这就导致了在面对吉田的所谓诘难时陷入了一种"失声"的状态，也就导致了她只能以死亡来求得解脱。实际上，她的死只不过是一种对于爱情幻想的不理智行为，反映出她对男权社会的认同，并最终满足了吉田所代表的男权文化对传统女性形象的期待。

　　那么，弥生子为什么会在这些作品中刻画认同于传统家族制的女性呢？笔者认为，这首先与其所成长的社会文化环境相关。毕竟，弥生子成长于明治时代相对落后、保守的九州地区。传统家族制度内的女性命运对她来说已是司空见惯。或许也可以说，像她那样赴京求学的才是"异类"吧。这些所见所闻在其从事创作时，自然会成为可供借鉴的素材。另一方面，在某种程度上，这也与漱石的指导有关。漱石作为文学大家，自然在一定程度上代表了文坛的主流话语。从对弥生子的指导中不难看出，他将弥生子引向了写生文的创作。而写生文所倡导的客观描摹等创作技

---

　　① 野上弥生子「柿羊羹」、『野上弥生子全小説1』、岩波书店、1997年、74-75頁。

法与身边的素材相结合，便促成了这些涉及认同传统家族制的女性作品的诞生。所以，在这层意义上也可以说，弥生子是在主流话语的规约下，创作出认同传统性别角色的作品。

第三章　对男权文化的质疑与女性意识的觉醒

在西方女性运动的刺激下，平冢雷鸟于 1911 年 9 月创办"青鞜社"，并在机关杂志《青鞜》创刊号的卷首语中，赫然写下"元始，女性是太阳"，提倡恋爱自由与女性解放。《青鞜》也成为日本最早的由女性创办的文艺杂志。正如有的论者所言："'青鞜'女性犹如古代希腊神话中普罗米修斯，'窃取'了西方妇女解放思想之火种，点燃了日本女性发现自我、认识自我、解放自我的燎原之火。也正是'青鞜'女性这批少数派，引领日本女性从过去走向未来，如同一股堵不住的'潜流'，慢慢撼动着日本封建传统社会的根基，改写着日本女性发展的历史。"① 这时的弥生子，以杂志撰稿人身份协助该杂志的发展。在当时，西方舶来的"恋爱"思想究竟会给近代家族制度下的日本女性带来怎样的变化？这一问题成为弥生子创作的主题之一。同时，随着弥生子人生阅历的增多以及思考力的不断深化，她站在女性立场上，开始有意识地揭

---

① 肖霞：《元始　女性是太阳——"青鞜"及其女性研究》，山东人民出版社，2013，第 34 页。

露女性饱受压抑的悲惨际遇，同时也流露出对男权文化的批判意识。进入 20 世纪二三十年代，日渐觉醒的女性在面对纷繁复杂的社会时产生的困惑，以及被各种社会思潮所裹挟的女性命运，成为弥生子的又一创作主题。

第一节 对"恋爱"意义的思考

明治维新后，西方的政治、经济、文化等各方面的新鲜事物和新式思想相继传入日本，给日本带来极大的冲击。其中，"恋爱"就是当时西方的舶来品之一。它译自英文"Love"，有着自我价值的重视以及人生观的重塑等多重内涵。"恋爱"概念的引入，解构了压抑个人自由的传统家族制度，颠覆了传统道德，也开拓了文学表现形式的领域。但同时，"恋爱"所引发的个体欲求的张扬势必与男权文化下的传统家族制度产生冲突。在这一冲突中，女性命运将会去向何方？这种对"恋爱"意义的思考便成为弥生子文学创作的重心之一。

一、《来自曙之窗》：对于婚恋的审慎态度

《来自曙之窗》（1912）是一部有关女学生思考婚恋意义的作品，主要讲述女主人公光子的学生生活以及她在面对恋爱与婚姻时的疑惑与思考。值得注意的是，弥生子在这部作品中采取了书

信体的形式。书信体的优势，就在于依靠第一人称叙事拉近与读者的距离，使读者更能感同身受地去体味作品中人物的心境。

全文由光子在 10 月 20 日至 12 月 26 日间写给龙子的八篇书信构成。光子的父亲原本是牧师，母亲也是虔诚的基督教徒，父母两人历经磨难才最终走到一起。在光子小时候，因为父亲的反对，她并没有接受洗礼。对没有接受洗礼一事，她至今都从心底感谢父亲。母亲去世后，父亲放弃了牧师职业，转行从事新闻出版业。父亲这样做也付出了代价，以前的好友都因此离他而去。不管怎样，光子都对父亲有着深深的爱与尊敬。关于为光子安排提亲一事，父亲显得忧心忡忡。他担心光子重复她母亲的命运。虽然光子表面上想继续自己的求学之路，而拒绝了他人的提亲，但是，她发觉内心对于爱情的憧憬并不以自我的意志为转移。这时，父亲的忠告有了更深一层的意义。光子觉得她已经为迎接未来做好了准备。

要剖析并阐明作品中的女学生的内心世界，需要分析以下三个方面的内容：一个是作品中的异域情调；一个是父亲对待婚恋与宗教的态度；最后是光子的内心世界的变化。首先来看作品中的异域情调。实际上，作品中的异域情调，是与女主人公的女学生身份联系在一起的。在这之前，弥生子也创作过以女学生为主人公的作品，但并没有在作品中凸显过异域情调。而在这部作品中，作者以女学生光子为观察视角，不但刻画了女学生独特的内心世界，还描写了外籍教师、圣诞节、基督教信仰等西方文化因素，从而使小说呈现出一种浪漫的异域情调。对此，助川德是曾说道："《来自曙之窗》中的十九岁少女，由于音乐会的闷热和紫罗兰香而昏厥，读丁尼生，崇拜一个叫'赛莱'的俄罗斯影视学院毕业的俄语女教师，思慕为了信仰与恋爱而抛弃爵位的亡母，将自己署名为'光子'，或者是'迷途的羔羊'。这是一部典型的充满了大正文化主义恶趣味的作品。"① 不可否认，这种异域情调是有契合了大正文化主义思潮的一面，但是，如果据此就将这部作品界定为"一部典型的充满了大正文化主义恶趣味的作品"，而不去解读作品的其他部分，有以偏概全的嫌疑。作品中的这种异域情调来自弥生子的求学体验。众所周知，弥生子曾在 1900 年到 1906 年间就读于明治女学校，这是一所有着基督教传统的自由而开放的学校。特别是在岩本善治就任校长期间，学校在女性教育、文学、社会评论等各方面都有很大的发展。这种明治女学校的求学体验，显然被运用在了这部作品中，并被用来表明女学生光子是接受西方新文化、新思想熏陶过的新女性。当时，日本各地相继创办女学校，使女性入学率以及受教育水平大幅提高。随之，女学生自然也就成为具有时代特色的群体之一。这种"女学生"的身份设置，也使得作品具有了一种时代气息。

值得注意的是，光子父亲对待婚恋与宗教的态度，也对光子对婚恋意义的思考产生了重要的影响。不难发现，光子父亲对待

---

① 助川德是「野上弥生子の初期作品－「観察」の構造について」、『名古屋大学教養部紀要 A 人文科学・社会科学』20、1976 年 3 月、243 頁。

婚姻与恋爱的态度是保守的、审慎的，同时也是现实的。实际上，光子父亲当初就是与光子母亲选择了自由的恋爱婚姻。两人破除万难走到了一起，但是，也付出了沉重的代价。经历过这一切的父亲，便对自由婚恋所伴随的一系列困难有了痛切的认识。这也就让他的思想不再那么激进，而是渐趋保守与审慎，也多了一份现实的考量。文中这样写道："我并不仅仅是因为太爱你，才如此担心你，还有因为你太像你母亲了。我在担心，或许在不远的将来，和母亲相同的命运在等待着你。那太可怕了。你应该知道，母亲为了这份爱情所付出的种种痛苦的牺牲。你那去世的母亲，为了信仰和恋爱，抛弃了自己的爵位和她的未婚夫，将荣华富贵和残酷的迫害置于脑后，嫁给了我这个贫困的牧师。这次从丹羽阿姨那里听到相亲一事时，你的脑海里浮现过母亲的经历吗？"[①]同样的态度，也体现在他对宗教的思考中。光子父亲原本是一位牧师，但由于不认同宗教严酷的道德观，后来放弃了自己的职业。值得注意的是，他之前也没有将信仰强加于光子，而是尊重了她在信仰方面的自由。父亲还对光子说道："你也会有那一天来临……所以在那之前，你可不要随随便便地结婚。……两人如果很轻率地结合的话，那会怎样呢，你自己想想吧。那难道不是很可怕的事情吗？"[②]这样的措辞，尽管不免有教训的意味，但还是清晰地表

---

① 野上弥生子「曙の窓より」、『野上弥生子全小説 1』、岩波書店、1997 年、380-381 頁。

② 野上弥生子「曙の窓より」、『野上弥生子全小説 1』、岩波書店、1997 年、382 頁。

明光子父亲对婚恋的态度是保守又现实的。正是这样的对婚恋意义的思考，对光子产生了重要的影响。

最后再来看光子对于婚恋是如何思考的。前面已经说过，整部作品其实都是光子的内心独白。光子对于婚恋的思考，基本上是在父亲的决定性影响下形成的。也就是说，光子的思考也是趋于传统的，有着现实考量的。对于基督教，她这样说道："因为我根本就没有这些信仰，虽然在学校里会听别人讲解圣经、唱赞美歌，有时候也会由伯母带着去教堂，但对我来说，那更好似一种生活习惯，与信仰没有半点关系。所以，没让我接受洗礼的父亲是我的大恩人，他让我避免了一生都背负伪善者的罪名。"① 显然，光子对于宗教，是认同父亲的思考的。对于恋爱，光子的思考同样是认同父亲的。文中这样写道："我吃惊地发现自己深深埋藏在心底的感情，与当初所下定的决心并不一样。我并没有从那个漩涡中逃脱出来，反而是越陷越深。……亚当与夏娃，小时候母亲讲故事时提到的这两个人，现在带着各式各样的新的希望与困惑、喜悦、悲伤与恐惧来到了我的面前。……而且，每当这时，父亲在镰仓的那些忠告便有了更深一层的意义。"② 人们都知道，有时候感情往往是不受控制的。但在光子看来，这种不受控制的内心情感的波动，反而更应验了父亲的忠告，而且这些忠告"有了更深

① 野上弥生子「曙の窓より」、『野上弥生子全小説 1』、岩波書店、1997 年、372-373 頁。
② 野上弥生子「曙の窓より」、『野上弥生子全小説 1』、岩波書店、1997 年、393 頁。

一层的意义"。这就表明了光子会时刻审视自我内心的情感，保持对于婚恋的审慎的、现实的思考。这便是作者笔下的光子以内心独白的方式所展开的对于恋爱与婚姻的思考。

对此，有的论者曾将这部作品与《明暗》进行对比后指出："《来自曙之窗》与《明暗》有相通的地方。……在这两部作品中，弥生子想要表达的共同部分是，女性在少女时代完全不考虑婚姻等事情，但以某件事情为契机便开始认真地考虑这一终身大事。也就是说，她们的内心发生了变化。进一步说，她们对婚姻并不关心时，不会被男性强烈地吸引，但当她们的内心发生变化后，即便一开始并未考虑为婚姻对象者，也会逐渐把他当作婚姻对象。这正是她想表达的。"① 诚然，《明暗》中的女主人公，在后来确实表现出了上述的心理变化，但是，说《来自曙之窗》中的光子也有这种心理变化，则是值得商榷的。通过上述的分析，也可以看得出来，即便是光子内心有了情感的波动，但她在这之后所做的，是更加坚信了父亲的教导，而不是"即便一开始并未考虑为婚姻对象者，也会逐渐把他当作婚姻对象"。

二、《一个女人的信》：对精神自由的向往

《一个女人的信》（1914）除去前面的情节交代外，其余部分同样采取书信体形式，讲述了男爵遗孀对自我心路历程的回顾与

---

① 安達美代子「野上弥生子の『明暗』と夏目漱石のその批評をめぐる覚書」、『國學院雑誌』99(8)、1998 年 8 月、17-18 頁。

反省，以及对传统家族婚姻制度的讽刺，进而体现出对精神自由的向往。男爵的遗孀现在过着隐居的生活。十年前，她作为已婚之人曾给津川写信告白爱慕之心，但遭到拒绝，这对其造成了精神打击。不过，她认为自己的这份情感，倾向于精神性而不是肉体性的。她想向丈夫和盘托出，但又认为他并不能理解她的内心情感。她内心有着这样的苦闷，所以日常行为显得格外谦逊与温顺，但周围人误将这些理解为她的高尚妇德。丈夫去世后，他们又将此理解为她失去丈夫的悲伤。她出于自我考虑而继续待在夫家，又被人理解为贞洁与贤淑。现在她有机会与津川走到一起，但此时她所想象的两人的关系，更像是一种空想与幻影，因为她已经不再有年轻时的冲动与激情，剩下的只有对婚姻及爱情的冷峻审视。

有关这部作品，有的论者在与弥生子的日记进行比照后指出，这是一部取材于个人经历的小说，津川是中勘助，K 是安倍能成，而男爵遗孀则是弥生子本人。[1] 的确，从弥生子的个人经历来看，她在与丰一郎结婚后，曾对中勘助心生爱慕，给他写过多封信表露心意。但是，中勘助通过安倍能成回绝了她。这件事对弥生子本人的婚姻生活以及她对恋爱与婚姻的看法产生了重要影响。尽管这部作品与弥生子的个人经历有着很大的相似之处，但它并不是弥生子个人经历的简单再现，而是经由弥生子的艺术加工，表

---

[1]　田村道美「野上弥生子と中堪助 (一)」，『香川大学教育学部研究報告 . 第 I 部』102、1997 年 12 月、2 頁。

达出了她对婚恋意义的思考。

这部作品的女主人公与之前的女学生的人物设置有所不同，是已经步入传统家族制度内的男爵遗孀。作为一位有过切身婚姻体验的女性，她对传统婚姻制度的不合理之处是有着清醒认识的。在她看来，传统家族制度对于男女两性的要求是不平等的。男爵生前在外放荡不羁，但并未受到任何的指责。但是，男爵遗孀却不被允许在肉体上与精神上有任何不忠行为。即便在男爵去世后，周围的人们仍然以这样的标准来审视她，从而形成一种无形的监督。周围的人自然是以世俗伦理道德为标准，来对其施加无形压力的，但男爵去世之后，男爵遗孀的审慎的行为，却被他们荒唐地解读为妇德的体现，被视为一种"年轻遗孀特有的贞操之表象"[1]。而且，"人们又把她的行为与他们头脑里想象的那些牺牲啦，贞洁啦之类的概念联系起来，越发地尊敬她"[2]。在这里，世俗的解读与其内心世界形成一种巨大的反讽。

男爵遗孀不仅对于传统家族制度有着自觉的认识，而且，在两性关系方面，也去实践了所谓灵肉不一致的恋爱。一般认为，理想的婚姻是灵肉一致的婚姻。但是，男爵遗孀却在婚后，又给自己所爱慕之人写信表达思恋之情。文中写道："我都不知道有多么强烈而又深深地爱着他，而且越爱越偏向精神。因为我是有夫

---

① 野上弥生子「ある女の手紙」、『野上弥生子全小説 2』、岩波書店、1997年、186 頁。

② 野上弥生子「ある女の手紙」、『野上弥生子全小説 2』、岩波書店、1997年、188 頁。

之妇,所以对性失去了好奇心。"① 这是一种不带肉欲的精神性的恋爱,也就是灵肉不一致的恋爱。

但是,这种灵肉不一致的精神性的恋爱,对于男爵遗孀而言,却有着略显矛盾的内在心理状态。一方面是对于精神性恋爱的自我辩解与不以为意。文中写道:"这七八年间,美、浪漫与诗远离了自己,都到了年轻人身上,而我成为一个在旁边观望的人。……或许那时对那个人的感情,并不是恋爱这个词语能简单概括的。我虽然采用了情书的形式,但也没写什么大不了的事啊。我是没跟丈夫说过,但那是因为我即便跟他说,他也不会理解我的感想、憧憬、希望、爱好,我只不过把这些写给了另外一个异性而已。"② 但是,另一方面,却又显示出对于这份冲动与激情的更为现实的考量。比如,文中有男爵遗孀的内心独白:"在等待那个人的日子里,我年轻时候的那颗心已经饱受岁月的侵蚀。那双守护自我的冷峻的眼睛已经打开了。即便在右眼里继续燃烧着恋爱之火,但左眼却像燃烧的磷一样,迅速地褪去了颜色。过去的诗就那样让它埋藏在心中,像这样的散文又有何必要去打破呢。就那样吧,就那样吧。"③ 如此看来,一方面是不以为意,另一方面又是冷峻凝视,这就将男爵遗孀的矛盾心境体现得比较明显了。对此,助川

---

①　野上弥生子「ある女の手紙」,『野上弥生子全小説 2』、岩波書店、1997年、188 頁。

②　野上弥生子「ある女の手紙」,『野上弥生子全小説 2』、岩波書店、1997年、181-183 頁。

③　野上弥生子「ある女の手紙」,『野上弥生子全小説 2』、岩波書店、1997年、190 頁。

德是认为从这部作品的一些表述中，看不到弥生子作为知性作家的影子。[1] 笔者认为，上述的对于恋爱的冷峻凝视这一点，恰恰体现出了弥生子作为知性作家的一面。

上述的灵肉不一致的恋爱，只是停留在了精神的层面，最终没有能够发展为灵肉一致的恋爱与婚姻。现在她的头脑里所想象的两人的关系更像是一种惯性，是一种空想与幻影，是一种"追怀、记忆、印象，以及像被魔法药浸透过一般的甘美回忆"，以至于这些都足以让她成为"一个十足的灵魂的放荡者"。[2] 在这里，作者为何会将其称为"灵魂的放荡者"？显然，弥生子并非在否定的意义上来运用这个词汇。那么，这里的"放荡者"意味着什么呢？放荡，顾名思义意味着不受约束，行为不检点。那么"灵魂的放荡者"则意味着灵魂上不受约束者，也就是精神恋爱的人。尽管这位"灵魂的放荡者"对于婚恋的探索是不彻底的，避免了与传统家族制度的正面对决，但是，也不得不说，这也体现出了女性追求精神自由的自我尝试。

三、《写信的日子》：对婚恋方式的选择

《写信的日子》（1914）以三个女学生步入社会后互通书信的方式，呈现出她们对恋爱与婚姻的三种不同认识以及她们各异的

---

[1]　助川德は「野上弥生子の初期作品—「観察」の構造について」、『名古屋大学教養部紀要 A 人文科学・社会科学』20、1976 年 3 月、244 頁。

[2]　野上弥生子「ある女の手紙」、『野上弥生子全小説 2』、岩波書店、1997年、190 頁。

人生。小说在对这三种不同的恋爱与婚姻的描写中，反映出女主人公们对待爱情的不同态度，也流露出弥生子对于女性生存方式的思索。

小说以 A 子、C 子、K 子三个女性为主人公。她们是高等学校的好友，相互约定写信诉说人生。第一封信是 A 子写的。A 子与现在的丈夫以及他的弟弟 S，都是从小一起长大的。尽管她与 S 从小青梅竹马，但后来在家人的安排下，不得不嫁给了 S 的哥哥，而 S 对她还念念不忘。她似乎面临一个抉择。也正因为如此，她的内心被纠葛与痛苦所折磨。第二封是 C 子的信。G 是个有妇之夫，但他的妻子并不支持他对艺术的追求。C 子很欣赏他的艺术，最终两人过起了同居生活。尽管物质方面不如意，但这并未影响到他们的爱情。第三封信是 K 子写的。她会享受生活，在生活中寻找情趣，她的思考更多的是对生命的、对人生的形而上的。她将注意力放在孩子身上，并默默祈祷新生命的健康成长。

不难发现，在这里弥生子实际上描绘出了三种不同的女性命运。这三种不同的女性命运，都分别承载了弥生子对于女性的不同生存方式的思考。而且，值得注意的是，这里的女主人公 A 子、C 子、K 子都是接受过教育的新女性，而并非一般的社会女性。她们从高等学校毕业后，每个人都开始自己新的人生，但梦想与现实有着巨大的差异。在短短五六年间，她们的人生经历发生了巨大变化。也就是说，这部作品呈现的是新女性对于恋爱与婚姻的选择与思考。那么，在作者笔下，她们分别进行了怎样的选择与思考呢？

　　首先来看 A 子对婚姻的思考。可以说，A 子顺从了命运的安排，缺乏追求自由爱情的勇气与决心，在传统家族制度下不得不与并不相爱之人结婚。这都源于 A 子性格的软弱与犹豫。文中这样写道："'自我'分裂为两个互相对立的'我'，一个'我'是激情依旧燃烧的我，当沉迷于其中而不能自拔之时，另一个'我'就像他人一样冷眼旁观所发生的这一切。"① 显然，这段描述与上文中的《一个女人的信》中男爵遗孀的内心独白较为相似。这里所表达出的，也是 A 子在面对传统家族制度时的妥协与退让。她的内心仍旧保持着对心仪之人的思念，也有着与他一同抛弃一切去追求新生活的愿望。但是，她又对这么做所要付出的巨大代价有着清醒的认识，以至于她最终退回到现实生活，选择继续维持现有的生活状态，继续在灵与肉的纠葛中备受煎熬。

　　与 A 子的压抑形成鲜明对照的是，C 子对于爱情的狂热。甚至也可以说，这是一种爱情至上主义。对于 C 子而言，为了爱情，可以不顾物质生活的拮据，不顾世俗伦理道德的约束，不顾男性有妇之夫的身份，而与之同居。文中写道："我们之间的爱情却与生活境遇成反比例一般，越来越甜美……。"② "为了他去死，为了爱去死"，"没有面包的话，我们就靠爱情生活下去。"③ 显然，他们

　　① 野上弥生子「手紙を書く日」、『野上弥生子全小説 2』、岩波書店、1997年、195 頁。
　　② 野上弥生子「手紙を書く日」、『野上弥生子全小説 2』、岩波書店、1997年、203 頁。
　　③ 野上弥生子「手紙を書く日」、『野上弥生子全小説 2』、岩波書店、1997年、207-208 頁。

追寻的是超越于世俗意义上的更为纯粹的恋爱。他们有着共同的精神追求，一同为了未来的美好生活而努力。物质的拮据以及所伴随的各种痛苦，在他们这种爱情的精神胜利法面前都烟消云散。这是他们的爱情宣言，也是他们两人在人生道路上坚持下去的精神动力。但是，一般而言，这种无视物质基础的恋爱至上主义，都是会在社会现实的重压下趋于解体的。在这里，作者显然没有将这一点纳入考虑范围。

与此相对，K子更像是一个哲学家。她所关注的，并不是恋爱与婚姻，而是所诞生的新生命。她热爱知识、学问，对于生活、生命有着更加形而上的思考。她的关注重心并不在恋爱方面，而是侧重于她对孩子的母爱，以及由此引发的对于生命的哲学思考。她会从"花之神秘的惊叹者"转化为"儿童生命的惊叹者"，并进而联想到人类的生与死。比如，文中写道："这是横亘在所有人面前的一堵黑色的墙壁。他迈出的第一步，就是接近这堵墙壁的一步。这是作为母亲的我，所无能为力的。但是，从他迈出第一步，到接近黑色墙壁的最后一步之间的路怎么来走，是要面对的问题。我希望我的孩子们走善良的路，走正确的路，走充满着光明与爱的路，走有着生活意义的路。这是我一直以来所默默祈祷的。"① 死亡是每个人终究都要面临的终极命题，但K子在思考这一问题时有着积极的态度，尤其是对于新生命未来的人生路程方面。这是

① 野上弥生子「手紙を書く日」、『野上弥生子全小説 2』、岩波書店、1997年、212-214頁。

K 子作为一名母亲的生命自觉，又是她对于生命的哲学思考。

这样看来，A 子、C 子、K 子就分别代表了对于婚恋思考的三个侧面：对传统家族制度的顺从、对爱情的狂热追寻、对新生命的推崇。尽管对传统家族制度以及恋爱至上主义的认识有不彻底的一面，但这也大致上将女学生踏入社会后所要面临的处境给勾勒了出来。那么，弥生子的这三个不同人物，是否有其素材来源呢？答案是肯定的。

A 子这个人物形象中，有着弥生子本人的影子。上文已经说过，A 子的表述与《一个女人的信》中的男爵夫人的表述，有一定的相似性。而据日本学者的推测，男爵夫人就是弥生子本人的化身。而且，从时间上看，《写信的日子》和《一个女人的信》的写作时间比较接近，这也为 A 子与男爵夫人之间的关联性提供了佐证。显然，这时的弥生子对待女性婚恋的思考，有保守的、现实的一面。

C 子这个人物形象，似乎是青鞜社的伊藤野枝的化身。就在这部作品发表前不久的 1914 年 6 月，弥生子曾在《妇人画报》上发表过以和伊藤野枝的交往为题材的作品。弥生子与伊藤野枝两人虽然由于《青鞜》杂志的稿件事宜而有所交往，但两人对待婚姻与爱情的姿态却是决然不同的。伊藤野枝先是加入青鞜社，与平冢雷鸟一同致力于女性解放运动，后又主动承担起杂志社的主要工作。而且，她还拒绝了父母提议的婚姻，与上野高等女学校的英语教师结婚。不久，她在思想上倾向于无政府主义，又抛家弃子，追随男女关系混乱的大杉荣。最后，她和大杉荣惨遭日本宪兵杀害。伊藤野枝就是这样一位为了爱情而不顾一切的女性，这与 C 子的爱情至上主义是高度一致的。所以，在这里，弥生子通过 C 子这个人物形象，表达了对于伊藤野枝的爱情至上主义的一定程度上的认可。显然，这时的弥生子，也没有预料到九年后等待伊藤野枝的厄运。

K 子作为一名母亲，对新生命的由衷赞叹，也是有着弥生子的影子的。实际上，在这部作品发表之前的 1910 年、1913 年，弥生子有了长子素一、次子茂吉郎两个孩子。后来，弥生子便将与孩子们的点滴，都写进了作品中，并表达出了对于新生命的敬畏与赞美。只要将弥生子以儿童为题材的作品与这部作品加以对照，就不难发现作者在对新生命赞美方面的一致性。当然，如果以现在的眼光来看，这样一味地以新生命作为自我价值之所在，似乎也并不是值得当代女性效法的。

综合来看，上述三种不同的女性命运景观，是弥生子以自我以及好友的人生体验为素材加工而成的。尽管或多或少地存在认识不彻底的一面，但作者笔下的女主人公都对恋爱和爱情做出了不同的诠释，并由此踏上迥异的人生路途，这也体现出弥生子对于女性恋爱与生存方式之诸多可能性的探讨。

四、《洗礼之日》：对基督教救赎的思索

《洗礼之日》发表在 1915 年 3 月的《新潮》杂志上，后又被

收录于小说集《新生命》（1916）中。小说讲述了一个女学生因为内心的情感波动而痛苦不堪之时，在外籍教师的引导下逐渐倾心于基督教，进而试图寻求精神救赎的故事。故事的女主人公茂子一方面对于这个朋友的命运遭际报以关心与理解，另一方面以冷静的眼光审视着所发生的一切，并对她是否能真正融入基督教世界提出质疑。

茂子的好友 S 子将要参加在神田会堂举行的基督教洗礼仪式。起初，S 子与其他女学生一同创办文学团体，但后来发现与其性格不符时，便退出了这个团体。这时，她对学校修女们的精神生活产生了浓厚的兴趣，向往她们那隐忍而又有着强大意志力和坚定信仰的生活。S 子在学校修女的劝说下，开始去学校附近基督教会堂做礼拜。尽管茂子在心里对 S 子的宗教信仰有些疑问，但她还是衷心地祝愿自己的朋友能够拥有新的精神世界，并希望信仰的种子能在她心里面生根发芽。茂子来到学校附近的教堂参加 S 子的洗礼仪式。听到教堂音乐，她回想起自己十五六岁时，在女学校读圣经、做祷告、唱赞美歌的情景，也想起了她的老师对这一信仰的背弃。在那种美妙的感觉渐渐散去之后，茂子看到了破败的教堂与寒酸的祭坛和画作。进行洗礼仪式时，她在神职人员那机械式的重复中，看不到神圣的洗礼仪式应有的肃穆与感激。但 S 子始终保持了严肃的态度，与神职人员敷衍了事的态度形成了鲜明对照。

首先，这部作品的人物以及多处情节，都与弥生子本人在明治女学校的求学经历极为相似。因此，这也是取材于弥生子个人求学经历的一部作品。其中的 S 子退出文学团体一事，指的就是弥生子从青鞜社退出这件事。之前已经说过，青鞜社是 1911 年由平冢雷鸟等人创立的女性文学团体。作为由女性创办的第一个文学团体，它倡导男女平等，呼唤女性的觉醒。创办之初，弥生子的名字也一同出现在杂志创刊号的会员栏里。但没过多久，弥生子就宣布退出青鞜社，而仅仅作为该杂志的投稿作家。关于退出原因，弥生子曾写道："我与青鞜的关系，从一开始也就是帮帮忙的事。每当涉及人际与社会关系的时候，我总会不自觉地认为事情不会进展得很顺利，所以我压根就不适合掺和这些轰轰烈烈的事。"① 显然，这里的表述，与这部小说里的表述也是一致的。还有一点，小说中提到的曾经的老师对于信仰背弃一事，也是暗指弥生子当时的校长岩本善治在宗教外衣下，男女关系方面不检点一事。岩本善治作为明治女学校的校长，在女性杂志的创办、女性教育、女性解放运动方面，付出了巨大的努力，并培养出了许多优秀的女学生，在明治时代的女性教育史上占有重要的位置。但是，正是这位德高望重的教育家，却在男女关系方面曝出了丑闻。这件事对弥生子影响很大，也是促使其重新审视基督教的一个重要原因。并且，在后来的长篇小说《森林》中，弥生子也再一次写到了这件事情带给自己的冲击。

---

① 野上弥生子「その頃の思ひ出」，『野上弥生子全集』第十九卷、岩波書店、1981 年、479 頁。

这样看来，茂子、S子这两位作品中的人物都或多或少地有着弥生子本人的身影。上文已经说过，S子在退出文学团体一事上，与弥生子的经历很相似，因此，S子在某种程度上，可以视为弥生子的一个分身。而茂子对于自己十五六岁时（这也与弥生子进入明治女学校的年龄相吻合）在女学校读圣经、唱赞美歌的回忆，也与弥生子的明治女学校求学经历一致。因此，可以说茂子也是弥生子的一个分身。也就是说，这两个作品人物分别代表了弥生子的一个侧面，并对基督教是否能够拯救女性的情感危机进行了思考。

众所周知，明治时代以后，西方的"自由恋爱"这一崭新婚恋形式的引入，对日本传统的婚恋制度带来了巨大的冲击，并促使传统婚恋向现代婚恋制度转型。这一转型，虽然带来了女性的解放，但也在一定程度上使她们陷入迷惘与焦虑。那么，当处于这种焦虑之中时，她们能否转向基督教寻求精神寄托呢？这便是作者在该作品中试图回答的问题。

如上所述，在这部作品中，S子与茂子都代表了弥生子的一个侧面。但是，两人的心理状态以及对待基督教的思考却是截然相反的。S子是一位在内心积聚了太多情感的女性，但在现实生活中无处排遣，结果导致自己一度陷入精神危机之中。这里实际上也就点明了传统婚恋制度与现代的自由恋爱在S子身上产生了碰撞。也就是说，对传统婚恋制度的认同导致S子压抑自我情感，而对现代自由恋爱的憧憬又使她渴望宣泄自我情感。这种激烈的碰撞，导致 S 子的内心世界趋于崩溃的边缘。这时的 S 子，便将目光投向了基督教，试图以此来挽救趋于崩溃的内心世界。文中这样写道："那种无视所有的束缚与掣肘，大胆而又自由的个人主义的生活也挺好。但与此正相反的，被严厉的规则与戒律所束缚的那种极端不自由的生活，却是我更想体验的。一想到那些修女们的生活，总会让人觉得有点壮烈的感觉。她们是纯洁而又充满热情的，并且是坚强的。比起她们，我们是多么地游手好闲而又没有志气啊。"① 就这样，她渴望着通过修女们那样的修行来提高自我的意志力，并进而寻求一种精神寄托。

　　但是，S 子的这份精神寄托，在茂子这里却是另外一番景象。茂子自始至终关注着 S 子的行为，并对基督教以及她的信教动机等进行了冷静的思考。在茂子看来，S 子的信教动机并不纯粹。文中写道："……她那是真正的燃烧自灵魂深处的火光，还是一时的感情所激发出的火花？"② 茂子并非不相信神灵与信仰，她认为宗教确实能直通人的灵魂，并超越人类的思考能力。但是，由于她遭遇过信徒弃教事件所带来的巨大冲击，导致她对宗教信仰便多了一份审视的目光。正是基于这份审视，茂子还清楚地认识到教堂的破败与教堂神职人员的敷衍了事。文中写道："人数稀少的教堂内那网眼很大的榻榻米、摆在后面的好几排难看的椅子、被外面

---

① 野上弥生子「洗礼の日」、『野上弥生子全小説 2』、岩波書店、1997 年、328 頁。
② 野上弥生子「洗礼の日」、『野上弥生子全小説 2』、岩波書店、1997 年、329 頁。

进来的阳光照射着的寒酸的祭坛、右手边那画得很拙劣的圣母与基督。……神职人员的经文朗诵太过平稳，没有激情，也没有感激之意，只不过是一种空洞的声音的连续。……从神职人员那种有气无力的祝福与祈祷中，看不到神圣的灵魂之婚姻应有的肃穆与感激。他们无论是做什么，都好似一种机械的重复，这是一种让人感觉不到力量与光明的虚礼的延续。"① 显然，这些都与宗教所应具有的肃穆、神圣的氛围相去甚远。在文章的结尾处，茂子的思绪飞驰到两千年前基督教起源之时，"映入眼帘的只有荒凉而又一望无际的草原，流淌于其间的静静的小河，以及伫立在河边看着河水流去的野人"②。这便是茂子站在无神论的立场上，对基督教的本源问题的思考。当然，这种无神论的措辞与有神论的区别是泾渭分明的，这里也无进一步阐释的必要。但是，起码这也体现出了茂子对宗教信仰的冷静的审视姿态。

就这样，这部作品通过作者的两个分身 S 子与茂子，阐述了对精神世界崩坍的女学生试图求助于基督教这一问题的思考。显然，在作者看来，这种带有功利性的入教动机是不纯粹的，而且基督教能否在缓解女主人公的精神焦虑方面发挥作用，也是值得怀疑的。

---

① 野上弥生子「洗礼の日」、『野上弥生子全小説 2』、岩波書店、1997 年、338-340 頁。

② 野上弥生子「洗礼の日」、『野上弥生子全小説 2』、岩波書店、1997 年、341 頁。

第二节　被扭曲的女性自我认知

在男权社会的压抑下，日本女性的婚姻、爱情乃至于她们的自我认识，无一不受影响。男权社会给定的性别角色带给女性巨大的焦虑与苦闷。随着自我意识的成长，她们必然会与压抑她们的男权文化产生剧烈的矛盾冲突。许多女性不愿为男权社会同化而奋力进行抗争，但这样做的结果，便是更多女性命运悲剧的上演。弥生子将目光转向这一女性性别悲剧，对女性命运寄予同情与关怀的同时，更对背后的男权社会投以质疑与批判的目光。这时，她的笔下写出了在男权社会中被扭曲、压抑，甚至于被奴化的女性自我意识，表达出她对父权文化的质疑与批判。比如，《小指》（1915）、《一个女人的故事》（1922）、《加代》（1924）、《悲哀的珍珠》（1935）等作品就体现了她的这一创作思想。

一、《小指》：自我认知的错位

《小指》原名为《两匹小马》，后改为《小指》，相继收录于小说集《新生命》，以及1949年11月15日由中央公论社发行的《野上弥生子选集》第二卷。《新生命》是1916年11月5日由岩波书店出版的弥生子的第一部小说集。值得注意的是，《小指》中的女主人公英子，在后来的收录版本中都被改成了"曾代子"。那么，为什么要改名字呢？"之所以改为曾代子是有原因的。曾代子作为女主人公出场过的作品有《鸠公的故事》《家犬》《新生命》《小指》《某一天的事情》《小小两兄弟》《漩涡》等。这些小说里的曾代子均可视为弥生子的分身。小说中曾代子对自然、动物、儿童的观察，都有类似的成分。这与之后的准造与澄子四部曲，和以北轻井泽为舞台的，以及以和子为女主人公而创作的小说都运用了相同的手法。"[1] 同样的，这部作品的主人公，也可视为弥生子的分身，也是基于其个人体验而创作的。

值得注意的是，在《小指》发表前的 1915 年 6 月，弥生子曾在《时事新报》上发表了一篇随笔《我想写这样的小说》。从中，可以看出弥生子的朴素的文学观：

　　……若是真正的好的小说……那种从作者灵魂深处所流露出来的小说的话，不管它是多么地短小，也不管它写的是多么琐碎的事情……我认为它也应该能够给人以那种在庞大的《战争与和平》中所看不到的尊贵与高尚的启迪。所以说，虽然是平凡的话语，作品的数量啦、质量啦，又或者故事的内容是单纯啦还是复杂啦，都难以成为谈论作品真正价值的准则。……不管是多么平凡的一个人，如果他把在一生中的某个瞬间灵魂所受到的冲击，忠实地表现在思想和语言里……我想一定能够引起人类心灵的共鸣。因此，我相信，不论是怎样的人，只要是自己想写作，都能在去世之前留下一部伟大的作品，而这部作品必须是这个人的自

---

① 宇田健「解題」、『野上弥生子全小説 2』、岩波書店、1997 年、457 頁。

叙传。①

　　这就是弥生子在创作早期的朴素的文学理念。从上述的"平凡""自叙传"等表述中，可以发现这时的弥生子还是倾向取材于自身周边的日常生活的。就在这之后创作的《小指》，也是取材于弥生子自身生活经历的小说。这篇小说以女主人曾代子为视角人物，讲述女佣纪美随着年龄的增长，发生了生理与心理的变化，但她由于无法排遣由此带来的内心忧郁而自杀未遂的故事。

　　故事的大致情节是这样的。作品女主人公曾代子比较担心家里的女佣纪美。尽管纪美工作勤快，对孩子也很和蔼，但她透露出一种深深的忧郁。她近来非常在意左手的小拇指。她觉得小拇指太短了，为此，她感到悲哀、羞愧甚至无地自容。再加上她内心无法排解的情感，更加深了她的忧郁。她的头脑里充满了各种妄念。曾代子希望帮助她渡过这次人生危机。纪美企图跳湖自杀，但被警察救了起来。曾代子试图开导她摆脱自己的那些妄想，但纪美压根听不进去，仍旧固执地纠结于自己那又短又丑的小拇指。

　　如上所述，这部作品就是以弥生子及其家庭女佣为素材创作而成的。有的论者，也正是基于女主人与女佣的上下级关系，来评价这部作品的。比如，评论家神近市子就曾指出，这部作品流露出了作者对于女佣的优越感。助川德是也指出："《小指》的女

――――――――――

① 野上弥生子「恁な小説が欲しい」、『野上弥生子全集』第十八巻、岩波書店、1980 年、40-41 頁。

主人公英子，在女佣纪美自杀未遂之时，却担心起忧郁的性情可能会对孩子们造成不好的影响。而这种小市民式的利己主义思想，弥生子并没有把它描绘成一种令人难为情的东西。"① 的确，这种"小市民式的利己主义思想"，或多或少地体现在了曾代子与女佣纪美的关系之中。但是，这并不是作品的重心之所在，反倒是题名中的"小指"这一意象，承载了一定的社会文化意义。接下来，笔者将分析"小指"在这部作品中是如何被描绘的，以及"小指"所承载的社会文化意义。

"小指"在文中是一个重要的意象，承载了纪美因生理与心理变化所积聚的情感，也象征了对自我认知的错位。这些，在作品中都是通过曾代子加以观察和呈现的。关于纪美生理与心理的变化，文中写道："但是在同一个屋檐下，在处于观察者位置上的曾代子看来，她的性情，尤其是从一个十六岁的小姑娘逐渐长成为一个女人，日渐成熟的身体与心理的深处，有着不同于表面的平静与安稳的、让人无法放心的某个东西。那是一种印证了她那善良且诚实，稍微有点迟钝，重情义但缺乏理智的性格的一种深深的忧郁。"② 上文中的"让人无法放心的某个东西"，指的就是内心被压抑的各种情感，而表现在外的，就是"一种深深的忧郁"。文中还写道："与年龄和肉体密切相关的对于性的憧憬，或者是对于性的空想，这些柔和的情绪在她体内不知不觉地生成了。但她又

---

① 助川德是「野上弥生子の初期作品—「観察」の構造について」、『名古屋大学教養部紀要 A 人文科学・社会科学』20、1976 年 3 月、243 頁。

② 野上弥生子「小指」、『野上弥生子全小説 2』、岩波書店、1997 年、410 頁。

不能自由自在地排遣这种情感，而带来了懊恼、不满、羞愧，以及对他人的羡慕之情和放弃所带来的绝望。所有这些感情复杂地交织在里面，被她天生的诚实与淳朴所压抑。我认为这更加加深了她的忧郁。"① 就这样，一方面是日益显现的"对于性的憧憬""对于性的空想"，另一方面却处于无法排遣的境地。这时，纪美将自己的困境归因于小指的丑陋。在她看来，丑陋的小指是自己身体的一部分，是不能改变的，因此，自己的这种命运也就是不能改变的。结果就是，她试图以自杀来对抗自己所认为的这种命运。尽管曾代子对其进行了劝说，说这些都是她"一个人的妄想"②，试图更正纪美的这种自我认知，但是，最后她仍然固执地坚守着自己对于小指的偏执。

上述引文中说，纪美内心情感的无处排遣，是由于"天生的诚实与淳朴"的性格所致，但这显然只是一种表面的现象。众所周知，性格固然有天生的遗传的部分，但也有后天形成的部分。并且，在某种意义上说，这种后天的培养是更为关键的。也正是在这个意义上，波伏娃才说出了"女人并不是生就的，而宁可说是逐渐形成的"。同样的道理，纪美的这种看似是由性格所导致的情感排遣障碍，实际上是由以传统家族制度为代表的男权社会所导致的。因为，塑造纪美这种性格的社会文化环境，并没有提供给她释放自我情感的途径，这也进而导致了她对自我认知的错位。

---

① 野上弥生子「小指」、『野上弥生子全小説 2』、岩波書店、1997 年、412 頁。
② 野上弥生子「小指」、『野上弥生子全小説 2』、岩波書店、1997 年、445 頁。

在一般人看来再正常不过的小拇指，对纪美来说却成了关乎性命的大事。这种对于小指的偏执，已经近乎被扭曲的自我意识了。因此，在某种程度上可以说，小指不仅承载了纪美的各种妄念，也表征了女性那被扭曲的自我认知。

二、《悲哀的珍珠》：守旧的婚恋观念

《悲哀的珍珠》发表于1935年4月的《妇人之友》，是写于日本侵华战争期间的作品。从时间上来看，与上述作品具有一定的距离，但由于这部作品的主题与上述作品较为一致，因此也一并放到这里进行论述。1935年2月13日到3月8日，弥生子因身体状态欠佳，在医生的建议下，从东京来到伊豆修善寺疗养。对于熟悉日本文学的人而言，修善寺这个名字应该不会陌生。地处伊豆半岛的修善寺，历来是病人疗养康复之地。弥生子的老师夏目漱石就曾在1910年来此地疗养。弥生子在这里疗养的时候，也曾前往夏目漱石纪念碑凭吊，并写下了《夏目先生的回忆》（1935）。这篇《悲哀的珍珠》就是这一时期创作的。

《珍珠的悲哀》讲述姨母纠结于自己不幸的过去，失去追求幸福的勇气，而终其一生都保持单身的悲剧故事。其中，既有对男性自私、虚伪本质的揭露，又有对姨母高贵品格的赞颂，同时还暗含了对姨母在爱情婚姻面前犹豫不决的批评。作品以第一人称"我"为视角人物，姨母是"我"的养母。姨母在学生时代，突然从东京的学校退学回到九州乡下种田，之后终身未婚。姨母终生

保持着高贵的品德。姨母去世后，"我"找到她的日记和书信以及两张男性照片，从而逐渐打开其被封存的内心世界。M是一个有着高尚人格的人，但他隐瞒了自己已婚的事实并与姨母同居了半年。后来，姨母虽与K彼此爱着对方，但由于一直对自己被M欺骗一事耿耿于怀，而未能答应K的求婚。在得知实情后，K将满腔怒火倾注到这个伪善者M身上。M因此声名扫地，K则远赴国外。姨母将一切归咎于自己，所以终身未婚。而"我"作为一名新时代的女学生，认为姨母是一颗"悲哀的珍珠"。

从视角人物上看，这部作品是以第一人称"我"为主的，由"我"在整理姨母遗物时发现书信等资料，进而由"我"逐步打开其封闭的内心世界。"我"实际上就充当了姨母人生经历的观察者与评判者的角色。从叙事技巧来看，这部作品采取了倒叙的叙事手法。也就是，先交代了姨母的去世及其所遗留的信件，然后才渐次还原姨母在世时的情感波澜。显然，这种倒叙的叙事手法，更能制造悬念，更能激发读者的阅读兴趣。从情节架构上来看，这部作品显然也是以弥生子在明治女学校求学时代的岩本善治的丑闻为素材的。之前已经说过，在明治女学校求学期间，岩本善治由众人敬仰的品德高尚者跌落神坛，对弥生子触动极大。在此之前的几部作品中，弥生子已经不止一次地提及此事，但尚未以此事来构架故事情节。而这部作品，在故事情节的架构方面，显然基本上是取材于岩本善治的。这也再次表明，这次事件在弥生子的婚恋观的形成过程中所产生的重要影响。

　　《悲哀的珍珠》的题名"悲哀的珍珠"，在这部作品中具有特殊的意义。珍珠原本是纯洁的，也是贵重的东西，但是，前面加了个限定词"悲哀的"，就让这颗洁白的珍珠有了一层感情色彩。在这部作品中，"悲哀的珍珠"实际上指代的是姨母那守旧的婚恋观。而"我"作为一个新时代的女学生，自然有着不同于姨母的新式婚恋观。在"我"对其人生历程的审视中，新旧两种婚恋观的不同自然而然地凸显出来，尤其是姨母那落后与保守的一面。

　　先来看姨母的守旧的婚恋观。姨母曾以珍珠为例对"我"解释她的人生信条："珍珠是从珍珠贝的伤口里分泌出来的。所以，不管遭遇到什么样的伤痛，只要把它培养成为像珍珠那样美丽的珠子就好了。对吧。你今后离开家，会遇到各色各样的人，或许会有悲伤的事情，但不管你受到什么苦，请你都要把那份苦转化为珍珠。"[1] 姨母认为，无论是人生的何种痛苦，都要努力将它转化为美丽的"珍珠"。这里的所谓"珍珠"，象征了女性的包容而又坚韧的性格，同时也带有某种逆来顺受的意味。因此，即便是遭遇了 M 的欺骗，她也选择了忍让。后来，在 K 与 M 的对立中，她仍旧选择了隐忍。在周围的人看来，这是姨母的"一种高贵的品德"[2]。但是，背负了精神痛苦而终身未婚的姨母，真的变成所谓的"珍珠"了吗？显然没有。文中写道："让他们变成这样的是谁？

　　① 野上弥生子「悲しき真珠」、『野上弥生子全小説 8』、岩波书店、1997 年、28-29 頁。
　　② 野上弥生子「悲しき真珠」、『野上弥生子全小説 8』、岩波书店、1997 年、25 頁。

是命运？是神？是你的告白。……神啊，你是唯一能告诉我真理的人。请告诉我，我是做了应该做的事情呢，还是做了不应该做的事情呢？我的那些话是应该说呢，还是不应该说呢？"①就这样，姨母将两人的不幸命运都归咎于自己，并终身未婚，从而成为一颗"悲哀的珍珠"。实际上，这就是姨母的传统的保守的婚恋观的体现。

而"我"作为一名学生，作为新时代女性的代表，有着更为自由的婚恋观，因此，并不能完全认可姨母的守旧的婚恋观。诚然，姨母的所谓"珍珠"，的确有体现女性美好品性的一面，但同时，也不可否认有着保守、传统的一面。"我"对于这样的所谓的"珍珠"，是有着清醒的认识的。文末所举的例子就很有代表性。"我"从东京的朋友那里收到一封信。信中说，她和丈夫结束了两人的婚姻。然而，他们两人都在找到新的另一半后，开始了新的生活。文中写道："这样一来，我们那让你所担心的矛盾也就很好地解决了啊。我相信，你也会很高兴看到这种美好的结局吧。……简单地说，就是她和她的丈夫被分成了两组，又重新结婚了。"②上述引文无疑暗示了新时代更为自由的婚恋观，也就是一种"被时代所染色的珍珠"③。这样一来，"珍珠"与"被时代染色的珍珠"

---

① 野上弥生子「悲しき真珠」、『野上弥生子全小説 8』、岩波書店、1997 年、54-55 頁。

② 野上弥生子「悲しき真珠」、『野上弥生子全小説 8』、岩波書店、1997 年、56 頁。

③ 野上弥生子「悲しき真珠」、『野上弥生子全小説 8』、岩波書店、1997 年、57 頁。

便形成了一对有着强烈对比色彩的意象。也就是说，"珍珠"代表了姨母的守旧的婚恋观，而"被时代染色的珍珠"，则代表了"我"的更为自由的婚恋观。

三、《一个女人的故事》：男权社会的"象征符号"

《一个女人的故事》最初发表在 1922 年 1 月的《中央公论》上，经过多次修改后，相继被收录于小说集《小说六篇》与《野上弥生子选集》第三卷中。小说描写了女主人公仙一生中所经历的五次不幸的婚姻，体现出女主人公在困境中的顽强与坚忍。

仙在十五岁高等小学毕业时，就成了别人的妻子。仙嫁给第一任丈夫后，仿佛忽然间就变成了一个温柔而又贤惠的妻子。但不幸的是，在甲午中日战争爆发后，她的丈夫死于前线。按照传统风俗，仙又不得不嫁给丈夫那在商业学校读书的弟弟，而这一任丈夫卧病在床六年后也去世了。在公婆的安排下，她又嫁给了邻村村长的儿子，但仅仅因为仙的家族与他政见不合，她的丈夫便把她赶回了娘家。她又在哥哥与嫂子的安排下去当女佣，但又在雇主的刁难下不得不辞职。后来，仙又嫁给一位中年画家，但这一任丈夫却是一个盗窃犯。远走他乡的仙遇到一位旅馆男主人，并与他陷入忘年恋。在他去世后，仙又被旅馆主人的儿子与儿媳逐出家门。尽管如此，她回想起自己坎坷的命运遭际时，并没有一丝怨恨，有的只是对他们的爱与感激。

这部作品的女主人公仙，被作者有意识地塑造为地方上的安

于传统婚恋习俗的且尚未觉醒的淳朴女性形象。仙及其所在小镇
上的大多数女性，从小便被灌输因循守旧的传统观念，是完全认
同于传统家族制度的女性。文中写道："姑娘们对这些话言听计从，
而且深信那都是正确的意见。因为那是他们的父母们所说的。她
们并不知道'我'这个词。她们也没有想要知道的意思。就这样，
她们的睡眠是那样地深沉与安详。"显然，他们没有"自我"意识，
是尚未觉醒的女性，而只能被动接受传统家族制度下被决定的命
运。所以，在其第一次婚姻时，她在之前甚至与未来的丈夫从未
谋面。她就像从小就被教育的那样，认为："女人反正是总归都要
去到一个地方的。来到这里是我生来就结下的缘分。"① 这种单纯且
朴素的宿命论，支撑了仙的全部精神。在其成为遗孀之时，她再
次服从了当地的传统的婚恋习俗。文中写道："她完全就是这个小
镇上的女性。除去这个小镇上古老的习俗道德之外，她不能想象
还有其他习俗道德的存在。而且，她只需要遵循这个习俗，那么
这门婚姻也会被所有人认可。"② 可以说，对于尚未觉醒的仙来说，
遵从传统婚恋习俗是其唯一的出路。

那么，弥生子为何会着意刻画这样的尚未觉醒的淳朴的女性
形象呢？这与弥生子本人在九州老家的生活经历不无关联。弥生
子的老家，在九州地区的大分县，那里就有许多像仙这样从小就

① 野上弥生子「或る女の話」、『野上弥生子全小説４』、岩波书店、1997年、250-254页。
② 野上弥生子「或る女の話」、『野上弥生子全小説４』、岩波书店、1997年、256页。

被因循守旧的传统习俗束缚着的女性。在 19 世纪末期的九州地区，女性教育尚未普及，因此，她们也就缺少通过教育来提升自我的机会。她们被束缚在当地，有着被决定好的命运。但弥生子是她们之中的幸运儿，有着相对宽裕的家庭，同时有着相对开明的父母，所以，她才有机会跳出相对保守的九州地区，来到东京接受高等教育。但是，九州老家的那些女性的处境，是弥生子一直难以忘怀的。因此，已经成为作家的弥生子，便将她们的故事写进了作品中，以便引起人们对她们的关注与思考。

对于这部作品，许多论者都指出了女主人公的不幸的、多舛的命运。比如，濑沼茂树曾评论道："《一个女人的故事》刻画了一则日本近代女性的故事。她在十五岁时就成为别人妻子，并不知道有'我'这个词，是一位洋溢着'纯粹的女人味'的女性。因为'女人反正是总归都要去到一个地方的''缘分'，她丈夫在甲午战争中战死后，按当地风俗要嫁给比丈夫小两岁的弟弟，并在之后前前后后结过五次婚。她并不感到惊讶，只是认为这就是缘分。……她独身一人承担了五六人的命运，是一个命运多舛的日本女性。……虽然可以说她是一位体验过极端不幸的女性，但细细想来，或许又可以说她与今天的女性都有相通之处。作者饱含深深的情感，将其温情地刻画了出来。"① 薮祯子也认为："《一个女人的故事》把'女性'凸显了出来。她天生丽质，在追逐幸福的过程中，与其说是被'男性'，倒不如说是被'命运'所玩弄。

---

① 瀬沼茂樹『野上弥生子の世界』、岩波書店、1984 年、81 頁。

作品追忆了这位女性一生的变化。……弥生子以平淡的笔致，将这个女性的半生充满温情地刻画出来。"①诚然，女主人公的命运是极为不幸的，但是，果真是"与其说是被'男性'，倒不如说是被'命运'所玩弄"了吗？笔者认为，恰恰相反，与其说是被"命运"，倒不如说是被"男性"所玩弄了。这里的"男性"，既是指仙所接触过的男性，更是指"战争""长子继承制""政治"等象征符号所构筑起的男权社会。

结合文本来进行分析，就不难发现"战争""长子继承制""政治"等象征符号对仙所施加的暴力。女主人公仙前前后后经历过五次婚姻，但这五次婚姻结束的缘由却又是不同的。仙的第一段婚姻，是由于她的丈夫战死而结束的。很明显，这里提到的缘由是战争。众所周知，明治时代以来，日本先后发动了甲午中日战争、日俄战争，之后也一直试图扩大侵略中国的战争。战争必然会导致家庭的破碎，必然会催生出战争遗孀。仙就是遭受了战争灾难的一个例子。紧接着，仙必须遵从惯例嫁给丈夫的弟弟。但是，这次带给她的却是新任丈夫的忧郁、恐怖与嫉妒。他说道："我哥哥死了以后，你心安理得地和我结婚了。我死后，你也一定会同样心安理得地和别人结婚。"②就这样，遵从了传统习俗的仙，仍旧得不到宽容与认可。接着，在第三次婚姻的时候，仙又成为

---

① 藪禎子『女性作家評伝シリーズ 3　野上彌生子』、新典社、2009 年、126-127 頁。

② 野上弥生子「或る女の話」、『野上弥生子全小説 4』、岩波書店、1997 年、264 頁。

政治斗争的牺牲品。她所在村的村民，分属于 J 党与 S 党。两党之间充斥着的责难与谩骂，在仙看来这都是无意义的。但是，后来仅仅因为丈夫家与仙的家族政见不一致，仙便被赶出家门。"离婚的理由，是日本最有权威的，也是极为简单的一句话：'与家风不合'。"① 后来，仙又相继嫁给盗窃犯、中年旅馆主人，但最终都没有获得安身之所。就这样，弥生子通过这样的不乏夸张的故事情节，刻画出了地方上尚未觉醒的女性的艰难处境。

上面说到的政党之间的无意义的倾轧，于弥生子本人而言是深有体会的。她的家乡九州大分县，就充满了各种政治乱象。甚至她的老家，就是本地一个政党的大本营。她的叔叔们，尤其是准造的原型丰次郎，为了参与选举，不但耗费了大量金钱与精力，最后还险些被投入监狱。这些都对弥生子的思想与创作产生了影响。她后来的小说《准造和他的兄弟》(1923)，就是以她的叔叔以及家乡的选举事件为原型而创作的。她曾在写给弟弟武马的信中提及日本政党政治的乱象："我不认为政友党就是好的，本党就是坏的。大分县这块土地让我深深地感受到政党的毒害。"②1925 年1 月，她又在《改造》杂志发表的《长风行》中提道："政党间的对立已经不是一种战争，而是变成了相互之间深深地不能自拔的个人恩怨。"③ 上述的有关 J 党与 S 党的叙述，应该是融入了弥生子

① 野上弥生子「或る女の話」、『野上弥生子全小説 4』、岩波書店、1997 年、282 頁。
② 宇田健「解題」、『野上弥生子全小説 5』、岩波書店、1997 年、389 頁。
③ 宇田健「解題」、『野上弥生子全小説 5』、岩波書店、1997 年、389 頁。

的个人体验的。

总而言之，女主人公仙先后所经历的五段不幸婚姻，从表面上看是其五次不幸的人生遭际，但是从更深层次来看，就会发现那是"战争""长子继承制""政治"等男权社会的象征符号对女性所施加的暴力。

四、《加代》：对逃离婚姻牢笼的渴望

弥生子的叔叔小手川丰次郎在小时候遇到意外，导致身体残疾。他将这种身体上的缺陷转换为对知识的渴求，在美国取得了经济学博士学位，回国后又在日本出版经济相关的书籍、参与政党竞选，并迎娶艺妓为妻，渡过了波澜壮阔的一生。弥生子也曾说过，这是她必须要写的一个题材。于是，弥生子在 1923 年到 1925 年间，创作了以小手川丰次郎为原型的"准造四部曲"，即《澄子》（1923）、《准造和他的兄弟》（1923）、《加代》（1924）、《疯狂的时钟》（1925）。

《加代》是四部曲中的第三部，发表在 1924 年 4 月 1 日的《中央公论》第 39 年第 4 号上。题目中的"加代"，便是以弥生子的叔母为原型创造的。这篇小说围绕加代的出逃而展开，讲述了加代与一个男人私奔后的复杂心理以及男性对她的再次背叛。先来看大致的故事情节。准造在外参加选举期间，加代与情人、画家古泽私奔。但在私奔之后，加代与古泽两人产生了意见上的分歧。与加代对这份感情的全身心投入相比，古泽始终在脑子里打着小

算盘。古泽打算先出国留学，等留学回来后一切都会变好，但加代认为这是自欺欺人。在去办理护照的途中，古泽看见了准造，甚至对准造报以同情。后来，就在他们准备坐火车逃跑时，准造一行人追了上来。在这关键时刻，古泽退缩了，他试图挣脱加代，独自逃跑，加代便给了这个残忍而又冷淡者一巴掌。

上述加代的私奔事件，取材于叔母的真实事件，但是，具体的细节经过了弥生子的艺术加工。有关这部作品的评论，大多是对故事情节的总结与提炼。比如，濑沼茂树曾评论道："第三部《加代》的时间据推测为明治45年。作品以加代与一个叫古泽的洋画家私奔到信州的事件为开端，穿插讲述了加代在新桥当艺妓时被准造赎身之后的生活，以及她和书生的外遇等，以加代这一点来从家庭内部观照准造落选后的思想与感情。加代从与准造的生活中逃离出来，梦想着和古泽过普通家庭的生活。准造想方设法打听加代的行踪，以顽强的意志将其追回。这种对于加代固执的搜寻，隐藏着准造那冷彻的情感与不同寻常的智力。弥生子通晓女性的情感与行动，而且不仅从女性立场，也是从人这一立场来理解男性。"[1]薮祯子认为："作者在《加代》中，以练达的笔致刻画出在准造回老家参加选举的外出期间，私奔的妻子加代与年轻画家古泽之间的爱欲世界，与执着追踪二人的准造之间的紧张关系。"[2]诚然，准造与加代和古泽二人之间是有着"紧张关系"，

① 瀬沼茂樹『野上弥生子の世界』、岩波書店、1984年、61頁。
② 薮禎子『女性作家評伝シリーズ3 野上彌生子』、新典社、2009年、139頁。

但这并不是作品的重心之所在。重点是在加代与古泽二人对于婚恋的不同认识，以及由此造成的两人关系的破裂。

加代与古泽两人做出了私奔这一大胆的举动，但是，两人私奔的动机以及对于婚恋的理解是截然不同的。对于加代而言，与古泽的私奔，是她逃离现在不正常的生活，迈向理想中的平凡生活的一个途径。加代对于传统的婚恋习俗是不认同的，所以，她才能做出如此大胆的行为。但是，古泽的想法与加代并不一致。古泽认同传统的婚恋习俗，实质上他与准造并无区别。正因为如此，古泽才荒谬地认为，加代就这样抛弃了准造，有着不仁不义的一面。对此，加代态度坚决地反驳道："你想想看，到底谁可怜。那个人和我——19岁时的春天到现在，我在那个人的身边是怎样生活过来的，你只要明白那个——不，作为男人的你是不明白的。"① 这样，两人的婚恋观的不同，就体现得比较明显了。

加代与古泽的这种认识的不同，在接下来体现得更为明显。古泽则坚持认为事情发展到现在，作为女性的加代负有不可推卸的责任。而且他觉得，如果加代能够与准造厮守到老，他"或许会十倍于现在地喜欢她。"② 显然，古泽是完全认同传统婚恋习俗的，也正因为如此，他才努力使自己站在道德制高点上，来减轻自己内心所背负的巨大压力。即便是在古泽准备选择出国这一逃避行

① 野上弥生子「お加代」、『野上弥生子全小説5』、岩波书店、1997年、154页。
② 野上弥生子「お加代」、『野上弥生子全小説5』、岩波书店、1997年、156-157页。

为时,他仍旧放心不下加代那"健康而又熟透了的身体"①。而古泽并非没有意识到自己的自私与虚伪。文中写道:"他看到了自己那无意识中体现出的自私自利,看到了对即将承担命运痛苦之时的犹豫不决的卑鄙无耻之人,也看到为了满足自己的道德意志,就要把这个可怜的罪恶的分担者再一次推回到黑暗中去的残忍的背叛者。"②对于古泽的种种自私与虚伪的行为,加代也不禁发问:"如果像他说的那样,两个人对不起横井(准造)的话,那他为什么就不想两个人一起去承担这份罪过?"最终,在古泽看来,个人的前途才是最重要的,以至于他和加代的种种诺言都可以毫不犹豫地抛弃。加代在绝望中打了他一巴掌。文章最后写道:"不,她打的不是古泽。她是打了一个自己也不了解的、残酷而又冷淡的人的脸颊。"③

文章最后加代掌掴古泽的这一幕,弥生子在1923年的信中曾有过类似的表述:"在火车里分别时,女人打了男人脸颊,喊着卑鄙无耻的人。她那是打了命运的脸颊,把命运称作卑鄙无耻的人。"④不难发现,弥生子将这里的"命运的脸颊",改为了小说中的"一个自己也不了解的、残酷而又冷淡的人的脸颊",这一改写将原本略显模糊的质疑变为对男性自私自利的明确揭示。

---

① 野上弥生子「お加代」、『野上弥生子全小説 5』、岩波書店、1997年、172 頁。
② 野上弥生子「お加代」、『野上弥生子全小説 5』、岩波書店、1997年、178-179 頁。
③ 野上弥生子「お加代」、『野上弥生子全小説 5』、岩波書店、1997年、187-188 頁。
④ 野上弥生子『野上弥生子全集第Ⅱ期』第一卷、岩波書店、1986年、38 頁。

如上所述，一边是加代渴望逃离现在的境况，渴望平凡的普通的生活，而另一边是古泽对于传统伦理道德的认同，以及对于个人利害得失的算计。他们的这种对于婚恋的不同认识，就决定了他们的私奔必然不会长久，也决定了加代那难以改变的命运。正是在这个意义上，弥生子曾在 1924 年 3 月 11 日的日记中写道："今天终于写完了《加代》。我已经尽力把能写的都写了。后半部分写得还算比较顺利，所以心情也很舒畅。不过，这么看来，加代也是一位可怜的女性。"①

第三节　觉醒女性的困惑与社会实践的挫折

1879 年，挪威剧作家亨利克·易卜生创作的戏剧《玩偶之家》引起了社会的强烈反响。女主人公娜拉被视为那个时代追求独立、男女平等与个性解放的代表，但同时也带来了需要思考的问题，那就是娜拉出走以后，要面对怎样的命运。1911 年，《玩偶之家》首次在日本上演，为日本那些有着同样境遇的女性带来了新的思想。"娜拉"逐渐成为日本"新女性"的象征：她们不认同传统的伦理道德，有独立的思想和价值追求，渴望实现自我的人生价值，是一群觉醒了的具有自我意识的女性。"女性自我意识是女性觉醒的标志，表现为女性对自我价值的肯定，它从女性本体论出发认

① 野上弥生子『野上弥生子全集第Ⅱ期』第一卷、岩波書店、1986 年、120 頁。

识女性，从观念和方法上否定了男性中心思想及男权社会对女性的界定，是向传统社会秩序的挑战。具有这种思想的女性开始探索自身的思想、情感、生活经历、处境、命运等。"①1911 年，平冢雷鸟等人组织成立了日本第一个女性的文学结社青鞜社，并发行同人杂志《青鞜》，倡导女性解放与男女平等。这在日本女性史以及日本文学史上都具有重要意义。但是，就如同娜拉出走后所面临的命运一样，她们也面临着同样的问题。觉醒后的女性在男权社会的层层包围下举步维艰，因此，也就难免伴随着困惑与挫折，这在弥生子的《她》(1917)、《多津子》(1918)、《真知子》(1928—1930)等几篇小说中都有所体现。本节将围绕上述作品展开论述。

一、《她》：对新女性的认同与困惑

《她》是以青鞜社的伊藤野枝为原型创作的小说。之前已经说过，伊藤野枝与弥生子由于《青鞜》的事宜而互相熟悉。当时，伊藤野枝一家就住在弥生子家附近。在从平冢雷鸟手中接过《青鞜》杂志的编辑工作后，伊藤野枝便与弥生子有了频繁的往来。再加上两人都是年轻的母亲，也便有了更多的共同话题。有关这段经历，弥生子曾在 1914 年 6 月 1 日发表在《妇人画报》上的《来自染井（一）》和随笔《私信》中有所涉及。在《来自染井（一）》中的伊藤野枝，是"一位正直而又淳朴的，有着强烈的上

---

① 陈晓兰：《女性主义批评与文学诠释》，敦煌文艺出版社，1999，第168—170页。

进心和纯真热情的可爱的人"①。《私信》中的伊藤野枝，则是一位有着细腻感情而又无微不至地呵护孩子成长的母亲。但是，后来伊藤野枝与丈夫离婚，在思想上倾向于社会主义，并与大杉荣走到了一起。正是这一段经历，完全改变了她的人生命运。1923年9月，在关东大地震后，大杉荣、伊藤野枝和她的孩子，被日本宪兵残忍地杀害。弥生子在当年11月1日的《女性改造》上发表的《伊藤野枝》一文，回顾了她与伊藤野枝的往事："都已经过了十年了。我那个时候住在染井，她家就在我家的后面，经常传来三弦和尺八那美妙的声音，并充满了爽朗的笑声。这是多么快乐的一家啊。大约正好在那时，为了联络平冢所负责的'青鞜'社的相关事宜，她会时不时地来我家。那时她身材矮小，还让人觉得有点像女学生。她的长相很独特，乍一看有点像吉卜赛姑娘。她的笑容也很迷人。"②

弥生子将上述的与伊藤野枝交往的经历，融入了《她》这部小说的创作中。小说以伸子与柳泽的交友为主线，讲述了"新女性"间亲密的姐妹情谊、她们对成长的渴望及其在成长道路上的羁绊。柳泽是女性文学团体S社的成员，主要负责杂志的编辑工作。S杂志是新妇德的宣传平台。伸子是S社的投稿作家，但拒绝成为会员，她对S社的动向和当时的社会环境有着较为清醒的认

①　野上弥生子「染井より（一）」、『野上弥生子全小説2』、岩波書店、1997年、143頁。

②　野上弥生子『野上弥生子全小説3』、岩波書店、1997年、433頁。

识。柳泽与伸子相约共同进步、追寻真理。但是，柳泽厌倦了丈夫的不求上进，而被 M 的思想与人格魅力所吸引。在伸子看来，她的这种做法是缺乏理智的。伸子并非不赞同所谓的自由恋爱，只是认为现在仍然缺乏合适的社会土壤。后来，M 又与其他女性纠缠不清，闹得满城风雨。

这部小说中的两个主要人物柳泽和伸子，分别是以伊藤野枝、弥生子为原型创作的。上面已经说过，两人是由于《青鞜》杂志的稿件事宜，才逐渐相识的。小说中的女性文学团体 S 社，指的就是青鞜社。而且，伸子拒绝成为会员一事，也与弥生子本人拒绝成为青鞜社的会员相吻合。柳泽的情感经历，与伊藤野枝本人也相吻合。伊藤野枝后来抛弃家庭，而与大杉荣走到了一起，但是，大杉荣还与其他女性纠缠不清，从而闹得满城风雨。因此，M 指的就是无政府主义者大杉荣。

值得注意的是，这部作品中的所描写的，都是"新女性"。所谓"新女性"，指的是在思想上觉醒，自觉地维护女性权利，寻求男女平等的女性。20 世纪 10 年代的青鞜社，就是这些新女性们的一个主要的聚集地。当然，伊藤野枝、弥生子，也就是柳泽和伸子，同样是当时的"新女性"。她们对于女性权利的伸张、对于传统习俗的批判是值得提倡的，但在具体的实施过程中，却往往偏离预先的轨道而堕入情感的泥沼。具体到这部作品中，就体现在伸子或者说弥生子对新女性的认同与困惑方面。

弥生子对于新女性的觉醒、女性的自立与成长都是认同的，同时也对当时的女性运动与社会环境有着清醒的认识。比如，文中这样写道："那时，S 社在正反两方面都是活动最为醒目的时期。A 子呼吁日本妇人社会道德意识的觉醒，对从前的妇德和习俗进行了尖锐的批评，从而成为社会上憧憬的对象。她所受到的对待与所有时代、所有类型新人身上受到的相同。家中的老父母和伯父伯母们，把她咒骂为日本妇人道德的异端者，对她那脱离常规的行为感到极为不满。但是，他们年轻的女儿和侄女们，即便多少有些异议，也都不可避免地成为她的共鸣者。现代化教育使她们的'自我'开始觉醒，同时也提醒她们必须认真考虑女性的经济独立和现实的就业问题。同时，再加上欧洲涉及女性问题的戏剧传入日本……也教给了她们与之前完全不同的新妇德的存在。"[①]这些，都是弥生子基于自己青鞜社的亲身体验而对当时的女性的觉醒与成长进行的思考。不仅如此，伸子也对男性投去审视的目光。在听到有人把妇人参政运动污蔑为"一场荒唐的运动"时，她便为同时代的姐妹们鸣不平："普通的男性，并不想让人破坏这些对他们自己有利的道德、法律。这些话只不过是一种利己的并且是敌视女性的部分体现而已。"[②]这里集中体现了伸子对于男权社会中所谓道德、法律的虚伪本质的清醒的认识。伸子通过柳泽认识了更多志同道合者，并看到了她们身上的闪光点，认为这是女

---

①　野上弥生子「彼女」、『野上弥生子全小説 3』、岩波书店、1997 年、283-284 頁。

②　野上弥生子「彼女」、『野上弥生子全小説 3』、岩波书店、1997 年、284-287 頁。

性同伴间的纯粹的友谊。在这条充满荆棘的道路上，女性与女性互相扶持与鼓励，共同学习进步，给予对方精神上的慰藉并结下了亲密的友谊。当柳泽的婚姻不能给她带来进步，甚至阻碍了她的进步时，她并没有去顾及世俗的眼光，反而毅然选择结束这段婚姻。所有这些，都体现出伸子对新女性间的互相帮助、互相学习、共同进步的美好希望。

但是，弥生子不仅有着对新女性的认同，同时也有着对新女性的困惑。这种困惑，与对新女性的认同始终是纠缠在一起的。这首先就体现在伸子与 S 社保持了一定距离方面。这是因为她在看到 S 社进步性的同时，也看到了消极的一面。文中写道："她们团体的主张是极为正确的。但是，在她们个人的行为里，隐藏着很多不诚实和不纯洁的游戏心理。"这里的所谓的"不诚实和不纯洁的游戏心理"，指的是当时的新女性们在男女两性关系方面的不检点。事实也的确如此，青鞜社在后来，确实也发生了新女性出入风俗场所的事件。而且，柳泽在挣脱掉婚姻的羁绊后，却又任凭自己的感情奔放，转而投身于社会主义者 M 的怀抱。也就是说，她再一次将自我成长的希望寄托在男性身上，渴望从他那里获取成长的养分。对比，伸子明确表示了不赞成她那缺乏理智的做法："让我来肆无忌惮地说几句话，你并没有从第一次失败的结婚中吸取教训。初恋谁都会有，但是，你现在已经不是十八岁的小姑娘了，你现在是比普通的女性更加自觉的新女性。当初你想离婚是为了谁？是为了你自身的成长，是为了打好更加稳固的基础,远离那种烦琐的家庭纠葛。这难道不是你的目的吗?"①在伸子看来,作为新女性的柳泽,并没有吸取上次婚姻失败的教训,也并没有认清自己应该努力的方向。就这样,柳泽对异性的欲望使她与伸子看似坚固的友情出现了裂缝。在伸子看来,"友谊啦,爱啦,这些到底是什么? 在强烈的欲望面前,它们就被随意地抛弃、被踩踏,没有任何权威。而能看到的,唯有悲伤。……恋爱的胜利者……这就是最进步的社会革命者和现代的新女性们所肩负的梦想吗?"这就是伸子,同时也是作者对所谓的"新女性"所发出的质问。不久之后,M又与其他女性纠缠不清而闹得满城风雨。现在,伸子对柳泽,"除了蔑视与怜悯之外,没有其他任何的感情了"②。显然,在作者看来,这种寄希望于男性的做法并不是柳泽真正的成长之路,反而只是其在人生路上彷徨与迷茫的写照。正如薮祯子所言:"在文中,弥生子善意地描绘了这位年轻友人。据我所知,这是在刻画野枝方面最出色的一部作品。作品对她与丈夫的日常生活,以及她和丈夫的分离都表示理解。但是,对其马上投入大杉荣的怀抱这件事,则混杂着侮蔑与怜悯、失望与愤恨,从而生动地刻画出其'悲剧性'的人生轨迹。"③

总之,弥生子对日本的新女性,有着认同与疑惑并存的复杂心态。她认同的是,她们促进女性觉醒、伸张女性权利的主张与

---

① 野上弥生子「彼女」、『野上弥生子全小説 3』、岩波書店、1997 年、322-323 頁。

② 野上弥生子「彼女」、『野上弥生子全小説 3』、岩波書店、1997 年、333 頁。

③ 薮禎子『女性作家評伝シリーズ 3 野上彌生子』、新典社、2009 年、92 頁。

实践；她所疑惑的是，她们对待女性运动的态度是否是严肃的、纯粹的。实际上，在弥生子看来，伊藤野枝的信仰并不彻底。她曾说道："她有什么罪？就她与社会主义的关系来说，如果我的看法没错的话，那也只不过就像百姓的妻子跟着丈夫去地里干活一样。如果大杉氏是贵族或有钱人的话，伊藤也会很高兴地去享受贵族或有钱人的生活吧——我这绝没有蔑视伊藤野枝的意思。我只是想说，她是能够为了所爱之人而不顾一切地去追随他的一个人。她最美丽的不正是这一点吗？那么可爱而又单纯的女性，为什么不能让她活下去呢？我一想到这里，就觉得她实在是太可怜了。"① 尽管这是在后来伊藤野枝被害后弥生子所写下的文字，但也表明了她对待思想与信仰的严肃的思考。在弥生子看来，遵从自我内心的想法，努力地学习、思考，进而获得自我进步与成长才是女性的出路。

二、《多津子》：在传统家庭伦理道德与自由恋爱的夹缝之间

《多津子》最初发表在 1918 年 1 月的《太阳》杂志上，原题为《优秀的人》，在收录于 1922 年 4 月 26 日改造社发行的《小说六篇》时改名为《多津子》，后又相继收录于 1924 年 9 月 15 日改造社发行的《海神丸 其他》，以及 1949 年 11 月 15 日中央公论社发行的《野上弥生子选集》第二卷中。

小说描绘了家庭和学校的伦理道德教育对多津子造成的压抑，

---

① 野上弥生子『野上弥生子全小説 3』、岩波書店、1997 年、435-436 頁。

以及她那无处排遣的内在情感。多津子今年二十六岁,有着美丽的外表与聪颖的头脑,但尚未结婚。多津子整日在书房中忙于翻译,没有繁杂的社会与人际关系。她很清楚社会的传统习俗。社会上到处充斥着催人结婚的信号。她在家庭与学校中所接受的教育,也是为了这件事而服务的。她的母亲是这一思想的忠诚信奉者。多津子内心沉睡的情感受到召唤,但又被传统的伦理道德所压抑。后在哥哥的鼓励下,多津子前往国外,并在旅途中有了新的期待。

不难发现,这部作品所刻画的,实际上也是日益觉醒的新女性。但她的觉醒,更侧重于精神世界,尚未付诸实际行动。并且,多津子这一女性形象,也或多或少地有着弥生子本人的影子。文中提到了多津子整日忙于翻译而在家闭门不出,与弥生子本人的经历极为相似。弥生子就曾于1914年至1915年间整日忙于翻译工作。而且,文中所出现的对修女生活的向往,也曾多次在弥生子的作品中出现过。那么,这些正在觉醒的女性,在当时仍旧比较保守的家庭与社会环境中,会有怎样的内心矛盾?又会面临怎样的处境?这些都是本文将要论述的内容。

上面已经说过,多津子是一位正在觉醒的女性,也是一位有着良好学识与素养的知识女性。她忙于翻译与学习,整日沉浸于自己的世界中,不去理会繁杂的社会与人际关系。多津子对于社会习俗有着清醒的认识:"结婚!结婚!结婚!社会上所有的活动、所有的事业、所有的机构,人类的各个阶级日常的那些忙碌,看上去仿佛都是为这件事件而准备的。她在家庭与学校中所接受的教育，也是为了这件事而服务的。她必须是好的妻子，也必须是好的母亲，这是她们学校教育的伦理的根本准则。所有道德，所有人生观，都必须从这个窗户中来窥探。"①

尽管多津子是一位正在觉醒的女性，但是，她毕竟身处传统社会、传统家庭中，并且接受了传统的学校教育，因此，这些又对她的自我认知产生了一定的影响，使其在一定程度上认同于传统的伦理道德。也就是说，多津子的内心是充满矛盾和焦虑的，一方面是对自由恋爱的向往，一方面又被社会现实所压抑。多津子的母亲，就是一位认同于传统伦理道德的代表。她从一开始，便希望把多津子塑造为符合男性期待的贤妻良母。在母亲看来，这一切都是对女儿的关爱。但是事实上，她在无意识中充当了父权制文化的代言人。正如有的论者所言："她们用语言清晰地传递着父权制文化的信息，但她们的所作所为同样是父权制文化的身教者，在她们身上体现了传统母亲角色的真相——既是父权制文化的受害者，又是其传承者。她们把笼罩着、欺压着自己的父权制传统文化忠实地当作生活准则，并有意无意地随时随地将其灌输到子女心中。"② 随着多津子年龄的增长，传统的伦理道德对其内心世界造成压抑，扭曲了她对自我情感的认识。她的内心逐渐被这种情感与焦虑所撕裂，充满了无处排遣的苦闷。文中如此写道：

① 野上弥生子「多津子」、『野上弥生子全小説 3』、岩波書店、1997 年、362 頁。
② 寿静心：《女性文学的革命——中国当代女性主义文学研究》，中国社会科学出版社，2007，第 149 页。

"多津子将目光从书本移开后叹了口气。那些都是与学校的伦理教育与家庭的道德观完全相反的行为。当置身于那个特殊世界中时，不管怎样的行为都不会觉得丑陋。所有的恶之上，都伴随着不可思议的美化。肮脏的事情，令人厌恶的事情，都那样极有魅力地呈现出来。她会为不贞洁的妻子而流泪。年轻人的轻率行为也仅仅凭他在恋爱中这一句话，而不会被斥责。但这些让多津子感到害怕。她为自己道德批判的矛盾性而震惊和羞愧。即便如此，她仍旧被深深吸引着。"①

那么，在当前的日本社会，多津子是如何确定自己的人生方向的呢？作者在最后，给出了两个暗示。一个就是多津子母亲的去世。显然，这就在某种程度上象征了母亲所坚持的传统婚恋观的失败。另一个就是多津子的哥哥对多津子的启发。她的哥哥留学国外，并与外国女性恋爱结婚。对多津子而言，这自然代表了一种新型的婚恋关系。在哥哥的劝说下，多津子便将目光转向了海外的英国。在前往英国的途中，多津子有了新的期待："她每天都眺望着远方的大海。她总觉得有什么东西在等着她。那是与之前完全不同的新的幸福。"②就这样，多津子将自己的未来完全寄托在了遥远的大洋彼岸。但是，也不得不说，多津子从传统伦理道德与自由恋爱的夹缝之间挣脱出来之后，避免了与传统伦理道德的正面对抗，而是选择了一种类似逃避的行为，从而也具有一定

---

① 野上弥生子「多津子」、『野上弥生子全小説 3』、岩波书店、1997 年、372 頁。
② 野上弥生子「多津子」、『野上弥生子全小説 3』、岩波书店、1997 年、384 頁。

的局限性。正如薮祯子所言：“作品结尾处和‘碧眼’男性的某种可能性的暗示，确实反映出日本女性的闭塞感和渴望逃脱的意愿，但作品最终未能超脱于多津子个体的救济这一层次。即便作品传达出日本社会环境对其造成的压抑，但未能从正面去挑战它。”①

三、《真知子》：意识形态遮蔽下的性别压迫

（一）弥生子关于《真知子》的构思与抱负

《真知子》是弥生子的第一部长篇小说。自 1928 年 8 月起，直至 1930 年 12 月，《真知子》先后刊载在《改造》杂志的第十卷到第十二卷，其中最后一章《血》刊载在《中央公论》第四十五年第十二号。1931 年 4 月 15 日由铁塔书院，1947 年 9 月 15 日由文艺春秋新社，相继出版小说的单行本。在这之后，小说又相继被收录于中央公论社出版的《野上弥生子选集》第一卷、筑摩书房的《现代文学大系》、集英社的《日本文学全集》中。

在正式创作之前，弥生子曾表达过对于这部作的构思。比如，她在 1926 年 10 月 3 日的日记里就曾写道："头脑聪明，乖巧伶俐。但她并不是美人，也不是特别擅长社交，所以终身未婚。这样的女性，从今往后会出现很多吧。而且，在这些女性之中，一定会出现那种致力于提升女性地位的人。我今后要写的女主人公就打算从这些人里面寻找。"② 在这里，"那种致力于提升女性地位的人"

---

① 藪禎子『女性作家評伝シリーズ 3　野上彌生子』、新典社、2009 年、115 頁。
② 野上弥生子『野上弥生子全集第 II 期』第一卷、岩波書店、1986 年、459 頁。

是值得注意的，因为，后来的真知子的确是沿着这一思路来塑造的。后来，或许是为了寻求进一步的灵感，弥生子再一次地阅读了简·奥斯汀的《傲慢与偏见》。之前已经说过，早在二十世纪初，弥生子就在夏目漱石的推荐下，阅读了《傲慢与偏见》，而且，后来还协助丈夫校对《傲慢与偏见》的译文。弥生子在 1927 年 12 月 14 日的日记里写下了读后感，并掩饰不住对简·奥斯汀的赞美："我每次去读这篇小说都会有新的感动。这正是一种自然的，没有伪装过的，最为平淡而又本真的人生。……这位二十三岁的英国妇人的文学地位理应在司汤达之上。尽管如此，她那天才般不可思议的力量才是让人惊叹的。我原本打算至少要写一篇像奥斯汀那样的长篇小说，现在看来是不太可能达到她的高度了。要是能够像她那样写就好了。"[1] 事实证明，弥生子的《真知子》是受到了《傲慢与偏见》的影响的。这也是后来的研究者们将这两部作品进行对比的原因之所在。

在上述构思的基础上，弥生子也曾多次表达过对于这部作品的抱负。比如，就在弥生子构思这部作品期间，她忽然因病卧床不起。而她的好友百合子和汤浅芳子由于要去社会主义俄国旅行，便来向弥生子辞行。她在 1927 年 11 月 27 日的日记里写道："我生病了，所以暂时什么都不能发表，就只能这样躺在床上。她们可能会可怜我吧。但是，她们去国外的这一两年，我也不能碌碌无为。友情归友情，竞争心归竞争心。我岂能就这样输给她们。

① 野上弥生子『野上弥生子全集第Ⅱ期』第二卷、岩波书店、1986 年、199 頁。

这对我或许正好是一个很好的刺激。……不管怎样，年轻又健康的她们能够去旅行是很幸福的。这是我所没有的幸福。祝她们前途似锦。"[1] 再加上，年轻的百合子在前一年，也就是 1926 年连载发表了她的代表作之一《伸子》，这更加激发了弥生子的"竞争心"。但是，弥生子仍旧面临一个问题，那就是她是三个孩子的母亲，是丰一郎的妻子，还是一名女作家，如何能将这三重身份有机地结合起来呢？她在同年 12 月 7 日的日记里吐露了自己的心声："我一闲下来，就满脑子都是那个长篇小说。但是，今天早上有点难受。因为我在想，像我这样成了家的人，既要做好丈夫的妻子，又要做好三个孩子的母亲，还要做好女佣们的好主人的同时，还有可能创作出那种感动世人的精彩作品吗？即便是紫式部、清少纳言甚至于一叶，又或者是乔治·艾略特、奥斯汀，我都觉得她们也不能像我这样把大脑分开来使用。但是，我也不是完全没有那种把不可能变为可能的野心。事实上，我总觉得家里的事情让我很烦躁。还有孩子的事情和其他的一些事情让我变得有点神经过敏。但我必须尽全力去做。有在这里诉苦的工夫，我还不如努力让自己前进一步。"[2] 事实证明，弥生子也的确完成了自己的抱负。就在百合子与汤浅芳子于 1930 年 12 月回国的前一个月，弥生子完成了《真知子》的创作。

---

[1] 野上弥生子『野上弥生子全集第Ⅱ期』第二卷、岩波書店、1986 年、189 頁。

[2] 野上弥生子『野上弥生子全集第Ⅱ期』第二卷、岩波書店、1986 年、196-197 頁。

（二）对《真知子》的正反两方面的评价

《真知子》主要讲述了女主人公真知子为了摆脱传统伦理道德的束缚，试图借助左翼思想来实现自我价值的故事。真知子毕业于专门学校，并在大学旁听社会学，是个会独立思考的女学生。她并不认同传统的婚姻观，对自己所处的充满了虚伪与谎言的生活极其失望，从而渴望逃离这种毫无意义的生活。大庭米子出身于日渐落魄的地主阶层，并与真知子一同旁听社会学讲座。为了摆脱掉自己的这种阶级属性，米子决心进入工厂工作。关是帮助米子找到工作的社会主义者。关的出现以及他们那充满活力的社会实践，深深地吸引了真知子。米子在关的影响下，在思想上逐渐"左倾"。资产阶级的代表河井辉彦专攻考古学，对真知子颇有好感，但真知子在思想上与河井划清了界限。就在真知子打算抛弃一切而投奔关的时候，她得知了米子与关已经结婚的消息。真知子彻底愤怒了。这时，她得知河井将工厂交给职工共同管理，便感到了心中对于河井的爱。

当时，弥生子之所以创作这样的一部涉及左翼意识形态的作品，是有着一定的社会文化背景的。20世纪二三十年代，左翼思潮席卷整个日本社会，给当时的人们带来新的思想和新型的社会构想。日本社会涌现出大量的无产主义者，并兴起声势浩大的无产阶级运动，出现了大量的无产阶级文学家。中野重治、宫本百合子、小林多喜二（1903—1933）、藏原惟人（1902—1991）等都是有名的无产阶级文学家、理论家。此外，《播种人》《文艺战线》等无产阶级文学刊物相继创刊，成为宣传无产阶级思想的主要阵地。当时，日本的年轻学生是左翼思潮的主要接受者。他们对日益衰败的社会有着诸多的不满，而左翼思潮的洗礼，给他们带来了新的希望，也带给了他们积极参与社会实践，改造社会并建立理想社会的决心与勇气。他们对"主义"和"思想"顶礼膜拜，为了最终理想的实现而不惜牺牲自我。这其中就有许多年轻的女性。她们在这场大潮中将面临怎样的命运？这正是弥生子的着眼点，也是她创作这篇小说的初衷。

但是，弥生子的着眼点与一般的左翼作家，甚至是与她的好友宫本百合子是相反的。一般的左翼作家，都会倾向于革命与恋爱相结合的模式，也就是说，革命的成功会带来恋爱的成功，或者说恋爱的成功有助于革命的成功。但是，弥生子却对此提出疑问：所谓的革命，能否真正带来女性的自由与解放？也正是因为弥生子这样与众不同的着眼点，为这部作品带来了争议。有的作家、评论家认可这部作品的价值，对这部作品的评价是正面的。比如，西垣勤曾就作品的现实意义评论道："……在这个激烈动荡的年代里，年轻人应该怎样生活下去？一个生长于上流阶层的年轻知识女性对自己所属的阶层感到绝望，并为参加革命而感到苦恼与挫折。野上弥生子在小说中涉及了上述问题，因此这篇小说就有了较强的现实意义。然而，无产阶级文学作家们并没有涉及这样的问题。"①濑沼茂树则结合当时的社会环境来解读这部作品：
"《真知子》自 1928 年 8 月直到 1930 年 12 月，在杂志《改造》（末
尾《中央公论》）连载。作品以年轻一代为题材，明确表达了作者
对社会的关注。因此，与之前不同，这部作品有着紧凑的结构，
显示出作者首次直面当时社会历史问题的雄心勃勃的企图，给予
当时年轻的我们以极大的感动。……不管怎样，这些真挚而又富
有正义感的年轻人直面的思想问题，也成为继承漱石血脉的进步
人道主义者的作者所不能忽视的社会伦理问题。"②中国的日本文学
研究者叶渭渠先生也认为："作家以中流上层阶级出身的女性特有
的感觉，讲述一个同样属于中流上层阶级出身的知识女性曾根真
知子试图摆脱自己周边的伪善环境，以及追求自由恋爱的失败与
成功的故事，揭示了她对自己出身的阶级悖逆过程中的伦理思考，
即对社会的正义问题、对人的尊重与蔑视，以及个人与阶级关系
等问题的思考。"③此外，根岸泰子在归纳先行研究的基础上，指出
了今后研究的可能性："关于《真知子》中'女性与婚姻'这一主
题，其中所包含的从女性主义视角对弥生子作品的分析，在今天
依然有着重要意义。"④

① 西垣勤「野上弥生子論—「真知子」から「若い息子」へ—」、『文化評論』297、1985 年 12 月、133 頁。
② 瀬沼茂樹『野上弥生子の世界』、岩波書店、1984 年、99-100 頁。
③ 叶渭渠、唐月梅：《日本文学史　现代卷》，经济日报出版社，2000，第 94 页。
④ 根岸泰子「野上弥生子「真知子」（大正・昭和初期長編小説事典＜特集＞）」、『国文学：解釈と鑑賞』58(4)、1993 年 4 月、141 頁。

　　有的评论家则相反，对这部作品是不认可的，尤其是左翼作家与评论家们。比如，宫本百合子在读过《真知子》后，并不认同弥生子的思想倾向，认为"这是用一支笔画了一个大大的圆，最后又回到起点的一部作品"①。显然，宫本百合子认为，女主人公又回归到了原本所属的资产阶级，所以才说"又回到起点"。此后，还有一些左翼人士，沿着这一思路对作品所反映的左翼运动中的问题提出质疑与批评。渡边澄子则对作品中的人物造型批评道："读完这部作品，我感到深深的不快。这种不快感是从哪里来的呢？真知子、关、米子、山濑这样的人物确实在过去有过，现在也有。而且，确实这些人物都有其真实的一面，也都被巧妙地刻画了出来。正是因为这一巧妙的刻画，所以才更加加深了我的不快感。在众多登场人物之中，河井是最优秀的人物，而且我甚至觉得他配真知子绰绰有余。人们觉得真知子与河井的婚姻，在这部小说中是一种自然的归结。那么，在真知子与河井结合的过程中，关这一人物所起的作用到底是什么呢？即便在俄国和其他国家，'使苦难的人们不再苦难'这样的革命也是可能的，但在日本只要存在关这样的革命家，那变革就是不可能的。这难道不就是关这一角色所起的作用吗？这样来考虑的话，真知子和河井看上去更像是作者观念的傀儡。这难道不正是让读者感到不快的原因所在吗？"②

---

　　① 宫本百合子『宫本百合子全集』第十二卷、新日本出版社、1981 年、376-378 頁。

　　② 渡边澄子「「真知子」論」、『野上弥生子研究』、八木書店、1979 年、151 頁。

对于这样那样的批评之声，弥生子是不以为然的。她这样写道："一部分人由于看到年轻女主人公所体验的不幸恋爱，而想给这部作品贴上反动的标签。我认为这是见仁见智的事。说得更明确点的话，那就是政治理念实践方法的差异，所以我觉得没有辩解的必要。但是，在个人的生活中，个人道德的完善——尽管那是不容易的，如果没有人们日常不懈的努力，那么无论是想要实现劳动者阶层的幸福这样的左翼运动目标，还是更为广泛的人类新道德的升华，也都是不可能的。女主人公的这种想法，同时也是作者的想法。这一点我想在这里事先说明。"[1] 实际上，弥生子的这种姿态，也是与其对待青鞜社以及左翼作家组织的态度一脉相承的。她曾在 1931 年 5 月 12 日的日记中这样写道：

今后纳普的势力会越来越大吧。但是，隶属于强有力的团体，并不能在本质上改变一个人。尽管这样做会带来一些利益、便利和一些好的影响，但是一个人所具有的十分才能，并不会因为他加入了纳普，就会变成十五分、十六分。倒不如说是加入了纳普，会给他带来一种风险，那就是让人误以为自己的十分才能变为十五、十六分。这并不仅仅限于纳普，像在白桦和文艺春秋等团体庇护下的作家，都有类似的风险。现在加入纳普这件事，确实是有利的，而且还会有很多的便利和支持吧。但是，我要是只能从他们的观点出发来写作的话，那是什么都写不了的。我想要更

---

[1]　野上弥生子『野上弥生子全集』第七卷、岩波书店、1981 年、5 頁。

自由的立场。我认可他们的无产阶级意识形态，也明白他们想在它的指导下去行动的意愿，但我并不想只写这些。因为有这样去行动的人，也有不这样去行动的人。我想去刻画、去评判的，是各式各样的变动中的日常生活，而不是那种只顾自己的写法。而且我就想按照原原本本的样子去写，而不是只写那种好的事情。在人类悠久的历史中，我认为这是一项重要的工作。①

就这样，弥生子的视点始终是现实的。她是从一个女性的普通生活出发，对政治理念的实践过程中无视人性的做法予以质疑。在 1931 年 10 月发表的随笔《来自鸣响的浅间山麓》一文中，弥生子再次表明了自己对待笔下女主人公的态度："弥生子难以赞同年轻女性们采取像真知子那样离家出走的做法。那些拿起武器冲锋在前的人，勇猛而又有英雄气概，但是，她们应该做出与自己能力相符合的行为。在奔向战场之前，她们的内心应该先进行一番战斗。如若无论何时何地，对于内心的疑惑与踌躇都能直率而又堂堂正正地去正视的话，那么，她们在以后的生活中就能够从容不迫地灵活应变。"②

（三）意识形态遮蔽下的性别压迫

实际上，这部作品所主要探讨的，就是意识形态与两性关系

---

① 野上弥生子『野上弥生子全集第Ⅱ期』第三卷、岩波書店、1987 年、242 頁。
② 野上弥生子「鳴る浅間山の麓から」、『野上弥生子全集』第十八卷、岩波書店、1980 年、276 頁。

的问题。这里的意识形态，自然指的是当时的左翼思想，而两性关系，指的是左翼人士关与真知子、米子之间的关系。在左翼思想的笼罩下，是否就可以牺牲掉女性的权利？两性关系是否就可以完全服务于思想、服务于革命呢？弥生子给出的答案是否定的。

在作品中，左翼思想的信奉者有三个人，也就是真知子、米子、关，而所谓资产阶级的代表人物，则是河井。真知子是当时投身于左翼思潮洪流中众多女性的一个代表，也是一位觉醒的、对社会现实有着冷静认识的年轻知识女性。她对自身所处的社会环境不满，极力想要跳出现在的处境，去实现自我的价值。同时，她在思想上力图与河井所代表的资产阶级划清界限："即便我将来考虑结婚的时候，也不会从你们的阶级里找。"[1] 通过与社会主义者关的接触，她感到可以借助这种新的思想以及这种新的社会运动，去实现自我的人生价值。为了赢得关的信任，她说道："你所憎恨的，让我也来憎恨；你所与之战斗的，让我一同来战斗；你所去的地方，也让我随你一同前往。"[2] 在取得关的认可后，真知子感到情感与思想的解脱。大庭米子是左翼思想的忠实信奉者，对未来美好的社会蓝图充满了憧憬与期待，因此，她对自己的地主阶级身份感到无比焦虑，急切地想摆脱掉其阶级身份。关便成为她走上左翼道路的领路者。关是农村出身的左翼运动者，曾在大学组织过学生运动，对资产阶级有着强烈的阶级偏见和敌对情绪。与

---

① 野上弥生子「真知子」、『野上弥生子全小説 7』、岩波书店、1997 年、269 页。
② 野上弥生子「真知子」、『野上弥生子全小説 7』、岩波书店、1997 年、292 页。

之相反，河井家境殷实，处处受到众人的追捧，同时又爱好考古，是资产阶级的代表。

但是，在这思想的光环之下，难以遮蔽的是关对于米子和真知子的欲望。关在表面上对真知子表现出冷漠与不屑，但在被真知子表白后，转而急切地想占有真知子。但问题是，他在此之前已经与米子结婚，并且米子也有了身孕。米子为了信仰，为了左翼运动，而放弃了自己的学业、家庭甚至友情。但是，她的所有这些付出，在关看来并没有那么重要。即便如此，米子仍旧认为这些都是关工作上的需要，都是为了实现最终目标而必须做出的牺牲。这种有悖人性的行为，在真知子看来很不合逻辑。与此相反，作为资产阶级代表的河井，对真知子一直怀有爱慕之心，即便在遭到真知子的冷落与拒绝后，仍旧保持着绅士般的风度。在工厂爆发工人罢工之后，他决定将工厂交由工人共同管理。真知子得知实情后，"她深深地感觉到身体里所一直隐藏的对于河井的爱"①。

这样看来，这部作品的倾向性是很明显的，那就是即便是以新式的意识形态进行武装，也不能以牺牲女性的权利为代价。作品中的真知子自我反省道："或许我原本并不爱他（这里指的是关——引者注）。即便我有爱过，或许我爱的不是他的人，而是他的思想。"②她还为米子那盲目的爱与信仰而感到痛心和惋惜。她进

① 野上弥生子「真知子」、『野上弥生子全小说7』、岩波书店、1997年、382页。
② 野上弥生子「真知子」、『野上弥生子全小说7』、岩波书店、1997年、316页。

一步质问关：“如果说你们组织的运动是为了消除人类贫穷的话，当不能消除这类的痛苦时，那最终会怎样呢？无论依靠多么出色的组织来组建未来的社会，如果还存在因为这些而痛苦的人的话，那么这个世界就不是完整的世界，就像现在有人苦于面包和衣服的这个不完整的世界一样。”① 换言之，弥生子通过真知子之口，意在提醒人们要注意意识形态遮蔽下的性别压迫。事实已经证明，这一点在当时是被人们忽略了的。这也更加反衬出这部作品的重要意义。

有不少评论家都对作品中所力图呈现的性别压迫表示了认同。比如，陈淑梅评论道：“原本，无产阶级文学所体现的，是男女都包含在内的整个人类的解放运动，但是这里却为了解放人类而毫不在乎地牺牲同为人类的女性。也就是说，在他们所思考的人类里面是没有女性的。弥生子站在女性的立场，对于运动投以批判的眼光，并指出这场革命运动中所暗含的‘男性中心主义’的思想。现在，从新时代的女性主义立场来看的话，人们就会发现弥生子这一敏锐的洞察有着极为重要的价值。”② 作家加贺乙彦也曾说过：“小说《真知子》的构成与模式化的无产阶级文学完全相反，因此在当时似乎遭到了多方批判。但是，今天人们再来重新审视这部作品的话，就会发现它反而在呈现女性内心的彷徨方面显得

---

① 野上弥生子「真知子」、『野上弥生子全小説 7』、岩波書店、1997 年、325-326 頁。
② 陳淑梅「野上弥生子の問題意識試論—「真知子」と「若い息子」を中心に—」、『明治大学日本文学』18、1990 年、68 頁。

更为自然。作品中这位年轻女性的苦恼与希望，不论在哪个时代都具有典型性。我喜欢《真知子》所体现出的更为自然、更为开阔的世界，尤其是作者在刻画女性的刚强与柔弱时那恰如其分的描写功力。我钦佩作者的创作技巧，以至于我把这部小说读了很多遍。"①江后宽士也说道："《真知子》是一部凭借作者超越于意识形态的批判力，来探索真正的实现自我道路的作品。真知子被赋予了自主生存下去的勇气与纯真，她凭借这些来探寻实现自我的可能性。"②弥生子的这一思考，即便是在当今也仍然具有重要的现实意义。

① 加賀乙彦「野上弥生子の長編小説—「森」によって完結された円環」、『新潮』81（6）、1984年6月、249-250頁。
② 江後寛士「野上弥生子の文学と良識」、『国語の研究』25、1998年10月、7頁。

第四章　母性意识的觉醒
与对儿童世界的知性观察

　　弥生子除了将视角置于社会中女性的现实处境外，还将视角置于家庭内部，并对家庭及儿童进行了观察与思考，其中包括家庭中女性的性别角色、女性的生育意义甚至新生命的意义等。弥生子对于家庭与儿童的刻画与思考，是与自己的人生体验紧密相连的。1910年1月，弥生子有了长子秀一，成为一名母亲。之后，1913年9月次子茂吉郎，1918年4月三男耀三相继诞生，弥生子从而成为三个孩子的母亲。就这样，人生体验的丰富与生活阅历的增加，直接唤醒了弥生子的母性意识并促使她思考生命的意义。《母亲大人》（1910）、《信》（1914）、《新生命》（1914）、《五岁儿》（1914）、《小小两兄弟》（1916）、《写给母亲的信》（1919）等作品，就是她思考母性意识与生命意义的体现。本章将围绕上述几部作品展开论述。

第一节　母性意识的觉醒

母性意识是一种女性与生俱来的爱护子女、关爱他人的本能意识。弥生子晋升为母亲之后，母性意识逐渐觉醒。作为一名女性作家，她自然而然地要将这份内在的生命自觉转化成文字表达出来。《母亲大人》和《写给母亲的信》这两部作品，就通过一个年轻母亲的视角，形象地刻画出年轻母亲的内心世界，其中既有获得新生命的感动与喜悦，又有母性的慈爱与无私。

一、《母亲大人》：女性身份角色的变化与母性意识的觉醒

这是弥生子于 1910 年 4 月 25 日发表在《杜鹃》杂志第 13 卷第 8 号上的一篇小说。同年 1 月 29 日，弥生子有了长子秀一，成为一名母亲。这对于年轻的弥生子来说，既是值得兴奋和喜悦的事情，同时又伴随着些许不安，这种喜忧参半的心情在弥生子后来的作品中都有所体现。

《母亲大人》是弥生子成为母亲后所写的一篇小说，小说中洋溢着她初为人母的喜悦与不安，以及对新生命的关爱与呵护。在槙成为母亲之后，所有一切对她而言，都是新鲜而又具有挑战性的。母亲想来帮忙照看婴儿，但无奈身在遥远的南方而未能成行。槙对这个小生命充满了关爱。之前有护士的帮助，所以槙也还算比较轻松。但之后，各种麻烦就找上门来。槙已经感到筋疲力尽。

槙与丈夫一同去观赏久违的能乐，她又体验到了市区里久违的喧嚣与嘈杂。在欣赏演出的过程中，因为她太挂念家中的孩子，以至于无法安心地欣赏能乐。在她坐车回家的途中，路边的风景也不再如来时那么迷人，现在她唯一的想法就是早点回到家里。她看到婴儿安详地躺在床上，内心有说不出的喜悦。随后，她便把今天内心的焦虑与心情的变化告诉女佣，并打算将今天的事情写信告诉母亲。

显然，从时间上以及故事情节上来看，这部作品与弥生子本人的经历都是一致的。作品的发表时间，也就是弥生子的长子素一出生的三个月后。就故事情节而言，槙对新生儿手足无措、她的母亲在遥远的南方，也与弥生子的初次生育体验、她的母亲在九州老家等信息比较相符。而且，弥生子与丈夫也都是能乐的爱好者与研究者，这也与文中去观看能乐是比较符合的。因此，这部作品也是基于弥生子本人的人生体验创作而成的。

那么，这部作品对于当时的弥生子而言，具有怎样的意义呢？笔者认为，这部作品体现出了弥生子身份角色的变化以及母性意识的觉醒。女主人公槙就经历了身份角色的变化，并体味到了由此带来的心境的变化。槙先是由女儿变为妻子，经历了一次身份角色的变化，再由妻子变为母亲，又经历了一次身份角色的变化。面对这些未知的体验，她感到紧张与不安。实际上，这反映出身份角色的变化所带来的身份焦虑。那么，槙该如何来缓解这种焦虑呢？正是主人公母性意识的觉醒，使她缓解了身份角色的转换与新生命的诞生所带来的焦虑感。她对新生命充满由衷的赞叹："孩子是多么神奇而又不可思议的神灵啊。"①幼小的新生命在她眼中是那样的纯洁，令她感到神奇与敬畏，宛如天上的神灵一般。她的内心无时无刻不为他所牵动，仿佛两人之间存在着心灵感应。这是发自其内心的对于生命的热爱，同时也意味着其母性意识的觉醒。正如濑沼茂树所言："弥生子从一位女性成为妻子，然后再成为母亲，这样的事情似乎是一般普通人的人生道路。但弥生子作为一名作家，一边极为理智地剖析自我，一边关注成为母亲后女性心理状态的变化，以及婴儿的生活状态与心情，以向母亲诉说的形式创作出《母亲大人》这部作品。她在无意中采用初期的写生文形态所创作出的这部作品，成为其后多部母性文学的先驱。"②

槙的母性意识的觉醒，还体现在她无时无刻不挂念家中的婴儿这一点上。比如，文中写了槙和她的丈夫前去观赏能乐这件事。她在前去欣赏能乐的路上，感到市区绚烂的景色是那么美好，心情也是那么快乐。但就在欣赏能乐的过程中，槙的内心开始莫名地焦躁。还没欣赏完能乐，槙便焦急地要返回家中。这时，周围的环境也随着心情的变化而黯然失色："几个小时前，槙看到映入眼帘的所有一切，在脑海中浮想联翩，但现在她好像换了个人一样，只是希望早点回到家中。"③这样一来，周围环境与内心世界相

① 野上弥生子「母上樣」、『野上弥生子全小説1』、岩波書店、1997年、185頁。
② 瀬沼茂樹『野上弥生子の世界』、岩波書店、1984年、44頁。
③ 野上弥生子「母上樣」、『野上弥生子全小説1』、岩波書店、1997年、193頁。

互照应，有效烘托出槇的心境。实际上，她的这种莫名的焦躁心情背后，同样体现出其母性意识的觉醒。

当然，也有的论者并不这么认为。比如，助川德是认为："《母亲大人》如上所述，在以和自己家庭内孩子的交流为素材这一点上，可视为《写给母亲的信》和《小小两兄弟》的先驱。若以现在的视点来看，这是苍白而又平庸的作品。作品聚焦于年轻母亲的日常生活，描绘出那位母亲的内心变化。作者至少认可这部作品中母亲的内在心理。因为，如果作者对此不感兴趣的话，她是写不出此类作品来的。……在这里，我感觉到弥生子强烈的自我主张与自恋。"[1] 这里的"内在心理"，其实就相当于主人公母性意识的觉醒。但是，论者所感受到的"强烈的自我主张与自恋"，其实就是仁者见仁、智者见智的事了。因为，对于同样的作品，评论家薮祯子所感受到的是"柔和而又真挚的情绪"。薮祯子曾评论道："在成为母亲之后的作品《母亲大人》中，作者讲述了一位没能脱离自我女儿身份的女性，作为一个孩子的母亲逐步自立的故事。虽然有女佣帮忙，但日常生活中仍旧充满了忙乱。1911 至1912 年，随着其作品数量的增多，其中飘荡着这样柔和而又真挚的情绪的作品变得更为醒目。"[2]

---

① 助川德是「「新しき生命」の世界―大正 5 年までの野上弥生子」、『野上弥生子と大正期教養派』、桜楓社、1984 年、20 頁。

② 薮祯子『女性作家評伝シリーズ 3 野上彌生子』、新典社、2009 年、78 頁。

二、《写给母亲的信》：对儿童的赞美与对社会环境的担忧

1919 年 6 月，《写给母亲的信》在《大阪每日新闻》连载，后又相继收录在改造社发行的《小说六篇》，以及岩波书店发行的《新生命》中。后来，在改造社发行的《现代日本文学全集》第 56卷以及中央公论社发行的《野上弥生子选集》第二卷中也收录了这篇小说。

实际上，在 1919 年之前，弥生子已经基于自己的人生体验，创作发表了多篇以儿童为题材的随笔与小说。在 1919 年，弥生子已经 34 岁，是三个孩子的母亲。她的长子秀一九岁，次子茂吉郎六岁，三男耀三则刚满一岁。新生命的孕育，丰富了弥生子文学的表现内容。以此为素材的有《守之记》（1911）、《小动物》（1912）、《毁坏的玩具马》（1913）等随笔，还有《母亲大人》（1910）、《信》（1914）、《新生命》（1914）、《五岁儿》（1914）等小说。1916 年 1 月到 3 月，弥生子在《读卖新闻》连载的小说《小小两兄弟》，同样是以她的孩子们为素材创作的。

《写给母亲的信》以向母亲报告家庭近况的书信形式创作而成。由于弥生子的母亲身在遥远的九州大分县老家，所以，弥生子便以这种书信的形式，向远方的母亲汇报孩子们的近况，以减缓母亲对弥生子的孩子们的思念之情。女主人公将孩子们的近况刊载在报纸上。这样一来，身在远方的母亲就能每天都看到他们了。她并不想给孩子们太多束缚，只想让他们尽可能自然地成长。动

物在他们眼中显得新奇而又不可思议。他们对待问题的思考方式
独特而又不无道理。他们有着自己脑海中所构建的理想国。对于
自然界中无论是多么弱小的生命，他们都会在不自觉间萌生一种
尊严意识。哥哥是个平凡而又诚实的学生，有着比同龄人更为旺
盛的求知欲，并渴望在学校获得知识，但是学校却给了他们太多
的压力。她为学校的教育制度感到悲哀。最后，她希望母亲能够
保存好这些信件，因为当孩子们长大后，她可以拿出这些信件来
读给他们听。如上所述，这部作品是以弥生子自身的生活经验为
素材创作而成的。而且，作品采用了书信的方式，拉近了读者与
作品中人物的距离，使读者更能感同身受地体会到女主人公那对
于生命充满了尊崇与赞叹的内心世界。

　　这部作品可以从以下两个方面进行分析，一个是对儿童的自
然天性的赞美，一个是对儿童身处的社会环境的担忧。先来看对
儿童自然天性的赞美。在作品开篇，女主人公就抑制不住内心的
情感，向母亲说道："请看看这个婴儿。请赞美这个美丽而又可爱
的脸庞。"① 她还认为孩子是教给人类爱情的老师，能够丰富人类的
内心情感："如果一个人完全不爱孩子，那么他绝不会去爱其他东
西。同时，我认为教会人类爱究竟是什么的最好的老师，只有孩
子。因此，我相信，这些孩子们陪伴着母亲您一同出现在公众面
前这件事绝不是无意义的。因为我认为，神灵所赋予人类的所见、

---

　　① 　野上弥生子「母親の通信」、『野上弥生子全小説4』、岩波書店、1997年、
4頁。

所闻、所感，以及其他的一切生活，都在人生旅途的长途跋涉中
有所遗失，有所遗落。但人们却能从与儿童的相处中获得一种喜
悦——那就是重新发现人们所迷失的，所遗落的诸多美好事物的
喜悦。"①而且，弥生子并不是站在成人的立场上去描绘儿童，而是
尽可能地去贴近和还原儿童的真实心境。孩子们最喜欢的是他们
的宠物猫和狗，这些动物在他们眼中显得新奇而又不可思议，并
激发了他们的好奇心与想象力。这时，他们好似有着"动物学者
般的谨慎和诗人般的激情"，快活地去模仿动物们的爬行和叫声。
"他们的那份单纯、正直、冒失与莽撞，比起人类来，更能与屋外
的朋友们产生共鸣。"②就这样，弥生子尽可能地还原了充满童趣的
儿童世界，并对儿童世界进行了知性的观察。

作者还观察到，他们对于自然界中任何弱小的生命都在无意
识中萌生了一种生命的尊严意识。在他们眼中，动物和植物都是
有生命的存在物。他们有时会讨论生命的有无这类有点哲学意味
的问题。人类如果不去掠夺其他生物的生命，那要依靠什么才能
生存下去呢？他们的对话充满着稚气与童趣，但同时"又带有提
示性，甚至于哲学性意味，能够让人发现许多涉及人类根本性问
题的话题"③。就这样，弥生子从孩子们的日常生活中，解读出了带

---

① 野上弥生子「母親の通信」、『野上弥生子全小説 4』、岩波書店、1997 年、
5 頁。
② 野上弥生子「母親の通信」、『野上弥生子全小説 4』、岩波書店、1997 年、
15-16 頁。
③ 野上弥生子「母親の通信」、『野上弥生子全小説 4』、岩波書店、1997 年、
39 頁。

有形而上意味的生命追问。

　　再来看作者对儿童身处的社会环境的担忧。这里的社会环境，一个是指当时国际国内的政治环境，一个是指日本国内的教育环境。众所周知，在 1919 年，第一次世界大战刚刚结束，整个世界还处在战争的阴影之中。这样的大环境，自然也会影响到下一代。但是，在作品中，当父亲问起孩子们未来想从事的职业时，哥哥友一充满了疑惑，不知道如何作答。因为他不想像别人那样脱口而出想当军人或者商人，他自己有着脑海中所构建的理想国。在那个国家里有各式各样的动物，而他也只想成为其中的一只动物。动物之间和平相处，没有战争，也没有杀戮，有的只是永久的和平与自由。在这里，作者意在凸显儿童世界的纯洁，并且对来自社会的不良影响表示担忧。友一在学校里是个平凡而又诚实的学生。在老师问起学生们以后的抱负是什么时，同学们一个个兴奋地说着自己以后的理想，为国尽忠啦、成为了不起的人啦之类的，但友一并不清楚自己未来可以做什么。所以，他就单纯地回答不知道。他的这份疑惑的背后，其实体现的正是他的纯真、善良与率直。但在三年后，他最终还是未能独善其身。当有人问他必须对天皇陛下做什么时，他马上就能回答必须对天皇尽忠。这个回答是周围人们所期望的回答。显然，作者在这里委婉地暗示出社会环境、学校教育对儿童天性的侵袭。友一有着比同龄人更为旺盛的求知欲，并渴望在学校获得知识，但学校却给了他们太多的压力。看到孩子年纪轻轻便要承受来自社会与学校的压力，她为

"现在的教育制度和社会状态而感到悲哀"①。在弥生子看来，儿童的天性才是最需要保护的，也是最为重要的，所以她才会对扼杀儿童天性的社会和教育如此不满。正如濑沼茂树所言："弥生子在《写给母亲的信》中，细致地观察了孩子们的生理与心理，并且与其说是自己的孩子，倒不如说是将社会语境下的孩子们淋漓尽致地描绘出来，在投以质疑与批评的同时，构筑起一个完整的世界。"② 就这样，弥生子既书写了儿童天真、纯洁与善良的天性，同时，也特别指出了政治环境、教育环境对儿童天性的侵蚀，体现出她的社会视野与问题意识。

第二节　女性的生育体验与对生命意义的思索

弥生子的三次的生育体验尽管伴随着肉体与精神上的痛苦与折磨，却加深了她对于母性的认同以及对于生命意义的理解。对于母性的认同，使她能够直面女性生育的种种困难。而对于生命意义的理解，使她从人类整体的高度来思考新生命对于人类存续的重要意义。《信》和《新生命》便是这样融合了她对于母性以及生命可贵的自觉认识的作品。

---

① 野上弥生子「母親の通信」、『野上弥生子全小説 4』、岩波書店、1997 年、45-46 頁。
② 瀬沼茂樹『野上弥生子の世界』、岩波書店、1984 年、50 頁。

一、《信》：对生育痛苦的体验与对生命可贵的认识

这里要讲述的《信》（1914）是篇幅短小之作，以书信体形式刻画出女主人公生育前后的心理变化。女主人公几年前经历过一次痛苦的生育体验，以至于她甚至羡慕释迦牟尼的母亲，因为她生释迦牟尼时并没有遭受什么疼痛。这次面临考验，她仍旧被一种不可思议的恐惧所缠绕：她一直担心婴儿是否能平安地生下来。她最近热衷于阅读翻译希腊神话。神话中的那些妖魔鬼怪极大地刺激了她原本就已很敏感的神经。能够让一个小生命平安地来到世上，本身就是一个奇迹，因为总会有些婴儿或母亲不幸离世。刚出生的婴儿就在她身边安详地睡觉。他的小哥哥对这个闯入到他的世界里的小生命会有一种怎样的反应？这些都是她期待去观察的事情。

这部作品是以弥生子的第二次生育体验为素材的，而且，在故事情节上，也与《新生命》有一定的相似之处。比如，这两部作品都涉及了弥生子翻译的希腊神话。她在《信》中就写道："这一两年，我对于外国的神话传说非常感兴趣。"① 其中的外国神话，就是指她所翻译的希腊罗马神话。1913 年 7 月 15 日，尚文堂出版了弥生子翻译的托·布尔芬奇（1796—1867）的《传说的时代》，并附有夏目漱石的序言。漱石写道："作者在如此繁忙的家务事中，挤出时间来完成了这部《传说的时代》的翻译。对于她的这份忍

---

① 　野上弥生子「手紙」、『野上弥生子全小説 2 』、岩波書店、1997 年、105 頁。

耐与努力，我很敬佩。……她既要照顾丈夫和孩子，还要去操心弟弟的事情，对这样一个家庭主妇来说，这项翻译一定是个相当沉重的包袱。"①

《信》以书信的形式刻画了年轻母亲的内心世界，其中既有对生育痛苦的体验，又有对生命可贵的认识。先看作者对生育痛苦的体验。尽管是第二次生育，这次体验仍旧给她带来了很大的痛苦，使她的内心充满了不安与焦躁。这份焦躁与不安来源于其自身的伤痛记忆。但不管当初有过多少痛苦的经历，她发现都会奇迹般地忘记。文中写道："那种刹那间的剧烈痛苦和苦恼，如果无论何时都鲜活地停留在记忆中的话，那么就没有人再有生育的勇气了吧。"② 这时，主人公仍旧在忙于希腊罗马神话的翻译。因此，神话中充满想象力的神灵与鬼怪，也加重了她的焦虑与忧郁。文中写道："每当我想到这些神灵和勇士的事情，都会感到莫名的忧虑。"③ 恐怖的幻影有时会侵入到她的梦境中，使她半夜时常因噩梦而惊醒。从中不难看出，主人公为孕育新生命所承受的内心焦虑。

但是，主人公也借此加深了对生命可贵的认识。比如，在平安地将孩子生下来之后，她心里所想的，只是满怀感激地去抚养这个刚刚来到世上的小生命。并且，她开始重新思考稀松平常的话语中所包含的深意："能够平安地生下孩子，真是太好了。这句

---

① 宇田健「解题」、『野上弥生子全小説 2』、岩波书店、1997 年、449 頁。
② 野上弥生子「手紙」、『野上弥生子全小説 2』、岩波书店、1997 年、104 頁。
③ 野上弥生子「手紙」、『野上弥生子全小説 2』、岩波书店、1997 年、105 頁。

话已经成为极其稀松平常的贺词，但似乎没有人去试着思考当他说出这句话时，里面所含的深意。如果他来到医院里的话，就能深切地理解这句话所包含的真理。"[1] 可以说，这时的主人公借由自我的生育体验，对于生命的可贵有了更深的理解。

二、《新生命》：对女性生育意义的思索以及对生命的赞叹

《新生命》是刊载在 1914 年 4 月 1 日《青鞜》杂志第 4 卷第 4 号上的一篇小说。后来，这篇小说又相继被收录于 1949 年 11 月中央公论社发行的《野上弥生子选集》第二卷，以及 1954 年 10 月的"角川文库本"中。

这篇小说以曾代子为主人公，形象地刻画了女性面临生育时的紧张与焦躁的内心世界及其对新生命的敬畏与赞叹。故事一开篇就是曾代子在半夜临产阵痛。有了身孕之后，她不但身体走形，而且还远离了一切享乐。她知道今后的育儿重任以及精神与肉体上必须做出的牺牲，但同时，她也认为女性的这份天职有着崇高意义。之前听说的病重的校长夫人舍命保全孩子的故事，带给她一种莫名的悲壮感。尽管如此，前一次生育体验带给她的痛苦仍旧历历在目，让她感到恐惧。她最近读到许多人格化的神灵，以至于使她担心可能会生下神话中的怪物。在等待新生命诞生时，她变得莫名的焦躁。经历长时间的痛苦之后，新生命终于诞生了。现在，所有的新生命对她来说都是神灵的孩子。

---

① 野上弥生子「手紙」、『野上弥生子全小説 2』、岩波書店、1997 年、107 頁。

　　实际上，《新生命》是弥生子以第二次的生育体验及其前后的内心感受为素材创作的。作品中的女主人公曾代子，之前也已经说过，就是作者弥生子本人的一个分身。还有作品中所涉及的古希腊罗马神话，也与弥生子在此之前的希腊罗马神话的翻译相一致。尽管这里写的是曾代子的生育体验与内心的焦虑，但同时体现出的是作者对于母性的自觉认识。

　　这种自觉认识，首先体现在她对女性生育困难的克服方面。曾代子为了新生命的孕育而承受了肉体与精神上的折磨："炎炎夏日的每个早晚，她拖着严重走形的沉重身体，都不知道有过多少次期望这次阵痛的到来。……她那年轻而又任性的内心深处，又不能不为目前这种远离了一切享乐的处境而感到虚幻。……同时，她也深深感觉到在这之后的两三年内，自己所必须肩负的育儿重任和令人烦心的杂事，以及由此带来的精神和肉体上的劳累、束缚与牺牲。"① 而且，曾代子临产前那惟妙惟肖的幻觉，使人们能够感同身受地体验她的那份无助与痛苦。文中写道："周围仿佛变成了无边无际的黑暗空间，而自己的身体正被看不到的某种恐怖的东西抓住，并被拖向那片黑暗里。曾代子满身是汗，就像一头受伤的野兽那样发出痛苦的呻吟声。她都不知道这种痛苦持续了多长时间。"② 这都是女性生育所必须要面临的现实的困难。但是，曾

---

　　①　野上弥生子「新しき命」、『野上弥生子全小説 2』、岩波書店、1997 年、124 頁。

　　②　野上弥生子「新しき命」、『野上弥生子全小説 2』、岩波書店、1997 年、130 頁。

代子对女性的这份天职有着自觉的认识："我现在是在做一项重要的事情。作为人类，作为一名女性，只要在这个地球上生存，只要人类种族的存在方式没有改变，那么应该就没有比这更有意义的事情了。"①

这种自觉认识，还体现在对生命意义的理解方面。上面已经涉及，曾代子会从整个人类生命延续的高度，来看待女性的付出。而且，她还举了一个例子，来对生命的意义加以进一步的说明。曾代子经常会想起求学时代信奉基督教的校长夫人的故事。在得知在自己和她腹中的胎儿只能二选一时，校长夫人毅然地选择了后者。文中写道："我即便现在获救，也会在不久的将来死去，为什么要为了我而杀死这个孩子？特别是我们都不知道这个孩子以后是不是会成为马丁·路德、莎士比亚或是拿破仑。这是我宝贵的孩子，也是神灵的孩子，所以不能杀死他。"② 曾代子借用这个故事，表达了对于新生命的爱护与尊崇。在看到新生命出生的那一刻，曾代子所承受的痛苦与焦躁都烟消云散了。她把新生命视为神灵的孩子，赋予了他们至高无上的意义。"这样世界上会多一个神灵，一个融入了自己的肉与血的小人的降临。"③ "所有的婴儿都是神灵

①　野上弥生子「新しき命」、『野上弥生子全小説 2』、岩波書店、1997 年、130 頁。

②　野上弥生子「新しき命」、『野上弥生子全小説 2』、岩波書店、1997 年、125 頁。

③　野上弥生子「新しき命」、『野上弥生子全小説 2』、岩波書店、1997 年、128 頁。

的孩子。"① 在曾代子看来，新生命的诞生，是人类生命本源的象征。

　　关于作者对于母性的自觉认识，许多评论家都从不同角度给予了较高的评价。比如，濑沼茂树说道："……弥生子在次子诞生之际，回味长子诞生时的生育体验，并重新探寻生、生命与生活的价值。或者也可以说，《新生命》是以次子的诞生为契机来对'追溯生成的本源，深思人类命运'的尝试。自古以来，'从来就不知道人类来自哪里又将前往何处'，对于这样的人类命运与人生诸相，几乎不可能有现成的答案。但是在婴儿诞生之际，去思考这个难题的作家姿态是值得人们敬重的。"② 薮祯子将这部作品与其他作品结合在一起，指出："《新生命》《五岁儿》《小小两兄弟》等这一谱系的作品，融入了对生命与人类的信赖与祈祷，是积极向上的作品。"③ 助川德是则从母性的角度指出："《新生命》是这些知识女性在对自我绝对肯定的基础上，所做出的对母性之神性的确认。她们有着凭借自我知性所建构起的人格，而这一人格并不从属于男性的自我。这部作品正是对女性自我的赞歌。"④

　　总而言之，弥生子借由对女性生育体验的刻画，并由此扩展开来，发展为对女性生育意义的思索以及对生命的赞叹。而这所

---

　　① 野上弥生子「新しき命」、『野上弥生子全小説 2』、岩波書店、1997 年、135 頁。

　　② 瀬沼茂樹「野上弥生子の世界（三）」、『野上弥生子全集月報合本』、岩波書店、1985 年、5-6 頁。

　　③ 薮禎子『女性作家評伝シリーズ 3　野上彌生子』、新典社、2009 年、101 頁。

　　④ 助川徳是「「新しき生命」の世界—大正 5 年までの野上弥生子」、『野上弥生子と大正期教養派』、桜楓社、1984 年、20 頁。

呈现出的是，弥生子对于女性之母性的自觉认识。

第三节 对儿童世界的知性观察与对儿童天性的尊重

在成为母亲之后，对儿童世界的观察与描摹也成为弥生子创作的来源之一。但是，她并不是站在成人的立场上，而是尽可能地贴近儿童的视角，从他们的立场出发来看待这个世界。所以，她才能描摹出充满童趣的儿童世界，同时又不乏对儿童世界的哲理思考。《五岁儿》和《小小两兄弟》便是这样的作品。

一、《五岁儿》: 对儿童的知性观察

《五岁儿》最初发表在 1914 年 7 月的《中央公论》上，后被收录于单行本《新生命》第一版中。作品通过年轻母亲的视角，刻画了长子秀一在面对家中新生命到来时的内心波动以及这个新生命的猝然离世。母亲告诉秀一他将会有个弟弟，秀一很好奇这个小生命是从哪里来的，这些对他来说都是未知的世界。在女主人的叮嘱下，女佣委婉地说有个婴儿从天上飞来了。当看到弟弟的被褥比自己的还要好看的时候，秀一有了一种无意识的羡慕与嫉妒之情。母亲将事先买好的玩具送给秀一，说是这个刚刚来到世界上的小生命带给他的，同时要求他以后要好好照顾这个弟弟。看到那些原本属于自己的一切逐渐被弟弟夺走，秀一感到莫名的

悲伤，并因此产生了嫉妒之心。他感到所有人都疏远了他，从而感到落寞与悲伤。秀一对这个弟弟的感情，在这段时间内逐渐由嫉妒回归平淡。但是，平淡的生活持续了一段时间之后，这个可爱的小生命因病离开人世。在葬礼上母亲向秀一说道，弟弟要一个人去很遥远的地方，但具体是哪个地方自己也不清楚。看到母亲哭得这么伤心，秀一也伤心地哭了起来。

这部作品是弥生子以她自己与两个孩子的日常生活为素材，经过艺术加工创作而成的。小说与之前的几部的不同之处在于，它没有将重心放在母亲身上，而是着重刻画了长子秀一的内在心理与外在行为。尽管小说全篇贯穿了母亲的视角，但又能从儿童的立场出发来看待问题，所体现出的是弥生子对于儿童的知性观察。

对儿童的知性观察，首先是体现在对于新生命的观察以及对于生命意义的思考方面。比如，秀一在其弟弟出生前，就已经有了某种觉察，他忍不住发出这个小生命到底是从哪里来的，这一带有朴素生命意义的疑问。文中写道：

他只是那样呆呆地有点吃惊，然后瞪大了双眼开始提问。
——那个婴儿什么时候来啊？
——那个还不知道呢。不管怎样，他会从很远的地方来。
——那到底是多远呢，是不是像外婆家那么远呢？
——比你外婆家远多了。

——那有天那么远吗？

——嗯，对啊，就是那么远。婴儿就是从天上飞来的。

秀一睁大了眼睛。所有这些对他来说都是新奇的知识。①

从上述引文中，不难看出作者笔下秀一的天真无邪。母亲为了让孩子保持一颗童心，在回答时尽量采取激发他们想象力的方法。他看到外面天空中飘着的孔雀形状的云，又联想到自己到底是乘着什么来到世界上的这个天真的问题。他有着旺盛的生命力，这份生命力表现在他的奔跑、跳跃和欢笑与哭泣之中。在秀一看来，这个躺在母亲身边的小生命就像是一个异样的生物，又像玩具那样珍奇而又可爱。秀一很好奇这个小生命为什么不睁开眼睛，因为他就那样安静地睡着。文中写道："他在将近一年的时间里被封闭在狭窄而又阴暗的空间里。在那里，他没日没夜地憧憬着、挣扎着，终于能够轮回到无边无际的大千世界中。而他在轮回所带来的安心与喜悦之间，忘记了过去，忘记现在，也忘记未来，就那样安详地睡着。"②这是作者对新生命诞生的形象的描绘。而且，作品中还这样描述婴儿的成长："那个时候的婴儿已经不仅仅是无能的人肉玩偶了，这个小小的身体中的种种机能与感觉变得日益发达，并最终成长为一个完全的小小人类。原本他的眼睛只能看

① 野上弥生子「五つになる児」、『野上弥生子全小説 2』、岩波书店、1997年、150 頁。

② 野上弥生子「五つになる児」、『野上弥生子全小説 2』、岩波书店、1997年、159 頁。

见发亮的或者是红色的东西，但现在都能很开心地区分家人亲切的眼神，走廊里的宠物和那些来到庭院中树木上的小鸟。而且，上下各两个白色米粒大小的牙齿也已经长出来了。他现在除了母乳之外，在闻到味道好的东西时，都能够一边喊着好吃，一边爬到其乐融融的饭桌边来了。"①这里，显然也体现出了作者对成长中生命的知性观察。

对儿童的知性观察，还体现在对两兄弟之间的微妙关系的观察方面。秀一在最初面对这个弟弟时，难免会有一些嫉妒和竞争等的心理。当看到这个弟弟的被褥更好看时，作品中写道："'婴儿的被褥比我的好看啊。'秀一若无其事地流露出赞赏之情。这恐怕是他自己无意中所感觉到的对于这个新的竞争者的最初的'羡慕'。"②这里可以看出，作者对于儿童细微心理变化的准确把握。母亲将事先买好的玩具送给秀一，说是这个刚刚来到世界上的小生命带给他的，同时要求他以后要好好地照顾这个弟弟。母亲看似很随意的几句话，让秀一感到一种淡淡的压迫感。他看到这些原本属于他的一切都逐渐被弟弟夺走，他感到莫名的悲伤，并因此产生了嫉妒心。无论什么事情，大人都是以"你是哥哥"这句话为托词，要求他做出让步。他感到所有人都疏远了他，从而感到落寞与悲伤。他甚至诅咒这个刚刚来到世界上的小生命，要他

---

① 野上弥生子「五つになる児」、『野上弥生子全小説 2』、岩波書店、1997年、164 頁。

② 野上弥生子「五つになる児」、『野上弥生子全小説 2』、岩波書店、1997年、157 頁。

死去。当然，幼小的秀一并没有真正理解"死"的意义。在这里，作者抓住了母亲与秀一、秀一与婴儿之间的微妙关系，并将其呈现了出来。后来随着与这个小生命的相处，秀一还是能够努力去做出一些改变，和他友好地相处。秀一的内心又渐渐发生了变化。文中写道："这个让人意想不到的竞争者的突然出现，刚开始所带给秀一的惊讶、愤怒与神经过敏般的恐惧，随着他的渐渐适应，也逐渐回归平淡。"①

　　但是，接下来这个小生命却感染疾病去世了，这是与弥生子本人的经历不相符的。也就是说，这是弥生子在个人经历基础上的艺术虚构。在看到弟弟就那样躺在地上没什么反应时，秀一以为弟弟睡着了。他不明白大家为何要搞出这么大的动静，妈妈为何要哭得这么伤心。年幼的秀一还不能理解生与死这类涉及人类生命的问题，以为弟弟只不过到了某个遥远的地方。就这样，儿童对人类终极问题的懵懂与人类对此问题的无奈被置于同一语境中，从而更加凸显出生命之"生与死"的偶然性。对此，濑沼茂树曾评论道：《五岁儿》中的哥哥由于弟弟的出现而产生复杂的内心感受，又惊讶于弟弟的猝死所带来的母亲的悲叹，在强调自我与他人区别的过程中，揣摩何为生命。秀一相当于其长子，而婴儿则相当于茂吉郎，当然这肯定是虚构。事实上，婴儿面临某种危机，再加上这种不吉利的想象，突出了秀一的惊讶与悲伤，

---

　　① 野上弥生子「五つになる児」、『野上弥生子全小説2』、岩波書店、1997年、157頁。

以及母亲的悲叹，从而写成这篇文章。在这里体现出作家的冷酷
无情。当然，其中也暗含着作者对生死问题思索的深化。但是，
对于五岁儿童来说，这还是他难以触及的问题。但我认为，在《五
岁儿》中涉及婴儿的猝死这样的极限问题，难道不正预示了作者
已经开始将目光转向孩子的教养、教育以及人格形成的方向了
吗？"①弥生子的这种对"孩子的教养、教育以及人格形成"的关
注，在以后的作品中得以延续下去。

二、《小小两兄弟》：对儿童天性的尊重与对儿童社会化的引导

《小小两兄弟》是 1916 年 1 至 3 月连载于《读卖新闻》上的
小说，最初的名字为《两个小小流浪汉》。同年 11 月 5 日，这篇
小说被收录在岩波书店发行的单行本《新生命》中。之后经过弥
生子的大幅修改，小说又被收录于 1925 年 3 月 25 日岩波书店发
行的新版《新生命》中，并被改名为《小小两兄弟》。实际上，在
这部作品之前，弥生子就已经透露过相关的构思了。比如，在
1915 年 9 月的《青鞜》杂志上，弥生子发表了写给伊藤野枝的书
信体随笔《私信》，其中写道："刚刚出生不久的婴儿，是什么都
看不见，什么也听不见的。这一点就体现了造化的巧妙之处。……
因为，如若不是这样的话，就会有一生下来就发疯的孩子。我的
那个较大的孩子，最近对外面的世界充满了好奇。……我给他取

---

① 瀬沼茂樹『野上弥生子の世界』、岩波書店、1984 年、45-46 頁。

了个'小小流浪汉'的绰号。"① 这些表述，都与《小小两兄弟》有这样一定的相似之处。

《小小两兄弟》取材于弥生子与两个孩子的日常接触，主要讲述了孩子对外部世界的渴望以及与外部世界的交往。友一近来将目光放到从未体验过的外部世界，利用一切机会向大人证明他现在已经长大了。为此，母亲曾代子不得不放弃一直以来所坚持的教育方式。曾代子认为孩子有他们自己的道德与理论，不能将大人的那一套规则强加给他们。弟弟那种糊里糊涂的单纯与坦率，与哥哥的强硬和爱憎分明的性格形成鲜明的对照。他们既没有善恶、正邪这些道德上的概念，也没有物质与灵魂的纷扰。当友一把战争有关的事物当作画画素材时，曾代子认为这是一个不好的倾向。因为，社会、政治与信仰，这些事情在他们内心还都没有成型，处于放任自由的状态。曾代子带他们参加节日游行时，孩子们只是单纯地看热闹，并不懂这种典礼的政治意义。曾代子虽然没有特殊的信仰，但是她又不想让自己的孩子变成浅薄的无神论者。她祝福自己的孩子，并希望他们能够拥有充满光明与希望的未来。

《小小两兄弟》是弥生子在这段时间创作的小说中篇幅较长的一部，接近于一部中篇小说。这篇小说以弥生子与两个孩子的日常生活为素材，主要探讨的是儿童的社会化问题。对此，弥生子

---

① 野上弥生子「私信」、『野上弥生子全集』第十八卷、岩波書店、1980 年、44-45 頁。

认为，一方面要尊重儿童的天性，而另一方面，人们应该在儿童社会化的过程中加以积极引导，以确保其身体与心理的健康成长。这就是弥生子对于儿童社会化问题的思考。

先来看对儿童天性的观察与尊重。随着年龄的增长，友一渴望长大这一内心的欲望也在增长。文中写道："作为一个想独当一面的孩子，他的内心欲望开始膨胀，所以不知不觉间，眼前的一切都已经难以满足他了。"[①] 这是作者对儿童内心欲求的观察。他们对外部世界充满了好奇，渴望去闯荡去探索，去开阔自己的视野。面对儿童的这种内心欲求，作者认为大人尤其是年轻的父母们普遍没有做好应对，并且对儿童教育缺乏应有的关注。为此，曾代子不得不放弃一直以来所坚持的"一种隔离式的教育"。她其实也不知道自己的这种教育方式是否正确。但是，人们真的对于恋爱、婚育与教育有过认真的思考吗？曾代子对这一问题持怀疑态度。她联想到诸多先哲对于恋爱、结婚意义那富有哲理的阐释与深刻的思索。先哲们的经验已为当时的年轻人所熟知，但这并不能说明他们对这些问题有过深刻的思考。"他们大多是草率地将结婚作为一种恋爱的完成形式，并没有留下对儿童和儿童教育思考的余地。"[②] 曾代子也是其中一员，因为她还记得初次面对这个新生命时的无知与狼狈。曾代子认为，现在或许是让他出去接触外部世界

---

① 野上弥生子「小さい兄弟」、『野上弥生子全小説3』、岩波书店、1997 年、87 页。

② 野上弥生子「小さい兄弟」、『野上弥生子全小説3』、岩波书店、1997 年、92-94 页。

的时候了。这将成为他最初的社会与人际关系，也是他人生历程中的必经之路。可以说，作者一方面想要保持儿童的天性，但同时也能意识到儿童终归要与外部世界有所接触。

作者还观察到最近哥哥会毫无来由地去欺负弟弟。"这种对弱者的污蔑与随心所欲的征服、压迫和凌辱，引起了他极大的兴趣，并让他产生一种很自豪的错觉，那就是自己是有力量的，是强者与征服者。"① 儿童世界与成人世界不同，有着独特的规则秩序。成人世界的道德规范并不适合于儿童。女主人公意识到儿童世界独有的特点并予以尊重。文中写道："她知道无论跟这个孩子讲什么道理，都是无济于事的。同时她也理解孩子有孩子的世界，有他们自己的道德，也有他们自己的理论，所以大人们的那一套在他们面前没有任何权威。但是，一旦牵扯到实际问题，她又会不得不去责怪他们的过失，惩罚他们的错误，将大人们的那一套理论和道德规范强加给他们。"② 接着，关于他们和好的原因，"是因为加害者与被害者都是同一个世界的孩子，也是因为他们都是能够轻易地适应那个世界的理论、道德的同一个种族"③。不难发现，作者是站在儿童的立场来看待他们之间的言语行为，并对此进行观察的。近来，友一对父母书房中的藏书很感兴趣。他渐渐记得了

---

①　野上弥生子「小さい兄弟」、『野上弥生子全小説 3』、岩波書店、1997 年、115 頁。

②　野上弥生子「小さい兄弟」、『野上弥生子全小説 3』、岩波書店、1997 年、118 頁。

③　野上弥生子「小さい兄弟」、『野上弥生子全小説 3』、岩波書店、1997 年、123 頁。

托尔斯泰、陀思妥耶夫斯基、尼采、萧伯纳、易卜生等这些伟大的文学家、思想家的名字。"这个六岁孩子那虽然幼小，但是吸收力强的大脑里，被灌输进这些伟人的名字。在不久的将来，这些一定会在里面生根发芽。"①这是作者对于儿童未来品性的美好期待。但是，在儿童的成长之路上，他们的性格是逐渐被塑造出来的。现在邦夫只有三岁，有着极其马虎的性格。他那种糊里糊涂的单纯与坦率，与哥哥的强硬和爱憎分明的性格形成鲜明的对照。"就像某个俄国作家所说的那样，哥哥已经完全具备'从天堂到地狱'的性格，与之相反，弟弟体内的所有种子仍在沉睡，就好像一个小小的浑浊。"曾代子看到孩子那纯净而又单纯的脸庞，感到无比欣慰。"与他看到玩具时开心而又清澈的眼神相比，大人那血脉偾张而又充满欲望的眼神，反而看上去像极了无赖汉。"②在作者看来，他们既没有善恶、正邪这些道德上的概念，也没有物质与灵魂的纷扰。而这与充满欲望的大人世界比起来，更加凸显出儿童世界的单纯。这就是弥生子对儿童天性的观察与尊重。正如渡边澄子所言："对六岁的长子友一、三岁的次子邦夫这两兄弟的生活状态，弥生子在母亲爱情的衬托下进行了知性观照。这里没有女性特有的感情奔流，有的只是作者通过不厌其烦的耐心观察而去把握对象的尝试以及一种沉稳的表现形式。在这里，作者塑造

---

① 野上弥生子「小さい兄弟」、『野上弥生子全小説3』、岩波书店、1997年、129頁。

② 野上弥生子「小さい兄弟」、『野上弥生子全小説3』、岩波书店、1997年、136-137頁。

出自己独特的文学世界。"①

　　但同时，作者又对儿童社会化过程中可能遭受的来自政治的、教育的侵蚀表示担忧，认为人们应积极加以引导，以确保其身体与心理的健康成长。这首先表现在孩子画画的素材方面。友一沉迷于画画，把日常生活中的一切都当作绘画的素材。但是，由于最近欧洲爆发的战争已经影响到了社会的方方面面，所以飞机、大炮、军队等这些和战争有关的素材占据了他绘画的大部分内容。母亲很担心孩子的这种倾向，认为这是"堕落，是一种让人担忧的混乱与歧路"。② 所以，她努力去纠正友一这种不好的倾向，最终让他转到了对日常生活中事物的素描上。在这里，我们可以看出作者为确保其健康成长所做出的努力。作品中的 11 月 10 日是全体日本国民的节日，该节日因伴随着国家权力的更迭而附带上了政治意义。据笔者查阅，这应该指的是 1915 年 11 月 10 日在京都御所举行的大正天皇的即位仪式。但对于这两位小小国民而言，他们只是单纯地凑热闹，并不懂这种典礼的政治意义。作品中如下写道："为庆贺一个国家主权者的登基而举办的如此盛大的典礼，对孩子们来说，只不过是一次充满了各种乐趣的节日。如想要灌输给他们典礼所附带的政治意味的话——就像在小学那样，不单单是知识的灌输，如果想让他们彻底地明白

---

①　渡辺澄子『野上弥生子研究』、八木書店，1969 年、91 頁。
②　野上弥生子「小さい兄弟」、『野上弥生子全小説 3』、岩波書店、1997 年、159 頁。

这些概念的话——他们自由的心中会生发出疑问吧。而且，母亲作为一个日本国民，出于国体与政治上的顾虑，在向孩子说明时也会感到很为难吧。之所以这么说，是因为他们还只是地球上没有国家概念的六岁和三岁的两个小生物而已。"[1] 在儿童的内心世界中，还没有形成完整的国家与政治概念。社会、政治与信仰，这些事情在他们内心还都没有成型，处于放任自由的状态。并且，在宗教信仰方面，他们也带有日本式的包容与自由。每当圣诞节的时候，他们会很自然地将外国的神灵与日本的神灵联系在一起，而并不会感到矛盾。"……现代日本大部分孩子的精神倾向，由于父母并没有形成统一的宗教观念，所以他们才会形成这种特殊的思考方式。"曾代子虽然没有特殊的信仰，但是她又不想让自己的孩子变成"浅薄的无神论者"。她只是希望"他们能够经营好那没被禁锢的心灵，以自己的爱、诚实与谦让之心，在内心深处重新构筑自由的宫殿"[2]。这可视为作者对儿童内心健康成长的期待，也是弥生子对于儿童社会化过程中的美好心愿。对此，濑沼茂树曾评论道："弥生子用蕴含着母爱的亲情来守护孩子们的生理和心理，并在他们的世界中提出了'思想上的平民主义'这一新式的市民关系，进而对国家和社会现状提出了质

---

① 野上弥生子「小さい兄弟」，『野上弥生子全小説 3』，岩波書店、1997 年、176-177 頁。

② 野上弥生子「小さい兄弟」，『野上弥生子全小説 3』，岩波書店、1997 年、180-181 頁。

疑。"① 实际上，濑沼茂树的所谓的"思想上的平民主义"，指的就是上文中的弥生子对于儿童天性的尊重以及在儿童社会化过程中所进行的引导。

① 瀬沼茂樹「野上弥生子入門」、『野上弥生子・宮本百合子集』、講談社，1965 年、92 頁。

第五章　对历史人物的重构
与对左翼知识分子的观照

艾德琳·弗吉尼亚·伍尔芙（Adeline Virginia Woolf, 1882—1941）曾在《一间自己的房间》中指出："须知，迄今为止，妇女小说中最薄弱的地方，仍是诗意的缺乏，而妇女的生活更加非个人化，正有助于诗人气质的发展。这会让她们不再一味注重事实，不再满足于刻画细节，不再像以往那样，观察到的一点一滴，都务求纤毫毕现。她们将会抛开个人生活和政治活动，将目光投向更为普遍的地方，投向一直以来，使人们试图解答的问题——我们的命运何在，人生的意义何在。"① 这一变化也体现在弥生子的创作历程中。随着弥生子思考深度的增加和社会视野的扩大，她开始感觉到一种内在的转型焦虑，并试图寻求自我突破。正如有的论者所言："女性作家的性别身份使女性作家的书写必然与其自身的认知过程密切相关，而女性与家庭的天然联系决定了女性作家

---

① ［英］弗吉尼亚·伍尔芙：《一间自己的房间》，吴晓雷译，陕西师范大学出版总社有限公司，2014，第19页。

的创作首先是以家庭为立足点观照女性的生存际遇与命运，然后再以女性特有的眼光审视社会、过滤人生。"① 就这样，弥生子不再仅仅局限于家庭以及周边的日常生活，而是去关注人的普遍问题，表达人的共同情感，寻找人的可能出路。比如，刻画了人性罪恶与精神救赎的《海神丸》（1922），从人性的角度重构历史人物的《大石良雄》（1926）、《秀吉与利休》（1962—1963），以及讲述知识分子自我救赎之旅的《迷路》（1936—1956）等作品，都体现了弥生子在创作脉络上的继承与超越。

第一节 《海神丸》：人性之恶与精神救赎

《海神丸》作为弥生子的一部成名作，陆续被收录在 1922 年 12 月 28 日春阳堂发行的《袖珍畅销书丛书》、1924 年 9 月 15 日改造社发行的《海神丸 其他》、1928 年 12 月 15 日春阳堂发行的《明治大正文学全集》第 33 卷等多部刊物中。

《海神丸》主要讲述了海神丸这艘船在海上的遇难以及获救的故事。12 月 25 日海神丸离开东九州海岸，前往九十海里外的海岛进货。船上一共有四个人，分别是负责做饭的三吉、负责船具修缮的五郎助、负责掌舵的八藏和年纪约四十岁的船长。长年充满

---

① 李墨：《从家庭观的嬗变管窥日本当代女性文学发展》，《外国文学研究》2006 年第 3 期，第 89 页。

风险的海上生活，使他更加深信唯有金比罗守护神才能让他们逢凶化吉。海上风云突变，天气变得极为恶劣。狂风暴雨冲走了他们的大部分粮食和船上的帆布，使他们的处境更为艰难。八藏已经不抱希望，只是不想做一个饿死鬼，但船长内心有着强烈的信仰，始终坚信奇迹会出现。缺水时，船长向金比罗祈祷，果然下午就下起了大雨，但随后他们又陷入了近乎绝望的状态。在八藏的逼迫下，船长把所有粮食分为两份。八藏和五郎助很快就吃光了他们的粮食。八藏引诱五郎助和自己一起杀死了三吉。船长燃起了憎恨与复仇之念，与八藏在甲板上互相厮杀，最终在五郎助的哀号下作罢。船长那强烈的求生欲望，使他更加虔诚地去祈祷。这时船长梦见在金比罗神灵的指引下，他们被一艘货船所救。第二天，他的梦果然应验。由于身体状况太差，五郎助在抵达日本前就去世了。后来在市政府的人询问遇难原委时，船长自始至终说三吉是病死的。这时，旁边的八藏忽然双手掩面号啕大哭起来，而个中原委只有船长知道。

《海神丸》无论从题材还是从故事情节来看，都与弥生子之前的作品迥然不同。那么，她为何能创作出这部作品呢？对此，弥生子曾有过详细的记述："《海神丸》的素材来源于九州老家的一名叫'德'的船长的亲身体验。但不是我本人亲自去听他说的，我弟弟在听了船长的讲述之后，把重点记了下来并寄给了我。之后，我依据那份记录创作成小说。所以除去里面遇难的事实、船长外甥被杀和船长依靠金比罗信仰而获救这几件事情之外，其余都是作者的虚构。'德'目前还健在。听说他自从那件事之后，就变得害怕大海，所以转而在陆地上以贩卖渔具为生。在我回九州老家的时候想见他一面，可惜没能见到。"① 这就是这部小说的素材来源以及弥生子对素材的艺术加工。《海神丸》在《中央公论》刊载后，弥生子曾写信给弟弟表示感谢："《海神丸》在发表之后，引起了多方面的巨大反响，这让我感到很欣慰。不过这首先要归功于大家提供的手记和备忘录。对此，我要表示感谢。"②

《海神丸》可以视为弥生子创作历程中的分水岭。在此之前，她的创作素材主要来源于自身家庭与日常生活，而之后则主要集中于对人类、社会的关注以及对历史人物的塑造。由于这部作品涉及"人吃人"这一触犯伦理道德禁忌的主题，因此，1922年这部作品一经发表，便引起文坛的巨大反响。在这之后，大冈升平的《野火》（1951）、武田泰淳的《光苔》（1954）也先后涉及了这一主题。从这个意义上说，弥生子的这篇小说在小说题材的开拓方面有着重要意义。对此，弥生子曾颇为自负地说道："这或许是我写成的第一篇还算像样的小说。"③ "我想再次感谢夏目漱石的恩情，但没能让恩师看到我目前所取得的进步，实在令人遗憾。"④

那么，这部作品主要表达了怎样的主题呢？笔者认为，作品

① 野上弥生子『野上弥生子全小説 4』、岩波書店、1997 年、384 頁。
② 野上弥生子『野上弥生子全小説 4』、岩波書店、1997 年、385 頁。
③ 野上弥生子「わが小説「海神丸」」、『朝日新聞』、1962 年 3 月 27 日。
④ 野上弥生子「海神丸」、『野上弥生子全集』第二十二巻、岩波書店、1982 年、226 頁。

主要表达了极端条件下人性中的善与恶的分化与对立，以及信仰所带来的精神救赎问题。先来看极端条件下的人性中的善与恶的分化与对立。实际上，在商船遭遇恶劣天气之前，船长和船员们虽然性格有所不同，但也没有形成明显的善与恶的分化与对立。即便在最初面临恶劣的海上天气时，他们也还能同甘共苦地一同去面对，也还是一个命运共同体。但随着暴风雨越来越猛烈，船员们开始感到某种不安。看到这种情形，船长有意通过说笑来缓解他们的紧张情绪。文中写道："尽管三吉多少显露出忧虑，但在听到船长的玩笑话后，他也不免露出了笑容。五郎助也在一旁傻笑。唯有八藏板着脸，没有任何笑容，一动不动地凝视着无休无止的狂风怒涛。"[1] 不难发现，在面对这种严酷的自然环境时，三人有着不同的态度。尤其是八藏，即便面对船长的好意，也仍旧面无表情。或者也可以说，这暗示了八藏对此次航行的担忧将会以更为激烈的方式呈现出来。

　　紧接着在粮食变少引发生存危机时，他们这个理应在紧急关头共存亡的团体便分崩离析。船长主张将剩余的米饭做成粥，以延长食物的使用期限，但这遭到八藏的反对。他说道："如果再遇到一次暴风雨的话，我们根本没有生还的希望。而且，现在这种天气也说不准什么时候会大爆发。这时候，我们节约大米是为了什么？反正早晚是死，还不如吃饱喝足了再死。就现在来说，这

① 野上弥生子「海神丸」、『野上弥生子全小説4』、岩波書店、1997年、321-322頁。

起码是一件令人欣慰的事。这是我在远离了世间享乐，并且朝不保夕的情况下唯一的一个愿望。"① 可见，在危及个人生存之时，八藏早已自暴自弃，不但放弃了对生的渴望，而且对待粮食的态度也显示出其自私的品性。显然，这时的共同体在极端的自然环境下已经开始分化，而八藏无疑逐渐滑向人性之恶的一边。

后来，他们又陷入了一种近乎绝望的状态："空虚的思绪、无法摆脱的焦躁、愤怒、悲伤与叹息，这种会把人逼疯的恐怖，已经开始向海神丸的船员们袭来。"② 这是对船员们处于极限的精神状态的写照。在船长眼中，五郎助是那么愚蠢，八藏又是那么残暴。三吉则与他们相反，不但有着较强的意志力并且从未表现出绝望与悲伤。自此船上好像被切割成两个世界，互相之间逐渐没有了往来。在这里，船长与三吉的内心保持了对生的渴望，是人性之善的象征，而与此相对，八藏与五郎助已对命运自暴自弃，任凭人的本能欲望而逐步滑向人性之恶的深渊。

八藏和五郎助早已吃光所有的粮食，所以他们每天都在承受着饥饿带来的巨大痛苦。八藏对食物的渴望是如此强烈，以至于他已经分不清现实与幻想。他看着屋外的三吉，朦胧间生出一种让人不寒而栗的想法。"在他回过神来之后，他也震惊于自己这种恐怖的欲望。"③ 可见，这时的八藏尽管还有些自我意识，但已经

---

① 野上弥生子「海神丸」,『野上弥生子全小説 4』, 岩波書店、1997 年、326 頁。
② 野上弥生子「海神丸」,『野上弥生子全小説 4』, 岩波書店、1997 年、335 頁。
③ 野上弥生子「海神丸」,『野上弥生子全小説 4』, 岩波書店、1997 年、345 頁。

接近发狂的边缘。最终，他冲破心里最后一道防线，引诱五郎助和自己一起杀死了三吉。就这样，极度的饥饿剥夺了船员仅剩的理性，让他们做出丧失人性的疯狂举动。但当真正面对这血腥的场面时，他们却被震慑住了。"他们不知道该怎么办，更不用说要去切哪块肉了。所有的欲望都已完全消失。就像在不由自主地战栗和恐怖中忘记了时间一样，呆呆地站在那里——他仍旧拿着斧头。"① 在这里，八藏与五郎助的行为将人性之恶体现得淋漓尽致，但从他们的恶行并未继续发展这一点来看，也暗示了其最终获得救赎的可能性。船长也陷于极度饥饿，所以，他已经联想到了这一血腥场面。船长燃起了憎恨与复仇之念，与八藏在甲板上互相厮杀，最终在五郎助的哀号下作罢。在这里，船长与八藏的厮杀所象征的，正是人性之善与人性之恶的较量。

再来看信仰所带来的救赎问题。金比罗是长年航海的船长所虔诚信奉的守护神。金比罗即恒河之鳄神格化后的佛教守护神，鱼身蛇形，尾持宝玉，相当于佛教十二神将中的宫毗罗。在日本作为大物主神的垂迹，又被称为"金毗罗大权限"，并且作为海上的守护神而被人们广泛信仰。船长虔诚地祭拜神灵祈祷一路平安。长年充满风险的海上生活，使他深信唯有神灵才能让他们逢凶化吉。作品中写道："他有着像同伴那样的传统而又强烈的信仰。整日面对反复无常的海风和怒涛，除了借助神灵的力量外，别无他法。这一决定性的信仰，使他们像孩子一样在这枚护身符前双手

---

① 野上弥生子「海神丸」、『野上弥生子全小説 4』、岩波書店、1997 年、352 頁。

合十。船长无论何时都在热心地祈祷。那份真挚的祈祷态度，和他头顶昏暗的灯光一起，映衬着他那如同其他海员一样的粗糙皮肤与服饰，并使这里充满了与平日不同的严肃的宗教氛围。"① 船长的这一信仰自始至终都未改变，并在文中有多次提及。

在之后愈加险恶的情况下，正是船长的虔诚祈祷帮助船员渡过难关。他们首先要面对的是粮食已经快要吃完了这一问题。船长在金比罗信仰的支撑下，仍旧对生命充满了强烈的愿望。文中写道："船长始终有着强烈的信仰，而且始终有着强烈的求生愿望。年轻的三吉最认同船长的话，因此，他脆弱的内心变得更加明朗，而且这种对于叔父的新的信任与近似于英雄崇拜的感激之情，使他感到心情舒畅。作为船长的外甥，他的自尊心不容许自己说泄气的话，或者有自暴自弃的情绪。这让他更加勇敢，其举止言行也更加沉着。即便是五郎助，似乎也有点赞同船长的话。但只有八藏仍旧固执己见。"② 就这样，内心强烈的金比罗信仰使船长从未放弃对"生"的渴望，并且在其精神的感染下，三吉和五郎助也对未来有了积极的思考。但只有八藏拒绝船长，并仍旧坚守着自暴自弃的想法。接着到来的是缺水的问题。此时，仍旧是船长依靠对金比罗的祈祷而化解了这场危机。船长的虔诚信仰给他们带来了雨水，"他们是如此兴奋，以至于都忘记了劳苦、悲伤和不幸，

---

① 野上弥生子「海神丸」、『野上弥生子全小説 4』、岩波書店、1997 年、313-314 頁。

② 野上弥生子「海神丸」、『野上弥生子全小説 4』、岩波書店、1997 年、328 頁。

在大雨中一边收集水源,一边手舞足蹈"①。这是在八藏滑向深渊之前的一个小小的转折。但即便是船长如此虔诚的信仰,都没能化解八藏内心的怨念。

在三吉被杀害后,船长所能依赖的,依旧是虔诚的祈祷。船长感到极度痛苦、孤独与恐惧。强烈的求生欲望让他更加虔诚地去祈祷。文中写道:"在这之后,船长几乎是只待在房间中,并一个劲儿地向金比罗神灵祈祷。不论有多么想放弃,都会从内心中涌现出努力生存下去的力量。他觉得再想想办法就会得救。"②他们已经在海上漂流了四十五个日夜,所以身体已经极度虚弱。这时船长做了一个梦,梦中在金比罗神灵的指引下,他们被一艘货船所救。第二天,他的梦果然应验。他们被一艘从美国旧金山驶来的货船营救。就这样,在船长虔诚的祈祷下,他们坚持到了最后,并最终获救。五郎助在抵达日本前,因身体太过虚弱而死去。船长在市政府的人询问遇难原委时,自始至终坚持三吉是病死的。文中写道:"这时,突然有个剧烈的哭声从八藏那边传了过来。他就那样仰卧着躺在那里,骨瘦嶙峋的双手掩面号啕大哭。"③显然,八藏的哭声,表明他的良心并未完全泯灭。正如濑沼茂树所说:"在《海神丸》这部作品中,恶魔在心底仍旧保留着一颗神灵的心,所以最终他才打消了主意。但是,在经历了第二次世界大战

---

① 野上弥生子「海神丸」、『野上弥生子全小説 4』、岩波書店、1997 年、333 頁。
② 野上弥生子「海神丸」、『野上弥生子全小説 4』、岩波書店、1997 年、359-360 頁。
③ 野上弥生子「海神丸」、『野上弥生子全小説 4』、岩波書店、1997 年、377 頁。

的所见所闻再来思考的话，也不是没有更深一层的危惧。不管怎样，《海神丸》是一部体现了作者丰厚的教养与文化修养的作品，同时在现代文学中作为第一部挖掘了此主题的小说，值得大家永远去纪念它。"① 也正如薮祯子所言："那是被置于极限状态下的人类之间所展开的赤裸裸的一幕幕，抵达残忍与哀伤尽头的灵魂的觉醒——所有这些最终呈现出来的，与其说是自然与残暴，倒不如说是人类灵魂的疼痛。这部作品的主旨正在于此。"②

实际上，弥生子在创作时并没有完全遵照真实事件，而是进行了一定的艺术虚构。在真实事件中，船员们杀人并不是想吃人肉，而是想减少消耗食物的人数，以让剩下的人能够坚持更长的时间。但是，弥生子在小说中，将杀人目的定为"人吃人"，这极具冲击性并且突破了人类的道德底线。这就将人性之恶渲染得淋漓尽致，也更从反面凸显出精神救赎的重要性。船长与三吉在金比罗信仰的支撑下，内心保持了对生的渴望，是人性之善的象征；而八藏与五郎助对命运自暴自弃，听凭人类的本能欲望而逐步滑向人性之恶的深渊。在人性遭遇危机时，金比罗所象征的信仰的重要性便凸显了出来，并成为他们获得精神救赎的关键之所在。

1962 年，在新藤兼人的执导下，《海神丸》以"人间"为题名被翻拍成电影。在当时的宣传手册上，关于作品的主题，弥生子如此写道："这部作品在苏联被译为希腊神话中的海神。神与恶魔

---

① 瀬沼茂樹『野上弥生子の世界』、岩波書店、1984 年、84 頁。
② 藪禎子『女性作家評伝シリーズ 3　野上彌生子』、新典社、2009 年、134 頁。

斗争的结果，最终是人性得以恢复。这个主题是超越时间与空间的。这难道不是能够紧紧抓住地球上人类心灵的，而又带有普遍性的某种东西吗？"① 这种对人性的信任，在弥生子后来的创作中得以延续下去。

第二节　从人性角度重构历史人物

如前所述，弥生子在创作的前期，将创作重心主要放在对个人的人生体验以及家庭生活的描摹方面。随着弥生子人生阅历的增多和创作经验的积累，刺激了其创作的欲望，使其产生了试图突破之前创作范式的内在冲动。所以，她在基于真实事件创作出《海神丸》之后，又将目光转向社会与历史，并试图在这一领域开拓出新天地。《大石良雄》（1926）和《秀吉与利休》（1962—1963）就体现了弥生子的这一创作倾向。在这两部作品中，弥生子通过细致的心理描写以及对历史事件的独特视角，完成了从人性角度对历史人物的重构。

一、《大石良雄》：对武士伦理道德的认同与对现世生活的向往

《大石良雄》正式发表后，相继被收录在 1928 年 3 月 5 日发行的岩波文库，以及同年 12 月 15 日春阳堂发行的《明治大正文

① 野上弥生子『野上弥生子全小説4』、岩波書店、1997年、387頁。

学全集》第 33 卷中。弥生子之所以创作这部以历史事件为题材的小说，主要是起因于与历史学家的交谈。弥生子曾说过："在前年正月拜年时，我见到了星野日子四郎先生（法政大学历史学教授——引者注），并从他那里听说了许多被掩盖的有趣史实。其中，大石良雄的故事引起了我极大的兴趣，他其实是一个有病在身而又性格柔弱的普通人。他们（指激进派——引者注）那复仇的壮举，除去武士道这一动机之外，背后还有经济因素的影响。我的这篇《大石良雄》就是基于这样的历史考证创作而成的。"① 此外，弥生子在 1926 年 1 月 3 日的日记中也记述了同样的事情："拜年的时候我见到了星野先生。……也听到了赤穗义士的故事。据先生说，大石良雄的正确读法是'ヨシトモ'，吉良上野介（义央）的正确读法是'よしひさ'。大石良雄对待复仇的态度是很消极的。堀部安兵卫等人属于激进派。他们对大石等人的姑息态度很失望，计划撇开他们而单独实行复仇计划。所以，大石良雄最终迫不得已被他们牵着鼻子走。而且安兵卫一派之所以有那么坚定的决心，是因为他们的俸禄问题，也就是说生活比较困难。上杉家对上野介的态度极为冷淡。上杉家的人把这个老爷爷当作一个障碍物。上野介买了茶叶罐和古董之后，让人去本家要钱，但上杉家并不想支付这笔钱，于是商人们便在上野介的门前破口大骂。最终发现上野介死去的是附近的蔬菜商。上述事实真的很让人感兴趣，

① 野上弥生子『野上弥生子全小説 6』、岩波書店、1997 年、363 頁。

能够彻底颠覆传说中的大石形象。"① 从上面的表述中不难看出,弥生子的这部小说的两个特点,一个是要基于基本的历史史料,另一个是要以经济因素为切入点创作出一个令人耳目一新的"大石良雄"。

　　但是,弥生子的执笔过程似乎并不是特别顺利。对此,她曾在 1926 年 7 月 12 日的日记中这样写道:"到今天为止,我差不多一个月没写日记了。那是因为我集中全力去写小说。两三天前我终于把它写完了,后续的修改也差不多弄完了。小说取名为《大石良雄》,有一百三十多页。我已经尽力去写了,但是也有个别地方写得不是特别好,这真让我煞费苦心。但是以我现在的精力,那些写得不是特别好的地方,目前是无能为力了。就像那种填字谜游戏一样,是已经被填好的状态,所以那些地方也没法修改了。不知道是不是因为这次小说写得太长了,以前写完东西之后,我都会有种舒畅的感觉,但这次没有这种感觉,只是感到终于完成了一项沉重的任务。这次的创作周期确实很长。"②

　　上面已经说过,《大石良雄》是取材于日本历史事实的,但是,又有着弥生子的独特的切入点。众所周知,大石良雄是日本江户时代的武士,播磨赤穗藩的家老,也是四十七武士的领袖,俗称喜内、内藏助。他曾跟随山鹿素行学习兵法,向伊藤仁斋学习儒学。1702 年,他率领四十七武士闯入吉良宅邸并取其首级,为主

---

①　野上弥生子『野上弥生子全集第Ⅱ期』第一卷、岩波書店、1986 年、354 頁。
②　野上弥生子『野上弥生子全集第Ⅱ期』第一卷、岩波書店、1986 年、400 頁。

君浅野长矩复仇。1703 年，依照幕府命令切腹自杀，享年 45 岁。

从这段历史记述中，可以看出大石良雄是一位智勇双全、忠肝义胆的家臣，但弥生子看待大石良雄的视角却不是这样的。在弥生子看来，首先，经济因素始终是左右家臣行为的一个重要方面。对此，濑沼茂树就曾指出："作者本人在逐渐明确其写作意图的过程中，特别强调了经济方面的原因这一特色。众所周知，自关东大地震前后起，明治维新史的研究基于唯物史观，特别是经济史方面的研究日渐显著。由于藩主持刀伤人，赤穗藩遭幕府取缔。而藩士如若失去俸禄成为浪人的话，势必日益窘迫。若这些浪人们联合起来为君主复仇的话，势必需要庞大的经费。大石良雄小心谨慎地准备了一笔经费，但是天长日久，这笔复仇资金在日渐流失。这些浪人分为激进派与保守派，将其住所从山科移到四条。作者细致地描绘其内部的情形。"[1] 其次，大石良雄固然是完成了复仇的壮举，但是，从复仇之前的种种迹象来看，他的内心世界并非就是铁板一块，而是有着复杂、矛盾的内心纠葛。

小说的大致情节是这样的。围绕为主君报仇一事，家臣们的意见发生严重分歧，分为保守派和激进派。大石良雄是保守派的代表，而源总右卫门是激进派的代表。激进派对大石良雄沉溺于安逸的生活而迟迟不采取行动极为不满。叔父与大石同为保守派人物，他们认为激进派之所以急于复仇，很大程度是因为生活上的困窘。大石一方面在内心认同激进派的复仇主张，另一方面又

---

[1]　濑沼茂樹『野上弥生子の世界』、岩波書店、1984 年、85-86 頁。

放不下这安逸的生活。在吉田忠左卫门的协调下，激进派同意暂缓复仇，但要求大石定下具体日期。这让大石良雄松了一口气，因为他又可以自由自在地生活一段时间了。大石的妻子认同武士道德，在无形中对其施加了压力，为此，她甚至不惜将自己的孩子送至战场。在幕府判决下达之后，大石逐渐能够直面自己的真实内心，但现在他参与复仇，也只不过是履行义务而已。在前往江户之前，他又来到自己曾经居住过的地方，漫步在庭院中，回想起这一年来所发生的事情，内心充满了无限感慨。

尽管这是弥生子基于史料所创作的小说，但这又不是对史料的简单重述，而是加入了弥生子对于历史人物的理解，甚至也可以说是对历史人物的解构。不同于历史中的有着英雄光环的大石良雄，弥生子笔下的大石良雄是一个有血有肉、有着七情六欲的普通人形象。他的内心世界是矛盾复杂的，一方面认同传统的武士伦理道德，一方面又无法放弃对现世生活的向往。在这个意义上可以说，弥生子从人性角度完成了对历史人物的重构。

在作品的一开始，作者首先着重刻画的，就是大石良雄对于现世生活的不舍。大石良雄是保守派的代表，而源总右卫门是激进派的代表。何时为主君复仇，是作品中保守派与激进派的主要分歧点。激进派对大石良雄沉溺于安逸的生活而迟迟不采取行动极为不满。大石则辩解道，他们不是不复仇，而是要等主君的后继者安顿好之后再采取行动。但江户的激进派不仅不认可他的说辞，还对其忠心产生了怀疑。那么，大石良雄的内心是怎样的呢？

在激进派人物大高源五走后，大石来到院子里。文中写道："这座宅邸原本是伏见某位商人的别墅，经历了长时间的荒废，内藏助去年搬离赤穗藩时将其买了下来，将其打理成一处气派的宅邸。特别是庭院，内藏助亲自指挥树木、石头的布置，甚至不惜花重金来整理。……现在他头脑中刚才在茶室与源五交谈时的忧虑已经消失。内藏助都不愿去想这些事情，被源五那一反常态的冷淡态度所激起的怒火，似乎也都忘记了。他只是在想，这里的牡丹会像之前在家乡时那样开花吗？这种满足感和明亮的光线，使他看上去一点也不像一小时前那个无精打采的内藏助。"① 从中可以看出，大石对复仇的抵触心理以及他对现世生活的依恋。也可以说，"庭院"在某种程度上，成了大石躲避世俗社会并舒缓心情的栖息之地。

大石良雄的叔父小山源五左卫门，是个极为世俗功利之人，在无形中加剧了大石良雄对现世生活的不舍。叔父与大石同为保守派人物。在叔父眼中，激进派之所以急于复仇，很大程度上是因为他们走投无路，再加上生活上的困窘，所以只得选择复仇。叔父的这些想法再次在生性软弱的大石心中投下阴影。文中写道："叔父所说的话，使他再次想起今天源五在其内心投下的阴影，而且更加重了其忧苦与困惑。"② 他们一方主张复仇事宜刻不容缓，而

---

① 野上弥生子「大石良雄」、『野上弥生子全小説 6』、岩波书店、1997 年、11 頁。

② 野上弥生子「大石良雄」、『野上弥生子全小説 6』、岩波书店、1997 年、15-16 頁。

另一方则觉得复仇毫无意义。起码在现阶段，叔父的言辞缓解了激进派带给大石的内心焦虑，使其有理由继续将复仇事宜拖延下去。大石在冷静下来仔细分析之后，发现激进派的动机的确不能说很纯粹。他将这些人分为三类：一类是出于对主君的忠义而去复仇；一类是虽然没有坚定的决心，但是在主君后继人得到妥善安置后也加入进来的人；最后一类是为了满足自己对武士道传统的崇拜，单纯地为了复仇而复仇的人。通过这一分析，大石良雄得以直面自我内心：他自己属于哪一类呢？他并不属于其中任何一类。但他的内心充满矛盾，或许他自己都未能整理清楚。文中写道："如若允许坦率的告白，忠义、复仇、家臣的义务与责任，这些压在心头的话语，他都想抛到脑后。……他希望一边整修这个庭院，一边以采菊东篱下，悠然见南山的心境过安逸的、没有任何束缚的生活。"① 可以看出，大石对挣脱武士伦理道德，并作为一个普通人生活的渴望。

但是，大石良雄毕竟也是武士出身，对于武士伦理道德也是认同的，而且，复仇事宜也不能无限期地拖延下去。这就使得大石良雄的内心世界呈现出了矛盾：一方面是对现世生活的不舍，一方面是对于武士伦理道德的认同。文中写道："我的立场很奇怪。我喜欢反对我的这群人，而讨厌支持我的人，内藏助在心中苦笑

---

① 野上弥生子「大石良雄」、『野上弥生子全小説 6』、岩波書店、1997 年、18 頁。

道。换句话说，他真正信赖的并不是保守派，而是激进派。"[1] 那么，为什么原本对激进派颇有意见并支持保守派的大石，转而讨厌保守派并支持激进派呢？这显然是由其对武士伦理道德的认同与对现世生活的向往这种复杂的内心世界决定的。文章接着写道："把这种心理进一步解剖的话，那就是即便自己没什么干劲，又不能忍受他们一伙人独自去复仇。特别是，如果与想象的一样，他们出色地完成复仇任务的话——复仇者的高尚荣誉如果被他们独占，如果那份忠义、功绩与勇气在社会上被广泛宣传——自己能够没有任何羡慕与后悔之情去面对他们的胜利吗？还能够那样超然地沉浸在这份安逸之中吗？所以，最好的办法就是，去江户说服他们再耐心地等待一段时间。"[2] 这段引文再次将大石的复杂心理呈现出来。显然，这是其内心在现世生活与认同武士伦理道德之间挣扎的体现。大石拜托吉田忠左卫门去协调双方的矛盾。吉田忠左卫门是很有威望的长老，很有智慧并且处事周全。他同意大石提出的在经济上援助激进派这一提案，但同时要求大石定下复仇的具体日期。在得知激进派同意暂缓复仇之后，大石为争取到一段自由生活的时间而感到欣慰。文中写道："这份报告给予内藏助的安心，近似于注射剂被注入中毒患者肌肉时的那种满足感。……今后几个月内，甚至是一年时间内，他又能自由地生活了。若说

---

① 野上弥生子「大石良雄」、『野上弥生子全小説 6』、岩波書店、1997 年、20 頁。

② 野上弥生子「大石良雄」、『野上弥生子全小説 6』、岩波書店、1997 年、21 頁。

起内藏助现在的心情，即便是仅仅悠哉地欣赏那即将盛开的牡丹，对他来说也是难以取代的喜悦。"① 从这里也不难看出，大石对现世生活的不舍，以及暂时逃离武士伦理道德的束缚所带来的舒畅心情。

就在大石良雄陷入这样的矛盾心境之时，大石良雄的妻子，作为对武士的妻子这一身份有着高度自觉的人，却成了他的监督者，并在无形中对其施加压力。他的妻子完全认同武士的伦理道德，深信复仇就是他们的神圣使命。在大石即将启程参加复仇者大会时，作品中写道："她命令左六准备好轿子，又帮他换衣服。她没问要去哪里，而是说道：'请您一定要注意安全，因为真的不知道会发生什么事。'这句话看上去似乎是提醒他提防吉良一方，但实际上是有意识地提起那些至少是在此时此刻他不想忆起的事情，这相当于在提醒他无论走到哪里都不要忘记。他用怨恨与愤怒的眼神盯着妻子——那年轻的妻子哪怕能体谅自己一半的苦恼，或者说即便是嫉妒、吵架都不要让他出门的话——但是，轿子来了，内藏助坐了上去。"② 这是大石出门商议复仇事宜前的夫妻对话。可以看出，其妻子在作品中扮演了武士伦理道德代言人的角色，迫使其面对不愿面对的事情。显然，这更加重了大石内心的苦恼。这时，主君继承人的复兴希望已经被幕府彻底否决。这样

---

① 野上弥生子「大石良雄」、『野上弥生子全小説6』、岩波書店、1997年、36-37頁。

② 野上弥生子「大石良雄」、『野上弥生子全小説6』、岩波書店、1997年、40-41頁。

一来，大石良雄便失去了一直以来的托词。在与叔父争论时，他逐渐能够直面自己的内心，甚至会为激进派辩护，并承认那笔钱确实是用作复仇的资金。文中写道："那笔钱之所以留到现在，是因为在这之前，一旦牵扯到复仇的问题，我就懦弱地撒谎避开了的缘故。……只有这样做，我才能弥补之前的欺骗，也才能取回作为武士、作为人的名誉。"[①] 就这样，在内外两方面的夹击下，大石意识到自己必须要承担起复仇的义务，去践行武士道的伦理道德。这是他"无意识的告白"，也是他最后的宣言。在得到大石的肯定答复后，其同伙欣喜若狂。但大石的寥落和孤寂与周围的欢欣雀跃形成鲜明的对比。文中写道："现在的大石良雄对复仇没有什么激情。他这么做只不过是出于义务、责任，以及与命运的约定而已。"[②]

在是否让自己的儿子一同参与复仇这一点上，大石良雄与他的妻子再次显示出不同的态度。他的妻子提出让松之丞一同参与复仇。文中写道："毋宁说这对她来说是不言自明的事实，作为武士之子，没有比这更高的荣誉了。同时她又确信，这可以让其父亲获得更高的荣誉。"[③] 与之相反，大石却看到了其残忍的一面。大石想把这个年仅十五岁的孩子从死亡边缘中拯救出来，劝他不要

①　野上弥生子「大石良雄」、『野上弥生子全小説 6』、岩波書店、1997 年、62-64 頁。

②　野上弥生子「大石良雄」、『野上弥生子全小説 6』、岩波書店、1997 年、65 頁。

③　野上弥生子「大石良雄」、『野上弥生子全小説 6』、岩波書店、1997 年、70 頁。

被这些世俗的伦理道德给束缚住，参与复仇并不是他的唯一选择。
在看到满心欢喜的妻子时，他心里苦笑道："这个女人听到我和孩
子为复仇而送命的消息，也像现在这样不会流泪吧。"① 大石良雄
与妻子对待复仇事宜的不同态度，恰好体现出他们对待武士伦理
道德的不同姿态。大石仍旧在内心深处保持着对现世生活的依恋，
而其妻子则可视为武士伦理道德的代言人。

即便在最后一刻，大石良雄仍旧没有放弃对现世生活的向往。
在前往江户之前，他又来到自己曾经居住过的地方，漫步在庭院
中，回想起这一年来所发生的事情，内心充满了无限的感慨。文
中写道："家务事处理完毕，准备工作也暂且告一段落。在前往江
户之前，他抽时间再次来到山科。那是十月初的一个晴朗的午后，
他就像以往住在这里的每一天那样倒背两手，右肩略微抬高，拖
着瘦小的身体缓慢地在庭院中散步。"②

综上所述，弥生子笔下的大石良雄不同于一般的历史故事中
的人物形象。她笔下的大石良雄作为一名武士，在内心保有对武
士伦理道德的认同，但同时不能放弃对现世生活的向往，并始终
挣扎于这两者之间。性格软弱的大石即便在不得不实行复仇计划
之前，仍旧未能放弃对现世生活的憧憬。这样的大石良雄，是一
个脱离了英雄光环的普通人，这就是弥生子对大石良雄这一历史

---

① 野上弥生子「大石良雄」、『野上弥生子全小説 6』、岩波書店、1997 年、
77 頁。

② 野上弥生子「大石良雄」、『野上弥生子全小説 6』、岩波書店、1997 年、
78 頁。

人物的重新阐释。正如薮祯子所言："弥生子将焦点置于其作出决断之前。有许多评论认为，这部作品的意义在于明确了其经济方面的理由。但是，我认为，仅凭这一点还不能涵盖作品的本质与魅力所在。弥生子的言辞中仅仅透露出写作动机。我认为，大石良雄作为武士道的象征，作品是沿着其孤独的内心而展开的，这是一目了然的。作品中有多处是在强调他的'善良''懦弱'与'迷惑'。我觉得这部作品的意义，似乎就在于其心底所呈现出的对于'自由人'的憧憬。其作为一部现代小说的意义，难道不正是来源于此吗？而这一点又被《迷路》中的江岛宗通、《秀吉与利休》中的利休发展性地继承下去。所以，从这层意义上来说，这部作品值得人们关注。"①

　　实际上，在此之前，日本作家芥川龙之介也曾以相同的历史事件为题材，创作过小说《大石内藏助的一天》（1917）。尽管这两篇小说都取材于相同的历史事件，但弥生子的着眼点却又与芥川有所不同，因此，两人笔下的大石良雄形象也有所不同。芥川把视点主要放在复仇成功后的大石良雄身上，将其由复仇后的心满意足，到难以名状的寂寞这一内心世界的巨大落差刻画出来。芥川笔下的大石对社会现实有着清醒的认识，但他似乎更愿意沉浸于复仇后的快感之中，而不愿去直面自我的内心世界。这是因为其内心早已洞察周围的一切，包括其同伴对其充满的误解。所

_____
　　①　薮禎子『女性作家評伝シリーズ3　野上彌生子』、新典社、2009年、141-142頁。

以，在内心与现实的撕裂下，芥川笔下的大石陷入一种绝对的孤独与寂寞之中。而弥生子则将视点置于复仇前的大石身上，并且其笔下的大石良雄与芥川的比较起来显得更为软弱。复仇计划的制定与实施与其说是在大石的组织下，倒不如说是他在其他人的逼迫下无奈而为之的。如果说芥川笔下的大石充满了强烈的孤独感，那么弥生子笔下的大石则更显优柔寡断。弥生子通过对主人公内心的痛苦与纠葛的刻画，勾勒出性格懦弱但又不无忠信的大石形象。

二、《秀吉与利休》：从人性角度对千利休的重构

《秀吉与利休》是弥生子在 1962 年 1 月到 1963 年 9 月连载在《中央公论》上的一部长篇小说。1964 年 2 月 8 日，由中央公论发行小说的单行本。同年，这篇小说荣获日本第三届"女流文学奖"。1988 年，在弥生子去世后，该小说又被翻拍成电影，受到观众的喜爱。

在日本历史上，丰臣秀吉作为统一全日本的武将，千利休作为日本第一的茶人，历来为历史学家、文学家所津津乐道。弥生子也不例外。那么，弥生子为什么要创作这样一部历史题材的作品呢？首先，弥生子是受了日本中世文学研究家、评论家唐木顺三的启发与帮助。1958 年，唐木顺三创作的《千利休》，给了弥生子一定的影响。后来，他还把大量的历史资料送给弥生子，为弥生子的创作提供了一定的帮助。然后，就是弥生子所受到的亨

利克·显克微支（1846—1916）的影响。亨利克·显克微支是一位波兰作家，在 1905 年凭借长篇历史小说《你往何处去》获得诺贝尔文学奖。《你往何处去》中的主要人物是尼禄和维尼裘斯。尼禄是罗马帝国时期的暴君，过着荒淫骄奢的生活，实行惨无人道的暴政，并对早期基督徒进行严酷的迫害。维尼裘斯是罗马的将领，对爱情与信仰有着执着的追求，是尼禄的对立面。尼禄和维尼裘斯之间充满着政治与信仰的对立，这与日本的秀吉与利休这两位历史人物之间的关系有些类似。这都启发了弥生子着手创作历史题材小说《秀吉与利休》。

那么，弥生子是怎样去创作这部历史题材小说的呢？首先，是依托于基本的史料与考证。上面已经说过，弥生子从唐木顺三的《千利休》和历史资料中获得了启发。此外，她还向谷川彻三、龟井高孝（1886—1977）、田边元（1885—1962）、和辻哲郎（1889—1960）等文人学者求教，甚至还去小田原等地实地考察。这就保证了作品基本史料的翔实与准确。然后，在此基础上进行了一定的艺术虚构。比如，她虚构了千利休的儿子纪三郎这一人物，并以此来剖析千利休的内心世界。弥生子在 1960 年 10 月 29 日的日记中写道："纪三郎这一章我终于写完了。我之所以虚构这个青年，是为了方便观察利休的内心世界。他的作用有点超乎我的想象，而且他在这部作品中占据了比较重要的位置。这是在我刚刚虚构他的时候所没想到的。所以在这层意义上，他是超越了我的想象与思维的，甚至独立依靠自己的力量而到来。其他的那些作家们想必都有类似的经历吧。为了配合这一章，前面章节有多处需要修改，所以我打算在重新整理的基础上，来打开新的局面。"① 弥生子在 1962 年 3 月 17 日的日记中再次写道："对于他的处理，或许事关这部作品的成功与否。"② 不难发现，纪三郎这一人物形象在作品中的重要性。还有一点，就是弥生子在创作过程中不忘从其他作品中汲取艺术的养分。在 1958 年 6 月 30 日的日记中，弥生子就这样写道："下午读《苏格拉底的申辩》《克里托篇》，稍微有点用眼过度。我注意到苏格拉底在法庭上的陈述中有很多能够拿来用在利休的写作中。"③ 众所周知，《克里托篇》中的苏格拉底有着超越于生死的信念，而这与千利休最终不得不面对切腹的命运有着相通之处。这些无疑都成为解读这部作品的关键。

先来看作品的梗概。茶人利休家原本是经营鱼店的商户，骨子里有着商人的秉性。利休所崇尚的是闲寂的茶道理念，但他又能接受秀吉炫耀财富与威望的黄金茶室。利休的徒弟宗二对此并不认可，后因坚持自我信条而被秀吉流放，并最终被斩首。秀吉与利休的关系微妙而又复杂。两人之间互相需要，但同时又互相排斥。利休的儿子纪三郎在茶道方面有很好的资质，但他并不希望成为父亲这样的茶人，并对利休较为抵触。他看不起父亲利休

---

① 野上弥生子『野上弥生子全集第 II 期』第十三卷、岩波書店、1988 年、689 頁。

② 野上弥生子『野上弥生子全集第 II 期』第十四卷、岩波書店、1989 年、190 頁。

③ 野上弥生子『野上弥生子全集第 II 期』第十三卷、岩波書店、1988 年、319 頁。

对权贵趋炎附势的态度和行为。真正让利休处于绝境的是，他对唐御阵表露出的疑惑。石田三成联合前田玄以弹劾利休，并且还加了两项罪名，那就是大德寺利休木像对秀吉的冒犯，和利休利用自己的地位与关系私下谋取巨额利润。秀吉起初只是从轻处罚，只要利休亲自去谢罪，他的罪行就可以免除。然而利休已厌烦了这种在权力阴影下的生活。最终，秀吉在盛怒之下命令利休切腹，但利休并没有后悔自己的选择。纪三郎来到父亲遗体前，对其有了新的认识。

不难发现，这部作品是围绕着秀吉与利休这两位历史人物的关系而展开的。秀吉站在了世俗社会的最高点，是权力的代表，而利休站在了茶道艺术的最高点，是艺术的象征。换句话说，权力与艺术的对立与冲突就成为作品表达的一个重点。事实上，不少评论家都是从这一点来看待这部作品的。比如，濑沼茂树就曾评论道："《秀吉与利休》自昭和 37 年 1 月至翌年 9 月在《中央公论》上连载。当时，弥生子已经年满七十七岁，迎来自己的喜寿。我认为，这部作品是其思考极为成熟的、一生中最大的杰作。丰臣秀吉发迹于一介匹夫，并成为一统天下而又智勇双全的英雄、政治家、关白、太政大臣。作者将其置于一极。而利休则是身兼堺市的渔霸与盐商，集财富与地位于一身的优秀商人，同时又是一位被称为'天下第一茶头'的伟大艺术家，而且也是秀吉的政治顾问。作者将其置于另一极，从而将两者之间微妙而又紧张的关系以悲剧性的结尾细致地呈现出来。"① 渡边澄子也认为："我认为《秀吉与利休》并不仅仅是弥生子一生中的杰作，而且也是战后日本文学的代表作。……总而言之，用一句话来作出结论的话，那就是作为一部真正的历史小说，这部优秀的作品鲜明地刻画出权力与艺术之间的关系。……《秀吉与利休》通篇充盈着朝气与矫健，让人想不到这是出自八十岁高龄女性之手的作品。人们不禁为此感到惊叹。"② 总的来说，将秀吉与利休的关系解读为权力与艺术的对立是较为主流的观点。

但是，在上述的权力与艺术之争的背后，还有一点是值得注意的，那就是作者力图从人性的角度对利休进行重构这一点。实际上，这与之前的《大石良雄》中的大石良雄这一人物形象的塑造是一脉相承的，都是对历史人物的重构。所不同的是，这次重构的历史人物是日本历史上的茶人千利休，而且，他为了贯彻自我的理念而付出了生命的代价。那么，作者是怎样去重构千利休的呢？

首先，是对茶人千利休的商人秉性的强调。众所周知，茶人千利休还有一个身份，那就是堺市的经营鱼店的商人。既然千利休有商人的身份，那么他就会有更多的现实利益的考量，就会处事更加圆滑。事实也正是如此。原本，利休所崇尚的是闲寂的茶道理念，但他又不排斥秀吉那炫耀财富与威望的黄金茶室。这就

---

① 瀬沼茂樹『野上弥生子の世界』、岩波書店、1984年、208頁。
② 渡辺澄子「「秀吉と利休」論」、『野上弥生子研究』、八木書店、1969年、222頁。

体现出利休在艺术方面的灵活变通，甚至是他的处世之道。茶人利休的骨子里有着商人的本性。"他的一生都在进行茶道的修行，但是堺市商人的根性一点也没有消失。"① 在作者看来，对茶道的艺术追求与其本身的商人根性始终交错在一起。并且，利休在围绕秀吉的各种政治势力之间穿梭，寻找到对自己最为有利的位置，从而体现出精明的为人处世之道。

接着，作者还安排了千利休的徒弟宗二，与利休形成了鲜明的对照。宗二不认同千利休对秀吉的服侍，认为是利休对权力与政治的谄媚。他因为坚持自己的艺术理念而被流放，后因不愿侍奉秀吉而被斩首。就这样，宗二对待艺术的执着与其对权力的抵抗使他惨遭杀身之祸。与此相对，利休的态度则要务实得多。他作为宗二的师父，一直试图在对秀吉的侍奉与自我的艺术坚持之间取得平衡。即便他想保护这位弟子，在强大的权力面前，利休也束手无策。所以，宗二之死不仅反映出秀吉的冷酷与残暴，同时又反衬出利休的务实与无奈。宗二的遭遇对利休的心理造成巨大冲击，使他在痛苦与惋惜的同时，逐渐转变了对世俗权力的态度。

然后，对秀吉与利休之间的既相互吸引又相互排斥的微妙心理的刻画，也是作者重构利休形象的重要部分。原本为商人的千利休服侍在秀吉的左右，无时无刻不保持精神的紧张状态。文中

———
① 野上弥生子「秀吉と利休」、『野上弥生子全小説13』、岩波書店、1997年、21頁。

写道：“自从住进聚乐第之后，不用说早上洗澡，利休都没有工夫舒舒服服地躺在床上，因为不知道什么时候秀吉就会出现。甚至有时候秀吉都不会事先打招呼，这让人觉得他有点故意让人措手不及的坏心眼。秀吉是那种一刻都等不及的急性子。要是想到了什么重要的事情，他立马就想要找到适合密谈的茶室。利休并不仅仅是三千石的茶头，而且是关白在政事方面的商量对象。这对远近的大名们来说都是心知肚明的。”[①] 利休能有现在的地位，确实离不开秀吉的支持。但是，利休那崇尚自由的商人本性又让他对秀吉有着些许的抵触心理。“对利休来说，秀吉是不可或缺的保护者。而对秀吉来说，利休更是一位不可或缺的存在。”[②] 这里可以看出两人之间相互依存的特殊关系。对政治家秀吉而言，茶人不仅能满足自己的需要，更是一项笼络人心的政策。利休虽然地位与权势不如秀吉，但在茶道方面却超越了他，这让秀吉在羡慕的同时，又有些嫉妒与憎恨。在现实生活中，秀吉是支配天下的王者，是利休必须俯首称臣的君主，但是在艺术的世界里，利休又成了这个世界的王者，即便是在现实生活中无所不能的秀吉，都要以他为师。这种世俗生活与艺术世界中地位的反转，带给两人复杂而又微妙的心理。

　　真正让利休处于绝境的，是他对唐御阵表露出的一丝疑惑。

---

　　① 野上弥生子「秀吉と利休」、『野上弥生子全小説 13』、岩波書店、1997年、6頁。
　　② 野上弥生子「秀吉と利休」、『野上弥生子全小説 13』、岩波書店、1997年、29頁。

石田三成原本就对利休有成见，所以他联合前田玄以一起弹劾利休，并且他们还加了两条罪名，即大德寺利休木像对秀吉的冒犯，和利休利用自己的地位与关系谋取巨额利润。秀吉起初只是从轻处罚，将他逐出聚乐第。只要利休亲自去谢罪，他的罪行就可以免除。"这是秀吉对利休的一种依恋，是对利休的难以断绝的执着。"① 秀吉与利休这两位历史名人，在弥生子的笔下化为相互吸引而又相互排斥的两个存在。他们是政治与艺术的象征，代表了相生相克的两个存在。利休弘扬茶道艺术，离不开秀吉的庇护与支援，而秀吉也离不开利休的辅佐与支持。他们之间形成了一种奇特而又微妙的关系。利休迫于世俗权力的压制，而不得不依附于秀吉，并对他俯首称臣，但利休骨子里的商人本性，又使他时刻感觉到来自内心的对于世俗权力的抵触与反抗。利休终其一生所取得的艺术成就，是秀吉所唯一不能依靠世俗权力获得的。并且，利休那种骨子里对秀吉草莽身份的蔑视是秀吉所必须忍受的。但是，利休已经厌倦了这种在权力阴影下的生活，从而拒绝向世俗权力低头。秀吉在盛怒之下命令利休切腹，但利休并没有后悔自己的选择。作品中写道："尽管秀吉命令他切腹自杀，但秀吉并不能从他这里夺走任何东西，他到最后对这一点都深信不疑。……死后利休的脸上仍旧充满着威严而又苍白的静谧，而这正是他的

<hr />

① 野上弥生子「秀吉と利休」、『野上弥生子全小説 13』、岩波書店、1997年、404 頁。

自信与骄傲所给予的。"① 显然，利休最终以其对艺术的坚守完成了对世俗权力的反抗。这是利休对自我的重新认识，也是其对自我信条的贯彻。正如弥生子在 1967 年 4 月 5 日的日记中所写："利休以他的死，不仅战胜了秀吉所代表的权力，也战胜了他内心的现世态度，换句话说，就是战胜了他自己。"②

此外，作者所虚构的纪三郎，也是观察千利休的一个重要人物。纪三郎对父亲利休的认识，由之前的抵触而逐渐转变为对父亲的尊重与认同。纪三郎在茶道方面有很好的资质，但他并不希望成为父亲那样的茶人，这是因为他看不惯父亲利休对权贵趋炎附势的态度和行为。而且，宗二之死让他们的父子关系更加紧张。纪三郎甚至当面质问利休宗二的死因，而这让利休有苦难言。但在利休死后，纪三郎来到父亲遗体前痛哭。他对父亲的态度发生了转变。作品中写道："或许他那才是真正的生活。他有着强烈的生活欲望，而不仅仅是作为一名茶人。父亲尽情地去填充起了自己的生活欲望，在这层意思上，他那种悲惨的死亡，毋宁说是他挣扎着活到了最后一刻吧。"③ 在利休切腹自杀之后，纪三郎才开始审视父亲利休的所作所为。这时他对父亲的认识更加深入，能够认识到他是多么真实地在生活。这时的纪三郎意识到，父亲利

① 野上弥生子「秀吉と利休」、『野上弥生子全小説 13』、岩波書店、1997年、436 頁。
② 野上弥生子『野上弥生子全集第 II 期』第十六卷、岩波書店、1989年、62 頁。
③ 野上弥生子「秀吉と利休」、『野上弥生子全小説 13』、岩波書店、1997年、446 頁。

休不仅仅是一名高高在上的茶人，也是一位有着各种欲望的普通人。在此基础上，纪三郎对自我做出反省，或许未能真正生活过的是他自己。这是他成长的体现，也是对利休形象的进一步丰满与深化。

就这样，弥生子通过上述的几个方面，对千利休这一历史人物进行了重新塑造。也就是说，弥生子笔下的千利休，并不仅仅是高高在上的艺术家，同时是精明而又世俗的商人利休，也是最终遵从自我的内心世界、战胜了自我的利休。这便是弥生子从人性角度对千利休的重构。

第三节 《年轻的儿子》：对左翼运动的理性观照

一、左翼思潮、学生运动以及《年轻的儿子》的创作

二十世纪二三十年代，日渐兴盛的左翼思潮给日本社会的各个层面都带来了巨大的影响，尤其对日本政府造成了巨大的冲击。军国主义政府为了加强对国内的思想控制，对这一左翼思潮和左翼运动进行了严厉的打压。尽管如此，日本还是掀起了声势浩大的工人与学生运动。年轻学生是受左翼思想影响的主要人群，他们有的秘密宣传左翼思想，有的深入到工厂内部动员工人。

弥生子的孩子们也在不同程度上受到了这种思潮的影响，这

直接促使弥生子将关注的重心转到这群在左翼思想影响下的年轻学生上面。正如松木新所言："野上弥生子在 1928 年，也就是她四十三岁的时候，第一次发表了以马克思主义为主题的作品《真知子》。这反映出她对同年 3 月纳普的成立，以及对于专制主义与侵略战争的反对等时代命题的认知，同时又体现出日渐兴盛的无产阶级文学运动所带来的影响。所以，在这样的背景下，年轻的知识分子虽然在思想上对马克思主义有所觉醒，但是仍旧要在天皇制法西斯的重压下艰苦奋斗，这是他们所没有体验过的新懊恼。也正因为如此，野上才将视线转移到他们身上，希望通过这'三部曲'（《真知子》《年轻的儿子》《迷路》）来表达日本的新一代年轻人对此所做的抗争。"[1] 弥生子的长子素一在 1928 年进入浦和高中学习，随后参与到学生运动中。关于素一，弥生子曾在 1929 年10 月 31 日记中写道："学生们还是提及以前的自治问题，来逼迫学生主任和校长，并且眼看就要升级为联合罢课。这一点我明白。我问素一，这是不管你受到什么样严厉的处分，都值得的行为么？他看上去十分沮丧。我认为，你要是只有那点觉悟的话，就不要热衷于这些无聊的事情了。美弥氏为了不让素一受到连累，希望他从学校的宿舍中搬出来。我知道那是她的一片好心，但是素一在这个紧要关头，采取这种明哲保身的做法的话，那也太不像男子汉了。我觉得他应该承担的责任必须要去承担。我不想让他成

---

[1]　松木新「野上弥生子の作品と侵略戦争—「真知子」「若い息子」「迷路」を中心に」、『民主文学』234、1985 年 5 月、153 頁。

为一个叛徒，所以我就让他回到宿舍中去了。这次学生们的行为终究不过是错误而又不明智的，所以我也告诫他，尽量不要让事态发展至联合罢课的程度。"①可见，不论是意识形态还是学生运动，弥生子所关注的是他们的内心，希望他们成为正直而又能对自己行为负责的人。

当时，在东京高校爆发了大规模的左翼运动，导致大批学生被学校勒令退学，在校学生便一起组织起来，为了能让退学者重返校园而集体罢课。弥生子的次子茂吉郎当时就被选为学生运动委员会的委员。弥生子在 1931 年 9 月 29 日的日记中记述了对茂吉郎的观察与期待："为了能让被处分的学生顺利返校，班上组织了返校运动达成委员会。……但是班上三十五名同学中近半数反对这样的运动。他们反对的动机等等不一。听说有人认为这样的运动是带有左翼性质的。……茂吉和一个同学被选为委员。他说因为今晚有达成委员会的集会，所以他作为调查委员去旁听了。茂吉并没有失去他一贯的冷静态度。……从今往后，还会有很多这样类似的情况吧。在那个时候，放手让他们去进行这种切合时代的行动，应该说是父母提供给孩子的一次重要的社会教育的机会。虽然父母必须要警惕，避免他们做出轻率的举动，但是也不能让他们做出这种不体面的懦弱与背叛的行为。"②不难发现，弥生

---

①　野上弥生子『野上弥生子全集第Ⅱ期』第二卷、岩波書店、1986年、476-477 頁。

②　野上弥生子『野上弥生子全集第Ⅱ期』第三卷、岩波書店、1987年、360 頁。

子的态度与之前相比，并没有多大的改变，都是要求他们要正视
自己的内心，并要对自己的行为负责。对此，坂本育雄就曾说过：
"野上弥生子是女性也是母亲，是三个有着较强感受的男孩的母亲。
他们是在日本革命运动的高峰期至低谷期期间，从旧式高校升入
大学的三个'年轻的儿子'们。所以，涌向他们四周的革命运动
的浪潮，理所当然地激发起他们的热情与正义感，也让他们的青
春为此而燃烧起来。"①

1931 年 6 月 3 日，弥生子正式着手创作《年轻的儿子》。当
时日本政府对学生运动进行了严厉的打压，并且极力控制国内的
言论自由，甚至已有多名作家的作品被禁止出版。这篇以学生运
动为主题的小说会遭到怎样的命运？这是弥生子心中一直所担心
的。她在 1931 年 6 月 4 日的日记中写下了内心的忧虑与焦躁："这
篇小说的写作还没有进入正轨。想到今后小说的发表，我的心情
极为不安。我也不能为了发表这部作品，而伤害到孩子的感情。
但是不管怎样，我都要把这篇小说写完，因为不写完的话，我就
做不了其他事情。现在我满脑子都在想这件事。如果不能发表的
话，那就不发表。总之，我要继续写下去。"② 弥生子的不安应验了。
《年轻的儿子》发表在 1932 年 12 月 1 日发行的《中央公论》第
四十七年第十三号上。当时，这篇作品因多处涉及敏感的左翼词
汇，都被日本政府勒令改为符号来代替。战后，要将这些地方进

① 坂本育雄「野上弥生子の道程」、『芸文研究』27、1969 年 3 月、102 頁。
② 野上弥生子『野上弥生子全集第Ⅱ期』第三巻、岩波書店、1987 年、260 頁。

行还原的时候，由于时隔多年，弥生子自己也已经记不清了，所以只能凭着模糊的记忆去重写。

二、对左翼运动的认同与疑惑

如上所述，20 世纪 30 年代在日本左翼思潮的影响下，年轻学生发起了各式各样的学生运动。那么，弥生子是如何看待这些社会现象的呢？从弥生子的日记以及《年轻的儿子》等文本中可以看出，弥生子对左翼思潮以及学生运动始终保持了理性的观照。换句话说，弥生子并不仅仅关注左翼思潮的意识形态这一层面，还关注参与人的人格与品性这一层面。

《年轻的儿子》主要讲述了年轻学生工藤圭次对左翼思想给予同情与支援，并在他们运动失败后投身于学生运动的故事。工藤圭次是秩父高中的一名学生，为人正直，有着强烈的求知欲。龙村是左翼思想的信奉者，思维敏捷且有行动力。龙村邀请圭次加入其组织，但圭次在感到兴奋的同时，也希望在此之前正视自我内心的想法。他认为自己还没有做好准备，所以没有加入组织。圭次路遇正进行秘密活动的龙村，感到意外与吃惊的同时，又感到一些恐惧。他就这样在一旁观察他们的组织，感觉到内心仍旧与他们存在着明显的距离，对能否跟着他们走下去充满疑惑。他只是对知识有着近乎贪婪的欲望，渴望通过学习去提升自我。他认为知识是人类的共同财富，不应被冠以资产阶级的名义而遭到抛弃。最终，所有参与运动的学生都被抓了起来。圭次由于只是进行了资助，所以在母亲的斡旋下很早就以养病为由而获得了自由。最终学校的处分定下来后，他发现有些人受到了不公平的对待，便组织同学以罢课来与学校对抗。

关于这部作品，有的论者从不同角度指出了作品中的年轻学生的思想问题。比如，薮祯子说道："《年轻的儿子》就其构成来说，是母亲与儿子的故事。这种守护孩子逐渐步入社会的母亲的视点，成为《小小两兄弟》以来野上文学的一个特色。但是，在这部作品中，与其说是母亲的视点，倒不如说是将年轻人的"左倾"问题视作其自身的内心变化，而母亲则在一旁担心的同时又试图对其加以理解。《年轻的儿子》就是这样一部让人印象深刻的作品。"[①] 濑沼茂树也曾说道："写于昭和7年12月的《年轻的儿子》，刻画了置身于昭和初年的思想运动，在时代中苦恼的年轻一代人。《年轻的儿子》的主人公工藤圭次是秩父高中的学生。因其长子素一曾求学于浦和高中，所以人们很容易将原型想象为素一。但是，素一对此予以否认，表示自己并没有直接参与过运动。所以可以认为作品并不存在特定的原型。在当时浦和高中的同级生中，有很多人像武田泰淳那样一入学就立马加入'反帝组织'参加左翼运动。或许，作者是将这些因素综合起来创作了工藤圭次。在这里，即便同样有母亲出场，但也与《写给母亲的信》那时有所不同。若简单点来说，那就是和《真知子》相同性质的脱离了

---

① 薮祯子『女性作家評伝シリーズ3 野上彌生子』、新典社、2009年、172-173頁。

'私小说'风格的作品。而且，就像在创作《写给母亲的信》时，与时俱进地思考儿童教育那样，在《真知子》和《年轻的儿子》中，也在与时俱进地思考学生生活。"①实际上，《年轻的儿子》与之前的《真知子》，在主题表达上是相通的。这两部作品都是对左翼思潮的理性观照，《真知子》中的真知子由对左翼思想的认同转变为质疑，而《年轻的儿子》中的工藤圭次则在一定程度上认同左翼思想，但同时又基于自己的思考对左翼思想中的偏激之处表达了疑惑。

首先，工藤圭次始终对自我的内心进行了自觉的审视。工藤圭次为人正直，有着强烈的求知欲，并且能够正视自己的弱点和不足。在龙村想要将其拉入左翼组织时，圭次在内心对自我进行了如下剖析："总而言之，我既不属于资产阶级又不属于无产阶级。我是属于中间阶层的人，而且有着这个阶层所有的弱点。所有的左翼理论，都对我有着强大的吸引力，而且这种吸引力对我而言也不逊于你们。但是我对能否把这些理论转化为实践这一点，是没有信心的。纵然是投入到实践之中，跌倒、疑惑、后退、疏忽、失败都有可能会发生。虽然我认为所有的无产阶级运动都是很出色的，但起码现在的我自己还没有准备好全身心地投入进去。我只想自然而又正直地行动。我之所以没有立即加入'R·S'，正是因为我的这种想法。"②圭次对左翼思想怀抱着好奇心与认同感，但

---

① 瀬沼茂樹『野上弥生子の世界』、岩波書店、1984 年、112 頁。
② 野上弥生子「若い息子」、『野上弥生子全小説 6』、岩波書店、1997 年、90 頁。

仅仅限于将其作为一种思想、一种知识。一旦涉及社会实践，圭次便意识到自己的内心其实并未做好准备。而表面上看这是其内心尚未准备好，实则暗含着对于左翼思想的独特思考。圭次将"自然而又正直"作为其行动准则，就意味着其思考与行为并不会以某种思想或理论为出发点。他对左翼思想的这一思考倾向，在后文中体现得愈加明显。尽管他并没有实际参与到运动中，但他仍旧对左翼运动抱有同情，并给予了经济上的支援。并且，在看到学生们所受到的不公平对待之后，正直的圭次再也按捺不住内心的愤怒。即便有可能会受到严厉的处罚，甚至母亲也为此心痛欲绝，他仍旧坚持自我内心的想法，去做一个诚实而又正直的人。文中写道："为了这些不幸的朋友们，他们团结起来这件事，是当然的权利、义务，甚至也是一种正义。"① 可以说，比起从思想性或意识形态层面，圭次更多的是从人的人格与品性层面来看待左翼思想的。

其次，工藤圭次对左翼思潮、左翼运动有认同的一面，但更有质疑的一面。圭次偶遇深入工厂中去进行宣传活动的龙村一行人，他在感到意外的同时又感觉到一些恐惧。可以说，在圭次亲自目睹同伴们的左翼实践时，其内心世界的复杂再次凸现出来。圭次由喷发的火山逐渐联想到现在孕育了诸多矛盾的社会，"但是，喷出烟与火的只有那个山顶吗？同时，他又想到另一层意义上的

---

① 野上弥生子「若い息子」、『野上弥生子全小説6』、岩波書店、1997年、190頁。

烟与火，一种更为恐怖的爆发，正在社会的各个组成部分凝聚着。他们的‘R·S’也不外乎是想象科学家们研究火山是如何喷发的那样，去研究这个社会必然的爆发。"① 圭次的这种时刻保持自我审视的姿态，在其面对左翼思潮时，自然而然地转化为对该思潮的理性审视。文中写道："他与‘R·S’中大部分成员的区别主要就在这一点。因为年轻的他们太过急切地去关注社会，反而忽视了身边很多东西，又或者是出于对现存社会的一种反叛，而将所有的一切都冠以‘资产阶级知识’之名，以至于他所重视的东西有时候都会遭到污蔑。在圭次看来，他们好像是忘记了有效地利用这种原本劳动者和贫农们所没有享受过的特权。不管他们会创造怎样的时代，知识总归是有用的。即便是所谓的资产阶级的知识，若加以有效地利用，难道在无产阶级的世界中不也是有必要的吗？同时，他们所否定的属于资产阶级的大学，在今天总归是最便利的，除此之外应该别无他法。"② 在这里，圭次显现出对左翼运动的一种审视的目光。他有着旺盛的求知欲，对知识这一人类的宝贵财富并没有那种狭隘的阶级偏见。显然，他是出于对于人类知识的爱惜与渴求这一单纯而又朴素的动机，对左翼思想所显现出来的某种阶级偏见产生了疑惑，并在此基础上对这种意识形态投以理性的目光。

---

① 野上弥生子「若い息子」、『野上弥生子全小説 6』、岩波書店、1997 年、122 頁。

② 野上弥生子「若い息子」、『野上弥生子全小説 6』、岩波書店、1997 年、125-126 頁。

综上所述,《年轻的儿子》通过对左翼思想影响下的年轻学生的行为与心理的描摹,勾勒出在左翼思想影响下的年轻学生形象,反映出弥生子对社会时代的关注,尤其是对左翼思想的理性思考,即左翼思潮有其适合时代的一面,但也应意识到它所带有的略显狭隘的阶级偏见。

第四节 《迷路》:"转向"知识分子的自我救赎

一、被迫"转向"的知识分子

众所周知,在 20 世纪 30 年代,随着日本对外侵略的加剧,日本军国主义政府也加紧了对国内舆论的控制,并对左翼人士进行了大规模的镇压与抓捕。在这样严峻的社会形势下,信奉左翼思想的日本知识分子便开始了大规模的"转向"。

这种"转向",是在政治强权的高压下进行的,必然也就会伴随着被迫"转向"者精神上的创伤。那些以这样的精神上的创伤为题材的文学作品,就是所谓的"转向文学"。有许多原本的左翼作家,在"转向"后都创作了"转向文学"。比如,村山知义的《白夜》(1934)、立野信之的《友情》(1934)、德永直的《冬枯》(1934)、岛木健作的《癞》(1934)、中野重治的《村之家》(1935)等,都是以自身的"转向"体验为素材创作的小说,也都在不同程度上反映出作者对自我的审视和对左翼思想的思考。

上述这些"转向"的知识分子，实际上也成为弥生子观察与思考的对象。这些在实现自我价值的道路上遭遇挫折的知识分子们，未来将面临怎样的命运？这些背负了精神伤痛的知识分子又会怎样去实现自我的价值？这些都是弥生子所密切关注的问题。而《迷路》就是这样的一部以左翼知识分子为主人公的长篇小说。如果说《年轻的儿子》中的圭次还在左翼思想这一意识形态之外徘徊的话，那么《迷路》中的省三则在政治权力的压迫下被迫"转向"，并在经历了内心的痛苦与挣扎之后，最终在中国获得了自我精神的救赎。

二、《迷路》的创作以及相关的争论

长篇小说《迷路》的创作，由于二战而被迫中断，所以创作时间前后长达二十余年。小说的最初两部分分别是，1936年11月发表在《中央公论》上的《黑色队列》和1937年11月发表的《迷路》。除去战前发表的这两部分，其余都是弥生子在战后创作的。从1949年1月开始，小说的续篇开始在《世界》杂志上连载。1956年10月，弥生子完成了长篇小说《迷路》的创作。

有关《迷路》的创作构思、动机等，弥生子都在日记里有所记述。早在1936年5月13日，弥生子就写下了她的最初的构思："因为昭和五、六年间参与过最为盛行的无产阶级运动，一群年轻的知识分子从正常的人生轨迹中被排挤出去，我就是想写他们之后所要面临的命运。也就是说，这对我来说会成为继《年轻的儿子》和《真知子》之后的创作吧。这是一个充满魅力，但又很难驾驭的主题。我要从无聊的杂文生活中脱身出来，集中精力来进行这个主题的创作。在出场人物方面，我要以埋头从事水稻害虫研究的男性为配角。主人公是二十六七岁的转向者，学文科而又有点消极，身体虚弱，对未来不抱什么希望，但是良心尚未完全泯灭的男性。与他相对的是年轻的女主人公，她有着知识分子的敏锐，但是又有些高傲，是一个现实主义者。现在我脑海里能够想到的就只有这些。……总而言之，我会把我今后在文学上的命运赌在这篇小说上。"① 上述的有关人物角色的说明，大体上都在后续的创作中得以实现。接着，弥生子在1936年7月11日的日记中记述了她的创作情况："小说写得越来越顺了。我就这样顺其自然地去写吧。我感觉好像不是我在写作，而是天一亮，这支笔就引领着我，写到了意想不到的地方。我感到累的时候就来院子里散散步，打扫一下落叶松的枯枝什么的。"②

弥生子的《黑色队列》在《中央公论》上刊载后不久，作家岛木健作就在1936年11月2日的《帝国大学新闻》上发表《肤浅的青年》一文，来反驳弥生子笔下的左翼青年形象："小说里描写了作为转向者的日本现代青年。但是小说究竟写出了转向者的

---

① 野上弥生子『野上弥生子全集第Ⅱ期』第五卷、岩波书店、1987年、84-87頁。

② 野上弥生子『野上弥生子全集第Ⅱ期』第五卷、岩波书店、1987年、130頁。

什么呢？……我作为一名转向者，和其他的转向者一同来恳请作者，请更加正面地深入地去触及和挖掘转向问题。……在作品的最后，我感觉受到了污蔑。……而且省三哭了。他那轻率的眼泪到底代表了什么？作者啊，我不希望你把转向的现代青年们当作这么肤浅的人来处理。……在多津枝这样肤浅而又装腔作势的资产阶级女性面前，省三所流的泪到底是什么？只有多津枝在经历了寻求信仰的痛苦之后，省三在她面前所流的泪才能引起我们的共鸣。"[1] 在读了这则评论之后，弥生子在 1936 年 11 月 6 日的日记中进行了一番辩解："岛木氏说我作品中的那些转向者写得太肤浅，没有触及他们真正的痛处，甚至连省三和多津枝一起痛哭都让他感到愤怒，而且好像受到了侮辱。他的攻击有一定的道理。但是，就因为我没有写出他所认同的转向者而责怪于我，这样是不是太过偏袒他们自己人呢？我认为既有那种扎实的、有着坚定信仰的转向者，也有不是那样的。我的兴趣并没有仅仅限定于转向者，还包括了他所轻视的资产阶级女性，因为这两者都是现实社会中很有趣的观察对象。我所描绘的，并不仅仅限于有着真挚信仰的转向者，我以同样的热情去观察现在日本社会的各个层面。现在想来，我的作品或许会有这样那样的缺点，但是唯有这个根本意图是不会改变的。"[2] 不可否认，作为转向者的一员，岛木健作有着更为切身的"转向"体验，但是，弥生子似乎并不想被意识

---

[1] 野上弥生子『野上弥生子全小説 9』、岩波书店、1998 年、429 页。
[2] 野上弥生子『野上弥生子全集第 II 期』第五卷、岩波书店、1987 年、210 页。

形态所束缚,而是在寻求更为广阔的社会视野。事实也正是如此。1937 年 1 月底,弥生子着手《黑色队列》的续篇《迷路》的创作。她在同年 1 月 31 日的日记中这样写道:"现在的我,是在头脑中酝酿之后再来执笔创作的。对我来说,如果小说和社会意识没有关联的话,我就什么都写不出来。这次也是在写下'解散议会,举行总统选举'这句话后,才终于开始动笔的。之后,这个时代会引领我前往该去的地方吧。我就这样不骄不躁而且勇敢地写下去吧。"①

　　前面已经说过,在日本政府严厉的舆论管制之下,弥生子在战前发表的,只有《黑色队列》《迷路》这两部分。战后,弥生子首先要做的,就是对这两部分进行重新修订。对此,她曾说道:"在我把作品中的人物塑造出来之后,已经过了十多年时间。这并不是由于我的怠慢所致,而是日本的政治形势不允许他们自由地行动。换句话说,就是当时的形势并不允许我去诚实地原原本本地刻画他们。……在想要着手续篇时,重新去读以前所写部分的时候,我发现了许多不是很满意的地方。就像我之前说过的一样,日本这十几年来的经历,尤其是这次不幸的战争,我一次都没有去附和过。但是作品的多处措辞中,充满了小心翼翼的警戒和消极的回避,尽管现在看来那都是一些不必要的省略。鉴于此,在写作续篇之前,我想首先进行之前部分的修订。"②修订完后,弥

---

① 野上弥生子『野上弥生子全集第Ⅱ期』第五卷、岩波書店、1987 年、280 頁。
② 野上弥生子『野上弥生子全小説 9』、岩波書店、1998 年、426 頁。

生子便要继续着手长篇小说《迷路》的创作。她曾说道："……在我这次的修订版中，会有担任重要角色的女性登场。……1932、1933 年，也就是昭和七、八年时日本学生的左翼运动，我认为从某种观点来看的话，是一种精神运动。他们投身于那个时代漩涡中，结果成为运动的失败者而被社会所排挤。他们就是我这部作品的主人公们。我必须和他们一起走过今后日本那充满苦恼与困惑的道路。未来的道路还很长，我手中的笔也很沉重，我希望有各位读者的鞭策。我还要保持身体的健康，以完成这项工作。这就是我简单的、唯一的心愿。"[①]

　　在《迷路》创作完成之后，弥生子还多次在日记和作品的"后记"中写过自己的创作历程。比如，在 1956 年 8 月 21 日的日记中，弥生子这样写道："但是，我没想到小说最后能写成这么大规模。我只能说是作品中的诸多人物把我引领至此的。话虽如此，我之所以能够写出第六部以中国为舞台的那一部分，是多亏了和饭田善国氏在山上的奇迹般的交往。如果少了他的帮助，这部分我是无论如何也写不出来的。其他的作家们或许也有这样不可思议的经历吧。反正我在回顾自己的创作之时，就被这种命运般的神秘所打动。我通读全篇仍旧感到还有许多需要完善的地方，所以如果我再重写一遍的话，或许会创作出更好的作品。但是我现在已经没有那份勇气了。尽管如此，写作的时候我对自己那努力的态度还是有自信的。而且我觉得中间隔断这么长时间，反倒给

---

　　①　野上弥生子『野上弥生子全小説 11』、岩波書店、1998 年、506-507 頁。

了我充足的时间去思考。这是很好的，因为我要是太年轻的话，反而有些东西是写不出来的。我在二十三岁时在《杜鹃》上发表了一系列幼稚的作品。现在差不多过了五十年的时间了，我也终于能写出一篇像模像样的小说了。而且，这时候我重新想到，我从曾经的好老师 T（丰一郎）那里获得的诸多帮助。他和我的关系并不像一般人想象得那么简单。但是，现在我内心中充满的那些对他的怨恨和憎恶，也毫无疑问地与对他的爱交织在一起，最终都成为我成长的营养。所以，我一想到这些，首先必须要感谢他。除此之外，还有安倍先生对我的激励，也让我充满了力量。然后，还有田边老师，让我的思索更加深入。并且，事实上这极大地影响了我的作品的后半部分。"① 接着，她又在 1956 年 12 月 13 日给河野与一的信中，写下了自己的抱负："到目前为止，主要是我笔下这个主人公独自完成了'迷路'的突破。但是，战后面临原子弹、氢弹的威胁，这个主题会扩大为整个人类的'迷路'。苏伊士、匈牙利问题，都只是冰山之一角。我现在年纪大了，而且精力也不如从前，所以对于自己到底能不能胜任这项工作，是有疑问的。但是，要是在我去世之前必须要写点什么的话，那我就会选择停下手头工作，而专心致志地做这一件事情。"②

在写完《迷路》后不久，内山完造（1885—1959）问弥生子

---

① 野上弥生子『野上弥生子全集第Ⅱ期』第十二卷、岩波书店、1988 年、476 頁。

② 野上弥生子『野上弥生子全集第Ⅱ期』第二十五卷、岩波书店、1991 年、477 頁。

有没有去中国旅行的打算，当时弥生子尚未下定决心。但后来，弥生子在给小林勇的信中写道："如果今后要写续篇的话，必须要亲眼看一看中国。"① 于是，应中国对外文化协会和中国作家协会之邀，弥生子在 1957 年 6 月赴中国旅行。当时，弥生子特意提出的一个要求，就是要去延安看一看。如果再联系《迷路》的主人公最后所向往的正是中国的延安这一点，就不难发现弥生子此次中国之行所具有的特殊意义。为期四十天的旅行结束后，弥生子将旅行见闻陆续发表在《世界》杂志上。1959 年 2 月 17 日，单行本《我的中国之行》由岩波书店出版。在书中，弥生子写下了新中国成立八年后的社会变化，对中国的态度也是很友善的。正如李德纯所言："早在战前即已蜚声文坛的女作家野上弥生子，虽非在日华侨，却倾注二十个春秋的心血，并于 1957 年亲赴延安实地采访，创作出四卷本长篇小说《迷路》，将历史的凝重和文化的深厚融为一体，具有强大的震撼力。"②

三、知识分子的自我救赎之旅

在这部作品中，弥生子塑造了多个性格迥异而又分属于不同阶层的人物，并紧密结合日本的社会政治经济形势，将各个阶层的人生百态，特别是"转向"的左翼知识分子内心的苦闷、挣扎和曲折的心路历程淋漓尽致地展现出来。如果说《年轻的儿子》

① 野上弥生子『野上弥生子全集第Ⅱ期』第二十五卷、岩波书店、1991 年、465 頁。

② 李德纯：《战后日本文学史论》，译林出版社，2010，第 158 页。

所写的是年轻学生在信奉左翼思想前的动摇与疑惑，那么，《迷路》所写的则是左翼思想的信奉者在被迫放弃信仰后的自我救赎。在这个意义上可以说，《迷路》是对《年轻的儿子》中所提出的主题的延续与升华。正如有的论者将芥川龙之介的《上海游记》视为"一部由传统向现代裂变进程中的日本知识分子的精神变迁史"①那样，《迷路》这部描绘在动荡时代下年轻知识分子的鸿篇巨制，也体现了时代巨变背景下的"日本知识分子的精神变迁史"，是一次知识分子的自我救赎之旅。

　　首先来看作品主人公菅野省三在被迫"转向"后，是如何完成自我救赎的。作品以菅野省三这一左翼知识分子对往事的回忆开篇。菅野省三重新来到学校，回想起从前投身于左翼运动时的那份激情，感到唏嘘不已。但是，时代已经变了。他们之前的激情与希望已经荡然无存，他们反而成为一群被社会所遗弃的人。在这里，实际上就点明了"转向"后的省三所面临的尴尬的社会处境。曾经的左翼运动使他们热血沸腾，但现在省三不得不为了生计而四处奔波。他先是从事史料编纂工作，后在垂水重太的介绍下去阿藤子爵家做家庭教师，再后来去家乡图书馆从事西方宗教史的整理工作。但是事实上，他曾经的左翼思想并未完全消失，只是暂时被压抑了。这就导致了省三的内心处于焦虑之中，一方面是现实环境的压抑，另一方面是对实现自我价值的渴望。就在

---

① 邱雅芬：《〈上海游记〉：一个充满隐喻的文本》，《外国文学评论》2005年第2期，第75页。

他挣扎于这种内心的焦虑之时，与万里子的婚姻逐渐唤起了他对生活的希望。万里子来自资产阶级大家族，这意味着省三可以选择与其曾经反抗过的阶级走到一起，但这反而激起了省三沉淀在内心深处的个人信条。因此，他选择坚守自我的内心世界，拒绝来自资产阶级代言人增井礼三的帮助。这时的省三已经逐渐在努力直面自我的内心世界，进而去探寻自我的出路。他应征入伍来到中国战场后，亲自目睹了日本士兵对中国普通民众的烧杀抢掠，这让其内心更加纠结与痛苦，也因此更加厌恶战争。木津的到来让省三更加清醒地认识到现在中国的形势和他的侵略者身份。在战场上，他在内心深处不断地反思自我，反思日本以及日本发动的侵略战争。在经历了激烈的内心斗争之后，省三终于下定决心营救被俘的中国游击队员，并与他一起出逃。在逃往延安的路上，省三被日军的子弹击中。文中写道："让省三浑身是血地昏倒在农田中的，是今天的敌人也就是昨天的同伴的子弹。"[1] 就这样，省三最终通过直面自我内心的真实想法，而完成了个人的精神救赎。

　　小田健和木津都是省三参加左翼运动时的同伴，他们内心的思想与省三一样，都未真正改变，都在迷茫中寻找实现自我价值的途径。左翼运动失败后，他们不得不为了生计而疲于奔波。他们一个在农业化学试验所工作，一个在报社当记者。木津与女佣雪同居。雪从小饱受艰辛，所以女性的经济独立与职业问题对她而言，并不仅仅是一种理论的说教，更多地是来源于其生活体验。

---

① 　野上弥生子「迷路」、『野上弥生子全小説 11』、岩波書店、1998 年、467 頁。

她对左翼思想有着天然的亲近感，所以她和木津在思想上保持了一致。雪对木津一往情深，但是木津由于内心的苦闷与压抑而日益堕落。每日沉迷于酒色的木津，为了寻求出路而前往伪满洲。来到中国后，木津化名为张文泰，表面上在日本的特务机构工作，但暗地里与中国游击队员有来往。木津在中国共产党员黄安生的鼓励下重拾自我。后来，正是在木津的建议下，省三才最终下定决心奔向延安。小田为人憨厚朴实。在运动失败后，他埋头于农业科学研究。后来，他在无意识间对雪萌生了感情。为此，他甚至放弃了前往伪满洲逃避兵役的机会。在接到征兵通知后，小田感到无比失落与绝望，随后在雪的面前跳下铁轨，结束了自己的生命。或许对他来说，与其战死沙场，这才是更有意义的告别方式。可以说，小田最终将对信仰的坚持转为对爱情的憧憬，但是，他在万念俱灰的情况下，最终选择以这种极端的方式来实现自我的价值。

慎吾是同样内心有着纠结与苦闷的年轻人，并在中国战场上完成了对自我的超越。他的家族与省三的家族长年由于政见不同而互相敌视。年轻的慎吾为此感到困惑，并思考如何跨越家族之间长期敌对的鸿沟。他只是个年轻学生，不像省三那样参与过左翼社会实践。所以，省三的出现，在某种程度上带给他一丝希望。他渴望通过与省三的交往来打破现实僵局，进而超越自我，但在日本国内的严酷环境下，这最终成为他的一厢情愿。最终，在令人窒息的国内形势的压迫下，他决定到战场上去寻求自我的解放。

他很清楚自己这么做，并不像口号中所喊的那样是为了天皇，而是为了超越自我。他将自己在中国战场上的所思所想写成日记，并寄给了尚在日本国内的省三。正是这些日记，将慎吾对日本的政党政治的厌恶、对日本的侵略战争的抵触、对如何实现自我价值的焦虑等内在心理呈现了出来。最终，慎吾在战场上以自己的生命为代价，完成了对自我的超越。

值得注意的是，弥生子本人并未亲历过中国战场，那么她为何能描写出省三他们在中国战场的行为呢？据弥生子所言，她所参照的主要就是饭田善国的日记。饭田善国曾在战时被派往中国战场，并将战场的所见所闻写入日记中，这就是弥生子写作《迷路》中的中国战场时所参照的素材。还有，就是弥生子为何要将中国作为舞台背景，为何要将省三的最后目的地设定为延安呢？众所周知，弥生子的《迷路》的主要部分，都是在战争结束后创作的。当时，社会主义新中国已经成立，并且，作为左翼思想的成功实践，无疑给予弥生子一定的影响。尽管弥生子对于左翼思想、左翼运动并不是完全认同，甚至还有所质疑与批判，但是，她还是将中国作为了笔下的年轻知识分子实现自我价值的舞台。省三、木津、慎吾，无一不是在中国战场上，完成了自我的超越与救赎。其中，省三最后所向往的，正是中国的革命圣地延安。在新中国成立后，延安不仅在中国的社会文化语境中是革命的圣地，而且，在日本以及其他国家都产生了或多或少的影响。这自然也对弥生子有关左翼思想的思考产生了一定的影响。这就是她为什么要将延安设置为省三的目的地，也是她为什么后来要来中国游览并特意绕道去延安的原因之所在。

此外，多津枝、万里子、雪、阿藤夫人等一系列女性形象在小说中也极具特色。她们分属于不同阶层，有着不同的思想与信仰，呈现出丰富多彩的女性群像。多津枝是个精明而又势利的现实主义者，对事情的思考是冷静而又理性的，有很强的洞察力。她与左翼思想保持了一定的距离，并对其进行冷静审视。显然，多津枝的这一姿态与弥生子对待左翼思想的态度有很大的相似性。阿藤夫人长相迷人，充满了魅力与风韵，被作者塑造为情欲的化身，并多次引诱省三。万里子没有什么信仰和高尚的理想，有的只是朴素而又实际的社会认识。在省三赴中国战场之后，她将社会实践和内心的朴素信仰结合起来，向神灵祈祷省三在中国战场的平安，并祈祷人类终止这场无意义的厮杀。雪出身贫苦，是其中唯一信奉左翼思想的女性。她后来在掩护同伴逃跑的时候，与日本警察一同摔下悬崖。最终，她贯彻了自我的信仰，并为这种信仰献出了自己的生命。对此，大江健三郎曾高度评价道："野上弥生子凭借自我的知性观察力洞察到明治、大正、昭和前期日本女性的社会处境，而这部小说的众多女性正是根植于她所观察到的社会现实。万延元年以来尚未满百年的日本近代化历程，竟然催生出如此多样的女性形象,这很让人吃惊。"[①] 濑沼茂树也曾说道："小田健、雪、多津枝，还有年轻的慎吾等这些有为的青年们，都

---

① 大江健三郎「大いなる「妹の力」」、『新潮』81(6)、1984 年 6 月、258 頁。

以自己的方式坚守了自我的节操而没有扭曲自我的理念，完美地诠释了良心何在这一主题。在昭和 10 年时期的艰难环境下，年轻一代虽然有所动摇，但是他们诚实地生活下去，并用他们的生命教给我们人生的意义何在。"①

实际上，弥生子在创作完《迷路》之后，也曾表达过要创作续篇的意愿。她曾在《迷路》角川文库版的"后记"中这样写道："我的主人公，和昨天的敌人也就是今天的同伴，想要一同逃跑的时候，被昨天的同伴也就是今天的敌人打中而昏倒在地。但是，如果他能够幸免于难的话，现在应该抵达目的地延安了吧。而且战争结束后，他若被遣返回日本的话，也一定回到了距离东京不是很远的地方。他也有可能会混迹于东京郊外电车高峰时段的人群中，或者又有可能在某个地方的出版社工作。我想尽力去寻找到他。而且，我也认为我有那个义务。前些年被邀请去中国旅行的时候，我之所以特意前往所憧憬的陕西延安去探访，在很大程度上是因为我有追寻作品主人公足迹的意愿。话虽如此，但是即便与他相遇，他和那些与他一同彷徨于《迷路》的人们，过去有过怎样的生活，现在又过着怎样的生活，在我日渐衰老的体内是否还有足够的精力去描绘他们的生活——一想到这里，我就觉得心有余而力不足。"②但遗憾的是，弥生子没有继续创作下去。

---

① 瀬沼茂樹「野上弥生子の世界（十六）」、『野上弥生子全集月報合本』、岩波書店、1985 年、9 頁。

② 野上弥生子『野上弥生子全小説 11』、岩波書店、1998 年、516-517 頁。

　　总之，《迷路》是弥生子毕生的集大成之作。她将笔触进一步切入到"转向"后左翼知识分子的内心世界，刻画出他们内心的苦闷与焦虑以及他们寻求自我救赎的精神历程。这些知识分子不论选择了怎样的人生，他们都能直面自我，并最终完成了自我救赎的精神之旅。

第六章 对战后女性命运的
关注与对心路历程的回望

第二次世界大战结束后，随着军国主义政府的倒台，令人窒息的舆论控制被废除，日本文坛也由此开始复苏。作家们终于又可以畅所欲言，从而使得文坛呈现出勃勃生机。1945 年 12 月，宫本百合子等无产阶级作家便组织起"新日本文学会"，以谋求日本文学的复兴。弥生子与志贺直哉、广津和郎等作家一同作为赞助会员加入这一文学组织。这时，弥生子继续其创作生涯，相继创作出多部以女性为主人公的小说。比如，重新审视传统家族制度的《笛》（1964），描写自立、自强的战后女性的《铃兰》（1966）以及呈现作家自我心灵摇篮的《森林》（1972—1984）等作品。本章将围绕上述几部作品展开论述。

第一节 《笛》：处于传统与现代
家庭制度对立之中的母亲形象

这部作品发表在 1964 年 10 月 1 日发行的《新潮》第六十一卷第十号上，后被收录于 1965 年 2 月 19 日讲谈社发行的《日本现代文学全集》第 63 卷等作品集中。有关这部作品，我们从弥生子的日记中多少可以有所了解。在 1963 年 9 月 14 日的日记中，她曾写道："我一直在脑海中酝酿着这部短篇小说。我想暂时以《家》为题目来写这部小说。小说的素材与《秀吉与利休》不同，所以进度还算不错。"①实际上，《家》这一曾经的题名，较为直接地体现了弥生子的创作意图，那就是主人公津子对"家"的憧憬与失望。当然，《家》后来被改为《笛》。这里的"笛"，指的是作品女主人公丈夫的长笛。这个长笛象征了津子与丈夫前半生的幸福生活，也能在津子感到痛苦无助之时，缓解其伤痛，甚至还是她所憧憬的家庭的象征。因此，在这个意义上可以说，"笛"比"家"具有更加丰富的内涵。

那么，《笛》是一部怎样的作品呢？《笛》是一部关注家族中两代人之间矛盾与纠葛的小说。正如濑沼茂树所言："伴随着战后父权制社会下家族制度的解体，家族开始向所谓的小家庭转型。但是这一变化对生长于传统家族制度下的上一代人带来了怎样的

① 野上弥生子『野上弥生子全集第Ⅱ期』第十四卷、岩波书店、1989 年、420 頁。

影响？他们可以放心大胆地应对这一转变么？这就是《笛》这部作品所探讨的问题。"① 小说以母亲津子为主人公，以其对"家"的渴望与憧憬为主线，围绕其与儿女在家庭观念上的矛盾与冲突而展开。在丈夫去世后，津子和女儿纪美、儿子清太生活在一起。纪美结婚后，女婿新作为人朴实又能吃苦耐劳。不过津子仍旧怀念去世的丈夫良造。丈夫热衷于乐器长笛，在世时和别人一起组建乐队。但在太平洋战争爆发后，良造所钟爱的西洋音乐，被认为是一种卖国行为而不得不放弃。战争结束后，长期的劳累夺走了良造的生命。自从纪美结婚后，她的心里只有自己的小家，所以母亲感到这里越来越不像自己的家了。津子渴望和清太以及他未来的妻子一起美满地生活。但清太却告诉她，他们会在结婚后搬出去租房子住。这对于渴望家庭幸福与美满的母亲来说，无异于晴天霹雳，也预示了母亲最终会失去自己的居所。她的内心充满了空虚与落寞，后来跳下铁轨结束了自己的生命。在两天后的葬礼上，丈夫的长笛和她葬在了一起。

不难发现，作品聚焦于传统的家族制度下人与人之间的苦闷与纠葛，尤其是易于接受新鲜事物的年轻一代与父母在家庭观念上的矛盾冲突。而母亲那种对于传统家庭的渴望，与儿女对于自我本位小家庭的憧憬，构成了小说的主要冲突。这样一来，"母亲"这一角色被置于了传统与现代的尴尬处境之中，同时也象征了传

---

①　瀬沼茂樹「野上弥生子の世界（十九）」、『野上弥生子全集月報合本』、岩波書店、1985 年、5 頁。

统与现代家庭观念的对立与冲突。接下来，笔者将围绕"母亲"这一角色的尴尬处境展开具体的论述。

先来看母亲津子对于传统大家族的向往。津子从小被养母带大，一生命运坎坷，因此她对于"家"有着很强烈的渴望。文中这样写道："津子从小就没见过亲生父母的样子，是在山形县农村寺庙的孤儿院长大的。她最羡慕的就是一个'家'。"① 她与良造结婚后，才真正有了"家"的感觉。丈夫喜欢乐器，生性开朗。在战争期间，她和丈夫幸运地躲过了战祸，但最终丈夫因过度劳累而死。现在，对津子来说"家"就是她唯一的期望，也是其生命意义之所在。

但是，津子对于"家"的渴望，却在自己的女儿这里遭到了无言的拒绝。女儿纪美在与新作结婚之后，专注于自我小家庭的经营，对母亲也不像以前那样亲密。在这个家庭中，母亲的存在感越来越弱，而且心情也没有以前舒畅。这个家对她而言，已经不是她所憧憬的那个温暖的家了。可以说，津子对于"家"的渴求在女儿这里遭遇了挫折。毕竟，津子内心深处所认同的，是之前与丈夫所组建的略显传统的家庭。津子对"家"的渴望如此强烈，以至于她仅能在传统家庭中才能获取自我的身份与意义。为了填补内心欲求与现实的差距，津子将希望寄托在女儿身上。但是，她的女儿早已在内心打定主意，专注于自我小家庭的经营。不仅如此，为了免于母亲的烦扰，她甚至劝其搬至外面的公寓居

---

① 野上弥生子「笛」、『野上弥生子全小説 12』、岩波書店、1998 年、254 頁。

住。这自然引起母亲内心的反拨。文中这样写道："津子厌恶公寓有其个人的理由。住在公寓里即便能省去折叠旧式雨窗的烦琐，而且仅凭一把钥匙就能自由出入，但是，一想到在那种四角的房间中一年一年地生活，津子就会觉得自己好像生活在棺材中一般，尽管自己尚在人世。"① 这表面上看是津子对于居住环境的不满，实则反映出津子对新式家庭的抗拒与对传统家庭的向往。不仅如此，在母亲即将搬离这个家庭时，女儿的态度再次使津子意识到两人之间的分歧。"津子说完后，便把已经变凉的茶水喝了下去。对于自己即将搬离这件事，女儿那兴高采烈的言行使她倍感落寞。倒不如说，津子更希望女儿反对自己搬出去。……而且，至今都是住在一起生活过来的，事到如今也不能再分开住吧。她希望女儿能对自己这样说。但碍于母子关系，这样颇有怨气的话，津子没能说出口。"②

　　津子对传统大家庭的渴望，不仅被女儿拒绝，而且也被儿子清太拒绝。原本，津子并未彻底失望，因为她认为自己还有清太可以依赖。当时，津子和清太搬到了一户人家租住。"和女儿纪美相比，在至今的生活中清太更加有人情味。他好像也很喜欢今天的被褥。现在他们搬离原来的家庭，只剩下母子二人，而他也会比之前更加孝顺吧。"③ 可见，津子将其对传统家庭的期待寄托于清

---

① 野上弥生子「笛」、『野上弥生子全小説 12』、岩波書店、1998 年、207 頁。
② 野上弥生子「笛」、『野上弥生子全小説 12』、岩波書店、1998 年、214 頁。
③ 野上弥生子「笛」、『野上弥生子全小説 12』、岩波書店、1998 年、230-231 頁。

太身上。但在听到清太希望与未婚妻两人单独营造新家庭时，津子对传统家庭的渴求再次遭遇挫折。清太所认同的是现代的新式家庭，而这无疑与母亲对传统家庭的向往背道而驰。所以，这一新旧家庭观念的冲突再一次凸显出来，而母亲被置于传统与现代的夹缝之间。现在，津子既无法在儿女的新式家庭中获取身份与意义，又不能返回早已与丈夫一同逝去的传统家庭。文中还写道："在她失去丈夫之后，女儿现在已经是新作的妻子。就连原本以为还牢牢握在手中的儿子，都要离她而去。"①可见，年轻一代对自我与小家庭的坚守以及对母亲的排斥，使她失去了唯一的精神支柱，并彻底丧失了存在的意义。就这样，津子瞬间失去了活下去的意义，只得在幻想中获取自我的满足。"津子感到自己远离了清太、纪美以及那双胞胎外孙，只是一个人走向遥远的地方。但她既不寂寞，也不悲伤。她觉得就那样一直走下去的话，就能走到良造所在的地方了吧。她也不知道自己是在哪里。……良造好像在那里吹着长笛。长笛那美妙的音乐传了过来。"②这也预示了津子最终只能以极端的方式完成自我认同的命运。正如濑沼茂树所言："弥生子在小说《笛》中描绘了一出平民家庭的命运悲剧。其中既涉及日本家族主义的衰败，又刻画了姐姐与弟弟的自私自利以及年

---

① 野上弥生子「笛」、『野上弥生子全小説 12』、岩波書店、1998 年、217-218 頁。

② 野上弥生子「笛」、『野上弥生子全小説 12』、岩波書店、1998 年、256-257 頁。

迈母亲所品味的孤独与幻灭。"①

　　总而言之，《笛》结合日本社会时代的变迁，讲述了一位母亲对"家"的渴望以及子女们在组建新家庭时对她的排斥，呈现出日本社会中两代人之间不同的家庭观念的矛盾冲突。而在更深一层意义上，"母亲"这一角色所承载的，是传统与现代家庭观念的对立与冲突，因而陷入传统与现代夹缝的尴尬处境之中。

第二节　《铃兰》：战后自立自强的女性形象

　　日本发动的侵略战争不仅给亚洲各国民众带来了巨大的灾难，同时也给日本国内的普通民众，尤其是处于社会下层的女性带来了沉重的打击。那么，这些女性在战争中和战后会有怎样的生活？这就是弥生子的《铃兰》所关注的主要问题。这部小说发表在1966年1月1日的《世界》杂志第242号上，后被收录于小说集《笛　铃兰》中。

　　弥生子有关这部小说的创作过程及相关思考，都在日记中有所记述。在1965年1月22日的日记中，弥生子就写道："我开始写《日阴之花》，但是头脑中的思路还没有完全理顺。这会像我之前的创作那样，只需要转动这台织布机的手柄，它就会自动纺织下去吧。"在同年2月1日的日记中，弥生子又纠结于题目的选定：

---

　　① 瀬沼茂樹『野上弥生子の世界』、岩波書店、1984年、222頁。

"今天继续写小说。我想过用《日阴之草》这个题目，但是我又忽然想到，将题目定为《一隅》或者《一隅之草》可能会更好一些。"① 其中的"日阴"与"一隅"这些词汇，无不暗示了弥生子笔下的女性群体是处于社会边缘的。在 5 月 21 日的日记中，弥生子继续写道："今天继续写驼背手工艺人避难这一部分。这部分写得很顺畅，是因为我有意识地利用了北轻井泽这一素材的缘故。"② 紧接着，她又在 7 月 9 日的日记中写道："继续执笔写作。今天要写'慧'洗衣服的场景。写作顺利得有点出乎意料。下午我又稍微写了一点。这部短篇小说可能写得比我预想得要好。"③ 在 10 月 14 日的日记中，弥生子同样记录了不断涌现的新想法："小说中的人物在指引着我进行创作。就像今天所写的有点类似同性恋的这一部分，就是我之前从来没有想到过的。"④ 在 11 月 20 日的日记中，终于写完小说的弥生子在感到解脱的同时，也感到了体力与精力上的力不从心："在约定好的时间内，我把三百页左右的小说原稿交付岩波书店的绿川先生。我大致修改了文章的开头部分和其他几处地方。虽然我有时间来将全文重新读一遍，但是我好像已经没有了以前的那份精力。这并不仅仅是因为疲劳，也因为这是我投

---

① 野上弥生子『野上弥生子全集第Ⅱ期』第十五卷、岩波书店、1989 年、22 頁。

② 野上弥生子『野上弥生子全集第Ⅱ期』第十五卷、岩波书店、1989 年、93 頁。

③ 野上弥生子『野上弥生子全集第Ⅱ期』第十五卷、岩波书店、1989 年、128 頁。

④ 野上弥生子『野上弥生子全集第Ⅱ期』第十五卷、岩波书店、1989 年、197 頁。

入了大量精力来进行的创作，所以我不想那样泛泛地去读。但如果我再仔细地去读的话，又会想去做文章的增补和删减吧。"①

《铃兰》公开发表后，受到了一些评论家的批评。比如，1966年3月的《群像》杂志，就刊载了中村光夫、武田泰淳等评论家对这部小说的评论。对此，弥生子曾这样写道："每个人说得都很有道理。如果把'慧'塑造成在性别上更加脆弱、更加多愁善感的女性的话，就会更加符合现今主流的叙事模式吧。我没有那样做，是因为我有自己的想法。但是，这些男性作家和评论家们似乎并不认可我的这一想法。"② 显然，弥生子并不想按照主流的叙事模式去进行创作，或刻意去迎合主流的叙事话语。《铃兰》在发表时，还有一个"在某一处的公交车站"的副标题，而这不仅透露出主人公"职场女性"这一社会身份，还暗示了有着相同社会处境的女性群体的普遍性。

《铃兰》主要讲述了一位社会底层女性龙村慧的命运遭际。龙村慧每天早上都会准时来到公交车站坐车去上班。她业务能力强又有干劲，所以在公司里很受重视。她没有任何想要结婚的念头，只是一心扑在工作上。她有着悲惨的童年，父亲很早就抛弃了她和母亲，而母亲又长年卧病在床。邻居手工艺人家的儿子三太比她年长三岁，后在太平洋战争爆发后应征入伍当飞行员。在与三

<hr>

① 野上弥生子『野上弥生子全集第Ⅱ期』第十五卷、岩波书店、1989年、224頁。
② 野上弥生子『野上弥生子全集第Ⅱ期』第十五卷、岩波书店、1989年、276頁。

太的通信中，她察觉到自己对他的思慕之情。但是，三太在战场上失去了自己年轻的生命。没过多久，日本天皇便宣布无条件投降。龙村慧的亲人相继去世，在战后混乱的年代里，她只能依靠自己的能力生存下去。现在她不会像其他年轻人那样轻易地谈论爱情与婚姻，而是与之保持一定的距离去观望。她并不把婚姻当作其人生的必经之路。女同事多美子的出现带给她从未有过的人生体验，并成为她的倾诉对象。但是，在多美子顺从家人所安排的婚姻之后，她们的友谊也就宣告结束了。后来江崎一家人搬到她隔壁住。江崎夫人无论做什么事情，都是以丈夫为第一位的。龙村慧仍旧像平常一样准时来到公交车站，只是她的内心渴望去某个地方旅行。

显然，相比于《笛》中所表现的处于传统与现代家庭观念夹缝中的女性这一主题，这篇小说更侧重于探讨社会下层普通女性的处境。尽管关注的重点不同，但这两篇小说无疑呈现出一种内在的延续性，即对女性命运的关注。关于这部作品，濑沼茂树曾评论道："相比于《笛》的女主人公，《铃兰》中的'龙村慧'是从更加悲惨的社会处境中奋斗上来的勤劳妇人。她年少时品味过孤独的人生体验，之后很谨慎地守护着她那简朴的生活，并以这样的生活方式作为自我的人生价值。作者将像她这样的平民的简朴生活描绘出来，并交由读者来评判。"[1] 但是，弥生子笔下的龙村慧又不仅仅是一个"勤劳妇人"，同时也是思考女性命运、探索女

---

[1] 瀬沼茂樹『野上弥生子の世界』、岩波書店、1984 年、226 頁。

性出路的女性。

龙村慧首先意识到的，就是女性必须要凭借自己的努力来把握自我的命运。这是她基于自己的切身体验所得出的结论。作为一名出身贫寒的社会下层女性，她不仅经历过食不果腹的困苦生活，而且在战争期间又不得不离家避难。文中写道："就像因为某种原因脱离原先轨道后，不能返回其原本位置的星体一样，慧在一年三百六十五天里，也与婚姻渐行渐远。而且，这种情形并不仅限于婚姻，慧从小便被排斥于社会的生活圈之外。现在回首过去，她觉得自己没有饿死，都可以说是奇迹了。"[①]而且，龙村慧父母的不幸婚姻也影响了她，使她对爱情与婚姻抱有一种不信任感。文中写道："在小时候，她只是对母亲的命运有朦朦胧胧的认识，而现在，她已经能够独立去思考了。这是慧在不知不觉中所掌握的人生智慧，又是其心中的一把锁。与之相对，如果慧面对男性的引诱松懈下来的话，或许就会重蹈母亲的覆辙。……慧仍旧保持着警惕。她不像其他人那样轻易步入其中，只是待在远处静静观望。"[②]而且，龙村慧对于婚姻的认识还不止于此。她不会选择为了婚姻而结束自己的工作，也不会忍受婚后的琐碎生活，因为她能预见到婚后庸俗的日常生活。文中写道："两人若想结婚，女方便要辞去工作。在那之后，他们会面临怎样的生活呢？她背着婴儿，牵着稍微大点儿的孩子，在某个周日下午如果偶遇手拿购物

① 野上弥生子「鈴蘭」、『野上弥生子全小説 12』、岩波書店、1998 年、266 頁。
② 野上弥生子「鈴蘭」、『野上弥生子全小説 12』、岩波書店、1998 年、312-313 頁。

篮的同伴，马上就会开始聊萝卜和卷心菜又涨价百分之二三十之类的话题，而且也会抱怨光凭那么一点点的月薪根本维持不了半个月的生活。"① 就这样，她在远离了爱情与婚姻之后，便将感情全部倾注在工作上面，并以此实现其自我价值。

龙村慧在远离了世俗的恋爱与婚姻之后，也曾在无意中进行了同性恋的尝试，但这也以失败告终。文中写道："充盈于其心底的是一种飘荡的愉悦，这其中掺杂着她从未体验过的情愫。而且，她在不知不觉中意识到，其中不仅充满了恍惚和温馨的愉悦，还有妖娆的肉欲的涌动。慧的内心变得惊慌起来。"② 就这样，龙村慧在无意识中将其内心情感投射到这位女同伴身上，但在自己意识到之后，龙村慧"变得惊慌起来"。这说明她的内心对此并未做好准备。在这位女同伴顺从家人的包办而结婚后，她们的关系就此画上了句号。

龙村慧还通过对邻居江崎夫人的观察，再次确认了女性必须要靠自己来把握命运的这一思考。江崎夫人无论做什么事情，都以丈夫为第一位，而且所谈论的话题也基本上离不开丈夫。即便她知道丈夫在外面不检点，也还是想方设法讨丈夫的欢心。丈夫似乎成了她生活的唯一目的与意义。在这里，作者通过龙村慧与江崎的对比，将主人公对自身的独立与对自我价值的追寻再次凸显出来。作品结尾处有一段对主人公梦境的描写："想要逃到某个

---

① 野上弥生子「鈴蘭」，『野上弥生子全小説 12』，岩波書店、1998 年、313 頁。
② 野上弥生子「鈴蘭」，『野上弥生子全小説 12』，岩波書店、1998 年、329 頁。

地方，必须逃跑。但她不知道去哪里才好。周围一片昏暗，似乎黄昏即将降临。或者倒不如说，这好似黎明前的昏暗一样寒冷。她的脚都冻僵了。"①实际上，这段梦境可视为龙村慧试图逃离现实处境的象征。尽管她并没有寻找到一个明确的答案，但她对于女性命运问题的思考仍在继续。她的内心已经意识到，必须要依靠自我的力量来改变命运。她渴望在人生道路上迈出新的一步，她的这种渴望并不是重新投入世俗社会的怀抱，而是试图去追求女性新的生活方式的一种内在愿望。

综上所述，作品以龙村慧这一较具代表性的职场女性为主人公，刻画出她在不同人生阶段的命运遭际，表达了弥生子对于战后女性处境的审视与对女性命运的思考。而作品女主人公身上所体现出来的那份毅力、自信与自立的精神，即便对当今女性而言，也具有一定的借鉴意义。这是弥生子的创作意图之所在，也是这篇小说之于当今读者的意义。

第三节 《森林》：对心路历程的回望

一、弥生子创作《森林》的缘起及构思

1972 年 5 月到 1984 年 1 月之间，小说《森林》断断续续地在

---

① 野上弥生子「鈴蘭」、『野上弥生子全小説 12』、岩波書店、1998 年、367 頁。

《新潮》杂志上连载。由于弥生子在 1985 年去世,所以小说并未写完。在其去世后,《新潮》杂志的六月号上发表了小说后半部分及部分草稿。1985 年 11 月 25 日,新潮社出版发行了弥生子长篇小说《森林》的单行本。

《森林》的舞台背景,就是弥生子曾经求学过六年时间的明治女学校。这所学校是由木村熊二在 1885 年创立的,在 1892 年转由岩本善治管理。1896 年 2 月 5 日,学校发生火灾被烧毁之后,岩本善治便将学校迁至东京巢鸭地区。1900 年,弥生子进入明治女学校普通科学习,并于 1906 年从高等科毕业。1908 年,学校在时代浪潮的冲击下被迫关门。实际上,许多作家到了人生晚年,都会重新审视自我的心路历程,弥生子也不例外。她在人生晚年,便将目光转向自己的这段求学经历。这段经历对其心灵的成长以及对其社会意识的提升有着至关重要的作用,可视为其心灵的摇篮。若用弥生子自己的话来说,那就是她成长的"一片沃土"。

有关这段求学经历的重要性以及以此为素材进行创作的必要性,弥生子曾经在多个场合谈及。比如,她曾在 1942 年 4 月的《妇人公论》上发表过《那段时间的回忆——我的老师和朋友们》一文来详细地追溯那段时间的回忆:

我在东京求学于明治女学校,这所学校连同它所发行的《女学杂志》都在明治文化史上有着重要的影响。这是该方面研究者所不能忽视的吧。就拿岛崎藤村的小说《春》来说,如果不了解这个学校以及杂志等背景知识的话，那么你就会很难对这篇小说有正确的理解。在我刚进入学校的时候，原先的学校已被烧毁，而且在巢鸭的那片森林中，别墅风格的校舍里只有五六十个学生。岩本善治作为《春》里面大岛老师的人物原型，不仅仅是受到学生们，也受到学生的父亲与哥哥们的崇拜。在学校里上课的老师们，也都像卫星一样环绕在岩本先生的周围。他们既是聚集在学校中的基督教文化主义者，又是一群独特而又有趣的人。

但是，当时的我既不是对这所有点特殊的学校有所了解，也不是对这里抱有幻想。我进入这里学习是极其偶然的。推荐人是当时在每日新闻社工作的木下尚江，那时的他还没开始创作《火柱》。而且，当时的我不光是对这个学校不了解，就连木下先生我都不是特别了解。因为当时报社记者岛田三郎和我叔父的关系较好，所以原本想拜托他。但是我叔父恰好没在东京，经过几番周折，就成了由木下先生来安排我的上学事宜。和木下先生第一次见面的时候，他问我："你想去怎样的学校？"我回答道："我想去能够真正学到学问的学校。"这是一个刚刚年满十六岁的农村小姑娘略显自大的回答。……最终选择明治女学校求学这件事，对我一生的命运有着重要的影响。事后回想起这段经历时，我不由得感到这种"偶然"的恐怖之处。

我在这里度过了普通科三年、高等科三年的学校生活，所以我要写自传式作品的话，必须要写这段经历，这也是值得我去写的东西。……若只用一句话来概括，那就是我在这个学校里知道了基督教神灵的存在（并不能说是相信了），也懂得了去思考问题，同时也知道了重视精神层面的东西，而且也学会了怀疑。每周一的早上都有岩本先生的训话，这相当于普通女学校的修身和伦理课。他会从赞美歌和祈祷开始，然后读《圣经》中的一节，并和大家一起讨论。如果把他的那种不像说教的说教记录下来，人们就会觉得像名家名篇那样充满激情。这些在先生的崇拜者看来都是很有魅力的。

……在学校，我们会听到很多人的课外讲演。内村鉴三是我们经常见到的一位。……他那精悍而又猛烈的语调，和岩本先生那同样也是充满热情但又显得圆润的雄辩形成鲜明的对照。他特意去铫子看日出。当看到璀璨的太阳跃出地平线时，他深切地感叹道，拥有如此美丽东西的人类是多么地幸福。"大家也一定要亲眼去看一眼那个太阳"，我记得他说过这样的话。我这么写下来大家也许会觉得没有什么稀奇的，但是当时听到内村先生这么一说，我从心底里感到一种震撼。

……从我上面所写的，大家也能感觉到这所学校有点类似于私塾吧。因为距离比较远，所以学生们一般都住校。走读生也就四五个人，我就是其中的一个。……我的同学，和我关系比较密切的平冢茂子夫人在当时和我一样都是走读生。……还有工藤哲子也是我难以忘记的朋友。她和我一起学习到高等科二年级。就在我们普通科刚刚毕业的时候，政府在目白建立了女子大学。在不到二十人的同学们中，那些想继续学习的，有好几个去了目白

的女子大学。最终只有四五个人选择留了下来。后来还出现了中
途退学的。工藤在二年级时退学，回家和表哥骑兵大尉结婚。她
是盛冈地区大地主的女儿，但是当时她已经不能像以前那样安逸
地生活了。正是通过和她的交往，我深入地了解了地主阶级生活
的矛盾和苦闷。但后来不幸的是，她丈夫得了精神病，所以他们
结婚十年都没有孩子。在这十年时间里，她一直不辞劳苦地照看
生病的丈夫。我对此表示钦佩。

　　……像这种围绕着学校的回忆，我要是写起来的话，那就没
个完。我并不知道这所有特色的学校为什么会逐步走向衰败的命
运。只是，我觉得自己能够处在那个时代这件事，带给我巨大的
感动。从某种意义上来说，这或许是一种不幸的感动。但是，它
撕裂了普通女学生的梦想，所以从这一层意义上来说，它又帮助
了我心灵的成长。特别是后来我意外地选择了当作家这一人生道
路后，就越发觉得那所学校对于我有重要意义。①

　　不难发现，这段求学经历对作家弥生子而言，具有何等重要
的意义。而且，从这时起，弥生子就已经有了要以此为素材进行
创作的意愿。此外，在 1954 年 6 月《文学》杂志上刊载的第十九
回《聆听作家》中，弥生子谈到了明治女学校时代的求学经历。
随后，1955 年 4 月在日本 NHK 播放的弥生子和相马黑光（1876—
1955）的《新春对谈》节目中也有所涉及。关于和相马黑光的对

　　① 野上弥生子『野上弥生子全集』第十九卷、岩波书店、1981 年、467-481 页。

谈，弥生子在 1954 年 12 月 28 日的日记中写道：“我和相马黑光除了录制节目之外，还谈了很多明治女学校的事情。让我出乎意料的是，大塚楠绪子也是被岩本所魅惑的女性之一。……相马说大塚在学校被烧毁以后，也跟着一起来到巢鸭这里。她问我怎么看这件事。相马只知道学校被烧毁之前的事，我又只知道学校被烧毁之后的事情，所以我们就这样互相询问。”① 相马黑光作为弥生子的同学，曾创作自传《默移》（1936），其中就详细记述了作者在明治女学校的求学经历，但是，她的求学经历与弥生子的又并不完全重合。这也为弥生子以明治女学校为舞台进行创作提供了一个好的契机。

臼井吉见（1905—1987）和他的长篇小说《安昙野》（1965—1974），也对弥生子以明治女学校为舞台进行创作起了一定的促进作用。当时，臼井吉见为了收集小说《安昙野》的素材，来向弥生子请教明治女学校的事情。对此，弥生子在 1964 年 10 月 7 日的日记中写道：“下午臼井吉见氏意外地来访。他在《中央公论》上发表了以中村屋夫妻为原型的小说。他此行的目的就是为了调查明治女学校的事情。我跟他说了很多记忆中的事情。……这个题材是很多作家都会去写的吧。但是，我现在还没有动笔——我在十几年前以戏曲的形式委婉地涉及过——将自己记忆中的事情传达给他人，这件事情真是有点不可思议。但是，臼井的《安昙

---

① 野上弥生子『野上弥生子全集第Ⅱ期』第十二卷、岩波书店、1988 年、199-200 页。

野》是以'良'为重心。我即便要写，也会是以明治女学校为重心的吧。"① 这里的"中村屋夫妻"，指的就是上文中的相马黑光及其丈夫相马爱藏，因为他们创立的公司名叫"中村屋"，所以又被称为"中村屋夫妻"。这里的"良"，则是相马黑光的原名。《安昙野》的舞台背景则是相马爱藏的老家长野县，其主要人物也是相马夫妇，所以，弥生子才说"臼井的《安昙野》是以'良'为重心"。接着，弥生子又一次表明了要以明治女学校为素材进行创作的意愿。而且，在读了臼井的《安昙野》之后，弥生子于1964年10月15日在日记中写下了自己的感想："他的重心似乎是放在了中村屋的'良'与'荻原守卫'身上。他笔下的这些明治女学校、女学校杂志以及文学界等社会背景的描写，给人一种把相马黑光的《默移》原封不动地拿过来的感觉。所以，他的这部小说更像是一篇杂文，而不是艺术作品。"② 这里的荻原守卫，同样是出身于长野县的知名雕刻家。而《默移》则是上文中提到的相马黑光的自传体作品。显然，弥生子对于这部涉及明治女学校的小说不是很满意，这在一定程度上促使弥生子去创作一部刻画明治女学校的作品。事实上，弥生子在第二年便着手《森林》的创作。

青山奈绪的明治女学校相关的研究，也为弥生子的创作提供了基础性资料。1966年，青山奈绪的专著《明治女学校研究》由

① 野上弥生子『野上弥生子全集第Ⅱ期』第十四卷、岩波書店、1989年、636頁。
② 野上弥生子『野上弥生子全集第Ⅱ期』第十四卷、岩波書店、1989年、642頁。

庆应通讯社出版发行。这本书有着翔实的资料与细致的考证，后来成为明治女学校研究方面的权威之作。对此，弥生子在同年8月14日的日记中这样写道："我读了青山氏的《明治女学校研究》。那极为细致的调查方法，使我获益良多。特别是关于木村熊二夫妻的事情及其与岩本善治的关系，在我脑海中开始变得清晰明朗。所以，我打算写的这座森林中的学校，会成为更加扎实的一部作品，而不仅仅止于一些模糊的记忆。我虽然还没读完她的书，但是在我看来，若将木村和岩本进行比较的话，前者更加纯粹。"①不难发现，这部扎实的研究著作，为弥生子整理思绪提供了便利，也让她对自己的写作更有信心。而且，她在这里提到的木村熊二与岩本善治的比较，在《森林》中也有所体现。

既然这是以弥生子的求学经历为素材进行的创作，那就涉及如何处理历史事实与艺术虚构的问题。弥生子认为，应该辩证统一地看待这个问题。在1967年10月26日写给唐木顺三的信中，她这样写道："这既不是虚构，也不是非虚构，而是谎言中的真实与真实中的谎言。我若能够按照这一想法把作品创作出来，那才是有意义的。每当我这样去想时，就觉得创作变得越来越难。"②这是弥生子对这部小说的艺术构思所定下的基调。这毕竟是基于弥生子在明治女学校的求学经历来进行的创作，所以完全虚构可

① 野上弥生子『野上弥生子全集第Ⅱ期』第十五卷、岩波书店、1989年、460頁。
② 野上弥生子『野上弥生子全集第Ⅱ期』第二十六卷、岩波书店、1991年、338頁。

能导致作品脱离那个时代与社会环境，弱化弥生子对于自我心灵摇篮审视的意义。相反，如采用非虚构的艺术手法，则会导致事实与经验的过分庞杂与碎片化，使其无法借助思想之光去穿透那层层叠叠的表象，并使作者的思考受到束缚。所以在弥生子看来，两者同样是不可取的，只有把握好事实与虚构之间的平衡，才能创作出有意义的作品。在 1970 年 6 月 27 日写给新潮社编辑小岛喜久江的信中，弥生子表达过同样的意思：“关于小说中的人物用实名还是用假名这一问题，我还是决定采用假名。……这是超越于事实本身的一种虚构。因为我若是采用真实的名字，而让人产生一种幻想的话，反而不利于小说的展开。就拿臼井吉见的实名小说来说，正因为人们都了解在里面登场的人物，所以，首先会感受到一种趣味性，而不是小说纯粹的艺术性。这种情况正是我想极力去避免的。”[1]

有关作品的构思、作品的虚构性等问题，弥生子在小说开始连载时，做了这样的交代：

　　……我没有写自传的资格。我和别人不一样的地方，也就是多活了些时间而已。在我的人生历程中，我经历了“日清战争”（指中日甲午战争——引者注）等数不胜数的战争，但我只是一个旁观者。及至二战战败这一日本历史转折点，我都是很幸运的。

---

[1]　野上弥生子『野上弥生子全集第Ⅱ期』第二十六卷、岩波书店、1991 年、444 頁。

虽然我的家和别人一样都被烧毁了，但是我躲过了原子弹的轰炸，也没有在战争中失去自己的孩子。所以，在这场有数百万牺牲者的灾难中，我是很幸运的。虽然我没有过大富大贵，但也未曾沦落到食不果腹的地步。虽然是私立大学，但我的丈夫好歹也是在大学教书的学界的一员。我作为他的妻子，同时又作为孩子的母亲，就这样不急不慢地从事文笔工作。我的生活好像一条河流一样缓缓地流淌至今。就像河流有缓急一样，在我的人生长河中也不是没有深渊与急流，但这是世界上人人迟早都会遇到的事情，所以我觉得没有写下来的意义。

但是，在这漫长的岁月中我所偶然接触过的人中间，有不少都是特立独行的人。因此，我觉得若写下与他们的交往，就会使这部作品并不仅仅限于一部个人的回忆录，而对日本明治时期的社会史、女性史来说都会是有用的吧。话虽如此，但是我又该从哪里开始写呢？自传一般都是从童年时代开始写的。……我决定至少要从我的摇篮时代开始写。如果再进一步解释的话，那就是我的精神摇篮。

我在后来，越想越觉得进入到明治女学校学习是不可思议的。我在女学校普通科和高等科的六年时间，那里确实可以称为我的精神摇篮。这也是我后来越来越强烈地意识到的一点。在当时，这所女学校是颇为与众不同的，它更像私塾而不是学校。从地理上来看，它又像是远离市井的森林中的一个共同体。而且，在那里学到的东西，是和一般的女学校不同的。还有当时学校发生的一件不同寻常的事情，不但让我在懵懂中知道了神灵的存在，也让我开始思考人类与社会。因此，我觉得还是要首先从那里开始写。

……同样地，在当时的女学生眼中造成巨大冲击的事件以及当事人，在我现在看来又有了不同的感受。到底哪一个是真实的呢？或许每一个都是真实的，又或许每一个都不是。基于这样的一种思考，我做出了最后的决定。……我决定采用以虚构为主的创作手法。①

在上述引文中，弥生子再三提及明治女学校，并将这所学校作为自己的"精神摇篮"，可见明治女学校之于弥生子的特殊意义。正是基于这一考虑，弥生子开始创作长篇小说《森林》。后来，在将《森林》的第十三章《崖》的原稿交给新潮社后，弥生子在1981年5月27日的日记中写下了对作品未来的展望和担忧："我打算下一次就把这一部分写完。那是因为我在写完她在明治女学校的求学经历之后，还想把那个农村女孩一生命运中的启示也写进去的缘故。即便《森林》会成为我的自传性的作品，那也只不过是我所迈出的第一步而已，但是恐怕我的年龄可能已经不允许我再继续去整理那之后的事情了吧。但是，我若是还能保持着那份热情与期待，说不定也还有机会。"②之后，在1984年4月的日

① 野上弥生子『野上弥生子全小説 14』、岩波書店、1998 年、6-8 頁。
② 野上弥生子『野上弥生子全集第Ⅱ期』第十七巻、岩波書店、1990 年、513 頁。

记中，弥生子写道：“内村先生书斋的那一部分我已经写得差不多了。我想在这之后就该菊地加根登场了。”① 尽管弥生子一再表明了想要继续创作的意愿，但随着 1985 年弥生子的离世，小说也就定格在菊地加根从普通科毕业即将升入高等科的这一时刻。

二、长篇小说《森林》及对《森林》的评价

如上所述，《森林》是弥生子以在明治女学校的求学经历为素材创作的、真实与虚构融于一体的自传性小说。明治女学校时代是弥生子长达八十年的文学生涯的起点，也是她的精神故乡，对于她心灵的成长、社会视野的开阔以及批判精神的形成都有着不可替代的重要意义。但是，它又并不仅仅是弥生子对自我精神历程的回顾，同时还涉及对社会时代环境、历史人物的刻画以及对历史事件的思考，是一部融合了个人、时代与社会的有着开阔视野的社会史与女性史。

作品以菊地加根为女主人公，通过她的视角来观察社会时代浪潮下明治女学校及其周边人物的命运变换，其中既有对于时代浪潮裹挟下的个人命运的追寻，又有对于明治女学校命运的探究和对于激荡的时代与社会的思考。菊地加根是一个来自九州的十六岁的农村姑娘，她在山下潇雨的介绍下来到一所推崇基督教的日本女学院上学。校长冈野直巳是热衷于传教的基督教徒，有

---

① 野上弥生子『野上弥生子全集第Ⅱ期』第十七卷、岩波書店、1990 年、692-693 頁。

着强大的人格魅力。他所负责的《新女性》杂志，否定日本历来的男性中心主义思想，强调男女在人格上的平等。学校的道场为胜海舟所捐赠，伊庭想太郎曾在此教授剑道。他们都是德川幕府的遗臣，骨子里还保留着幕府时期的那一套伦理道德。筱原健是来自地方上的校长的崇拜者之一。他专心学习画画，但是与女学生的日常交往，却搅动了彼此内心的情感世界。最终，他决定接受基督教的洗礼并出国留学。日本女学院原本为田村哲及其妻子澄子所建立。但后来的火灾，将这所学校十年来的积累付之一炬。田村的继任者便是现在的校长冈野。表面上，他们两人对待婚姻与爱情的态度截然相反。田村在妻子去世后不久便再婚，而冈野则对去世的妻子念念不忘，选择了单身生活。但是，表面上对妻子念念不忘的冈野，却在后来与女学生的交往中曝出了丑闻。伊庭想太郎刺杀议长星亨成为一则轰动性的社会事件。在对幕府时代武士阶级伦理道德的认同这一点上，冈野直巳与胜海舟、伊庭想太郎似乎是站在同一立场上的。加根的内心发生了变化，她在不断地思考着这所学校的命运。园部晴美是加根在学校里的好友。校长将对侍女的回味与园部晴美的影像重合在一起，最终两人发生了男女关系。信奉基督教的加部圭助，控制不住心中对园部晴美所产生的欲念，为此苦恼不已。园部晴美把自己与校长的关系和盘托出后，加部怒不可遏并将校长砍伤，后又向内村鉴三求助。这时的内村将全部精力放在圣经的钻研上，认为人类现在能做的也就只有祈祷了。由于弥生子的离世，小说到此戛然而止。

这部作品给人的一个比较强烈的感觉，就是与弥生子的个人经历的高度吻合。比如，菊地加根就是弥生子本人的化身，而日本女学院就是明治女学校的化身。其中，有一部分人用的真名，如伊庭想太郎、胜海舟、内村鉴三等历史名人，有一部分用的虚构的名字，比如明治女学校相关的田村哲、冈野直巳等，是木村熊二、岩本善治等人的化名。弥生子之所以要这样处理，恐怕是要有意识地减少人们的猎奇趣味，进而试图提升作品的艺术品位。而事实上，这样的操作也的确在保留作品的艺术性方面起到了一定的作用。

对于这部作品，有多位评价家从不同的角度给出了较为正面的评价。濑沼茂树曾评价道："这是一位八十八岁至九十八岁高龄的人，耗费十年心血创作而成的作品。我认为这在我们整个国家来看都是少有的作品，也是一部作者多年的精心之作。"[1] 加贺乙彦也曾高度评价道："《森林》所达成的艺术成就兼具高度与深度。野上弥生子作为长篇小说家，凭借《真知子》《迷路》《秀吉与利休》等作品而构筑起自我的艺术宫殿，同时又深入挖掘了自己作为小说家的根源。"[2] 相比而言，古庄由纪子的评论则更为具体："在小说中，以校长岩本善治为代表的诸多有名或无名的人物纷纷以真名或假名出场，都一起成为小说中的人物。除此之外，小说还

① 瀬沼茂樹『野上弥生子の世界』、岩波書店、1984 年、229 頁。
② 加賀乙彦「野上弥生子の長編小説—「森」によって完結された円環」、『新潮』81（6）、1984 年 6 月、245 頁。

极为鲜明地描绘了女主人公菊地加根故乡的大家族及其与东京财政与经济界的关联，加根所寄宿的叔父的家庭，及其与故乡大家族的关系。而且除去对加根的描写外，小说还描绘了她的同学园部晴美和居住在森林小屋里学习画画的学生筱原健与各自家族的纠葛。这一始于《真知子》，后在《迷路》中充分运用过的艺术手法，现在被运用到这部小说中。弥生子在这部小说中立体地描绘出东京与地方、背井离乡之人与故乡的复杂关系，进而呈现出社会的整体面貌。"① 的确如论者所言，这种社会意识、社会视野，在弥生子后期的《迷路》《森林》等作品中体现得较为明显。

三、明治女学校是岩本善治思想与精神的外化

这部作品的舞台背景明治女学校，曾多次被弥生子称为自己的"精神摇篮"。那么，弥生子在晚年创作的《森林》中，是怎样描绘明治女学校的呢？又是如何看待明治社会文化语境中的明治女学校的呢？在《森林》的作者弥生子看来，那时的明治女学校受到岩本善治，也就是作品中的冈野直巳极大的影响，几乎可以说是岩本善治精神与思想的外化。

这首先体现在岩本善治的自由平等思想方面。岩本善治作为一位基督教徒，创办了日本最早的女性杂志《女学杂志》，基于基督教精神主张自由、平等的办学理念，倡导女性解放。这些思想也体现在岩本善治主导下的明治女学校的办学理念以及教育实践

---

① 古庄ゆき子『野上彌生子』、ドメス出版、2011 年、254 頁。

中。其中，下面的一段描述，就比较有代表性："作为基督教徒，冈野直巳年轻时热衷于传教。在从日本女学院的前校长手中接手学校之前，他就已经是其中的教师和共同的经营者，同时又是杂志《新女性》的发行人。他否定日本历来的男性中心主义思想，主张即便女性在家庭、社会从事与男性不同的工作，但作为人的价值与权利是平等的。在此之前，森有礼乃至福泽谕吉已通过自己的婚姻证明了这一点。只不过，他们对女性教育的提倡，仍旧服务于日本将来的发达与进步这一富国强兵的理念。与之相对，冈野直巳的新式贤妻良母主义则重视人格的纯粹。在这背后，是其作为基督教徒的那种强烈的信仰热情。不仅如此，关于明治30年来在精神、教育、文化、社会的方方面面引发的诸多时代问题，其主笔的《新女性》并未局限于妇人领域，同时也是以整个社会为对象的综合杂志。"① 这就表明了冈野直巳是基于基督教的自由平等精神，来宣传自己的主张和管理这所学校的。而且，冈野直巳有着很强的自主性。他的学校既不受外国教会势力的支配，也不接受日本文部省的管理。他和学校的老师有着共同的信念，不去理会社会上的繁文缛节。对于菊地加根来说，这所学校更像是一所有着共同理念的人所组成的"森林共同体"。所谓"森林共同体"，指的就是位于森林中的学生与教师的共同体。那么，这个所谓的共同体，是以谁为中心的呢？文中这样写道："他们是基于基督教式的人文主义这一根本教义，而团结在冈野直巳周围的同伴。

① 野上弥生子「森」、『野上弥生子全小说 14』、岩波书店、1998 年、28-29 页。

但是，他们中的每个人在性情、阅历、爱好等方面又有很大的不同。正是依靠这种不同，他们互相之间保持了一种平衡。"① 这所学校、这个共同体的中心人物，就是校长冈野直巳。在他的管理下，学校里充满了平等而又开放的氛围，令人感到新奇而又舒畅。在这个意义上就可以说，明治女学校是岩本善治，也就是作品中的冈野直巳的自由平等思想的外化。

其次，还体现在岩本善治对幕府时代的武士伦理道德的认同方面。原本，对基督教自由平等思想的信奉与对武士伦理道德的认同是格格不入的，但是，这种对立却在岩本善治这里得到了调和。他一方面推崇基督教的自由平等思想，另一方面又迷恋日本的武士伦理道德。这种略显矛盾的调和，也体现在明治女学校的教育教学实践中。明治女学校有一个道场，是幕府遗臣胜海舟所捐赠的。众所周知，胜海舟是一位江户幕府的遗臣，对于维新政府是颇有微词的。岩本善治与胜海舟有一定的来往，并且在胜海舟去世后，编辑过他的相关文献。在学校道场正式启用之际，岩本善治特意邀请伊庭想太郎前来授课。伊庭想太郎教授剑道，也是一位幕府遗臣。岩本善治与胜海舟、伊庭想太郎这三位认同于武士伦理道德的人就以这样的方式有了交集。文中写道："德川家康取得天下后长达三百年的统治，就这样转让给粉墨登场的明治政府。一介老翁（伊庭想太郎）站在政权的外围，对其投以辛辣的批判。而作为基督教徒、教育家与文人的冈野，与他接触的契

---

① 野上弥生子「森」、『野上弥生子全小説 14』、岩波书店、1998 年、118 页。

机，对于学生们来说是无法理解的。人们都知道在去年去世的胜
海舟是学校重要的支持者，而且也是冈野本人所崇拜的，并长年
服侍其左右之人。海舟所捐赠的道场之所以选择想太郎负责，据
说也是基于这层关系。"① 之后，作品中写了伊庭想太郎刺杀议长
星亨这一冲击性的社会事件。这是日本历史上真实发生过的事件。
尽管伊庭主张这是替天行道而非出于私人恩怨，但他的野蛮做法
本身就是武士伦理道德的体现。而冈野直巳对此表现出的极度认
同的态度，更让加根去思考德川幕府与明治政府这一时代与思想
的转换所遗留的问题。冈野直巳甚至在学生面前亲自示范武士杀
人的步骤："'这种顺序意味着什么？诸位必须首先了解这一点。'冈
野校长反复强调这一点。这种杀人方法，正是昔日武士刺杀显贵
时的礼仪作法，冈野直巳说道。他不仅仅是在说，同时也在亲身
示范。……在早上那昏暗的环境中，他的示范带给听众们身临其
境之感。加根觉得不仅先生的训话如此恐怖，就连校长本人似乎
也变成某种令人恐怖之人。"② 这便将冈野直巳对幕府时代武士伦理
道德的认同推向极致，同时也呈现出冈野（岩本）的两面性：一
方面基于基督教平等思想，主张人的价值与权利，但另一方面又
极度认同幕府时代的武士伦理道德。

此外，岩本善治对明治女学校的影响，还体现在冈野直巳那
基督教徒表象之下的内心欲念这一点上。表面上看，冈野直巳与

---

① 野上弥生子「森」、『野上弥生子全小説 14』、岩波書店、1998 年、46 頁。
② 野上弥生子「森」、『野上弥生子全小説 14』、岩波書店、1998 年、
210-211 頁。

学校的创建者田村，对待亡妻的态度有很大的不同。田村没多久就迎娶年轻貌美的后妻，冈野却表现得始终难以忘记妻子。但是，基督教徒冈野直巳所受到的胜海舟的影响，是不能忽视的。胜海舟对幕府的认同，影响了冈野直巳，同样的，胜海舟放荡的私生活，也在潜移默化中影响着冈野直巳。冈野直巳内心潜藏的欲念，在与女学生园部晴美的交往中呈现出来。园部晴美是女学院的一名学生。她为自己的身世感到苦恼，并向冈野直巳倾诉。这在拉近他们距离的同时，也让晴美成为校长亡妻的替身，或者也可以说是欲念的化身。就这样，作为基督教徒的冈野直巳，将其潜藏的欲念投射于女学生身上，从而做出背德行为。最终，冈野直巳在灵与肉的纠缠中败下阵来。起码在弥生子看来，这位看似虔诚的基督教徒并未能完成对肉体的超越。加部也是被这所森林学园所魅惑的年轻人之一，其内心世界被对基督教的信仰和对晴美的感情所撕裂。在冈野直巳与内村鉴三之间，他更倾向于向冈野倾诉内心的痛苦。或许在他看来，有着浪漫主义情怀的冈野更能帮他调和严肃的宗教信仰与人类欲念之间的纠葛。他向晴美求婚，企图以此来消解自我的精神危机。就在他准备向冈野倾诉之际，晴美在信中的坦白点燃了他内心的怒火。他不能允许这种恶魔存在于世界上。文中写道："他（指冈野直巳——引者注）的这种行为不但没有人去制裁，他那拥有无与伦比的教育理念的人格还被人们所崇拜。这种不正当、不合逻辑以及这样的冒犯难道是被允许的吗？他比恶魔更加邪恶，徒有人的外表，而毫无存在性可言。"① 在这里，作者通过加部道出对冈野直巳的审视：尽管冈野直巳身为基督教徒，有着为人们所崇拜的高尚人格与魅力，但其未能战胜内心所隐藏的欲念。

　　如上所述，岩本善治，也就是作品中的冈野直巳的自由平等的基督教思想、对幕府的武士伦理道德的极度认同及其基督教徒的表象之下潜藏的欲念，都在明治女学校的教育教学实践中有所体现。也正是这些，在一度为明治女学校带来兴盛的同时，也在很大程度上将其带向衰落之路。再加上外部社会环境的冲击，尤其是日本女子大学的成立，给这所学校和里面的人们带来巨大的危机与焦虑感。尽管日本女子大学的校长与岩本善治同样有着基督教背景，但是女子大学得到了政府以及社会各界的大力支持，所以两所学校在财务方面是不能同日而语的。就这样，明治女学校在时代浪潮的冲击下逐渐走向衰落。正如桶谷秀昭所言："这所学校在三十年代里仍旧延续着文明开化所带来的'和魂洋才'所象征的矛盾。而且，这一矛盾冲突在后来呈现出更具时代意义的形式，那就是明治女学校在与不久之后创立的日本女子大学的竞争中所遭遇的败北。"②

---

① 野上弥生子「森」、『野上弥生子全小说 14』、岩波書店、1998 年、539 頁。
② 桶谷秀昭「小說「森」の歷史意識—野上弥生子「森」」、『文学界』40（3）、1986 年 3 月、306 頁。

第七章　弥生子小说的艺术特色

每个作家在其一生的创作中，都会呈现独特的艺术特色，这些艺术特色也是该作家独特的身份标识。那么，作家弥生子的艺术特色又是怎样的呢？纵观弥生子的创作生涯，她的文学特色大体上可以归结为清淡平和的写生文文体、书信体与日记体叙事、对社会与时代的理性观照这三个方面。

第一节　清淡平和的写生文文体

写生文是依靠写生而将客观对象原原本本地描摹下来的一种文体。在日本明治时代中期，西方绘画中的"写生"这一概念传入日本，并被运用到文学创作中去。正冈子规最初运用这一西方概念来促进日本俳句的现代化，后来倡导将这一理念应用于小说的创作中。随后，在正冈子规和高浜虚子等人的提倡与努力下，写生文逐渐以《杜鹃》杂志为中心发展起来，并在日本小说的白话化以及"言文一致"运动的推进方面起到了重要作用。

写生文最初被称为"叙事文""小品文",主要发表在《杜鹃》杂志上。最初有正冈子规的《小园记》(1898)、高浜虚子的《浅草寺面面观》(1898)等尝试运用"写生"这一技法的文学作品。之后,这一创作理念逐渐普及到小说创作中。比如,夏目漱石的《我是猫》(1905—1906)、《草枕》(1906),高浜虚子的《风流忏法》(1907),伊藤左千夫(1864—1913)的《野菊之墓》(1906),以及长冢节(1879—1915)的《土》(1910)等,都是"写生"这一文学技法在小说创作领域中的运用。之后,写生文派作家不断涌现,其中就有寺田寅彦(1878—1935)、铃木三重吉(1882—1936)、野上弥生子等作家。弥生子作为夏目漱石的学生,也在崇尚写生文的《杜鹃》杂志上连续发表作品,她也正是在这一文学理念的影响下开启创作之路的。

写生文兴起之初,日本已经有二叶亭四迷(1864—1909)、山田美妙(1868—1910)等人进行了"言文一致"的尝试。但在他们的文章里,仍旧保留了太多传统文章的影子,尤其是保留了传统文章中那种过多的修饰性辞藻,并受汉文和拟古文的影响较大。写生文的兴起,促进了日本"言文一致"运动的发展。写生文所运用的是当下的日语口语,也就是汉语中所说的白话文。这样一来,写生文就可以将事实简洁明了地表现出来。写生文所特有的细腻的描摹,就像排列好的一组组镜头一样,使得读者能够跟随作者的视角,身临其境地去感受其笔下的风景,从而更加能够引起读者的共鸣。正如江藤淳所言："写生文从美文这一范畴中解放出来，有着更加接近于白话的语言风格，所以这是一种有着普遍性的新型文体。而且，不论人们的教养如何，也不论所要应用的对象如何，人们都可以去使用它。"① 就这样，写生文的兴起为日本文坛吹入了一股新风，推动了小说的普及与读者群的扩大，更推动了日本文学的现代化进程。

1899 年，正冈子规写下一则写生文风格的随笔《等待吃饭的那段时间》。尽管这是他为了打发等待吃饭之前的那段时间而写下的文章，但是将院子中的风景与人物都活灵活现地呈现了出来，体现出写生文所具有的特色，所以是一篇比较典型的写生文。现将文章的开篇部分引用如下：

我从很早以前就有不吃早饭的习惯，所以我作为一个病人，每天都在午饭之前已经饿得不行了。今天的正午铃声早已响过，但是饭还没做好。在我枕边既没有书又没有砚台，什么都没有，就连一张报纸都没有。没办法，我只能在坐垫上支起手肘托着脸，心不在焉地望着院子。

或许是受到前天台风的影响，天空仍旧显得阴沉。前面那并排着的十株鸡冠花虽然受到台风的影响，但是现在又立起了鲜红色的鸡冠。一株雁来红伸出美丽的树叶，映衬在晾晒着的白色衣服上。好像有一颗荭草长得出奇地高，它那淡红色的花又覆盖在

---

① 江藤淳『リアリズムの源流』、河出書房新社、1989 年、16-17 頁。

雁来红上面。①

　　现在读来，人们或许会感到这段文字稀松平常，但在当时却能够带给读者清新的气息。这是一种新式的文体和写作技法，以口语化的日语将作者对日常生活的观察呈现出来，从而使得读者能够与作者以同样的视角去体会作者笔下的风景以及作者想要传递出的那份平和的情调。而且，作品的行文中省去了传统文章中烦琐而又冗长的修饰性辞藻，用一种简洁而又明快的句子传递出作者的观察与思考。弥生子公开发表的第一篇小说《缘》（1907）就是这样一篇写生文式的作品。她的这部作品先是经由夏目漱石的指导，后在他的推荐下发表到《杜鹃》杂志上。当时正是自然主义文学风行日本文坛之际，夏目漱石所写的评论就反映出他在当时的大环境下对这篇小说的认可：

　　我手头有一篇很有趣的小说《缘》，现在推荐给《杜鹃》。不论从哪方面看，《缘》都是出自女性之手，而且写出了明治才媛们未曾写出的情趣。我曾将《千鸟》推荐给《杜鹃》，所以我也不能对《缘》置之不理。我希望广大同仁们来阅读它。
　　现在，一些喜欢小说的人或许会认为它很无聊。似乎有很多这样的人——他们就好像咕噜噜地煮好鲍鱼汁，然后吃到吐，紧接着半夜又肚子疼——如果阅读文学作品不经历这般苦闷，便好

① 正岡子規『子規全集』第十二巻、講談社、1975 年、335 頁。

像缺点什么。还有一些人就是说要涉及人生啦什么的。……在这样的大环境下，我很庆幸有此文作者的出现。能够真心"欢迎"此小说的，我想也就只有《杜鹃》杂志了吧。因此，现将《缘》这篇小说献上。①

夏目漱石意识到当时自然主义风潮在日本文坛的流行，他有意识地将这一篇写生文风的作品推荐到写生文的重要舞台《杜鹃》杂志。他试图以此来对抗充斥于文坛的自然主义风潮，也体现了他对这部作品价值的肯定。《缘》讲述了十八岁的寿美子来到乡下祖母家，听她讲述自己父母恋爱与婚姻的故事。作品中并没有跌宕起伏的情节，只是将故事平缓地娓娓道来，其间洋溢着一股明快而又恬淡的情调。作品中那舒缓的笔调、细致的观察以及充满生活气息的对话有机地融合在一起，烘托出少女的顽皮与好奇以及她对自我命运的憧憬，从而营造出一种明快而又清新的氛围。比如，在小说《缘》中有如下一段关于祖孙二人剥栗子情景的描述：

这时，寿美子在寺庙柱子边上铺上花纹坐垫，和奶奶两个人开始剥栗子。这些栗子是胜隆寺的和尚今天早上做完法事后，在后山回来的路上发现的。他觉得这些对于熊本的小姑娘来说比较稀罕，所以在大铁钵里装满之后，特意亲自拿过来的。每一粒的

---

① 宇田健「解題」、『野上弥生子全小説１』、岩波書店、1997 年、443-444 頁。

果实都很饱满，而且很硬。寿美子用刀尖把那层硬硬的外皮削了之后再剥，剥了之后再削。虽然她看着奶奶剥起来好像很容易，但是她并不习惯这些，所以还是费了很大劲。那些剥下来的栗子皮戳到指甲里，她感觉很痛。她那像白百合花的花瓣那样美丽的指尖，也像涂了深红色指甲油一样变得通红。①

这是小说中寿美子与祖母剥栗子的一段场景描写。作者将这组场景原原本本地呈现出来，尤其是对其中人物的动作观察得细致入微。整篇小说就以这样的观察视角与创作手法，将多个场景串联起来，从而使得作品有了一种恬淡的情趣。在《缘》公开发表之后，弥生子陆续创作了《七夕》（1907）、《佛座》（1907）、《紫苑》（1908）、《柿羊羹》（1908）、《池畔》（1908）、《女同伴》（1908）、《闲居》（1910）、《家犬》（1910）等一系列写生文风的作品。这些作品大都篇幅短小，并不重视故事情节的架构，而是着重从日常生活中提取素材并进行观察与描摹。作品中也少有作者的价值判断与主观情感的掺入，只是力图将作者观察到的情景原原本本地呈现，充满了清淡平和的情趣。比如，在《女同伴》中有下面一段情景的描述：

菅和龙一在宇都宫站前面一点的一个小停车场下了车。她们从那里坐上晃得厉害的人力车，穿过一个村庄后就来到庄稼地边

① 野上弥生子「縁」、『野上弥生子全小説1』、岩波书店、1997年、4頁。

上。庄稼地里百姓们那包在头上的头巾和竹草帽时隐时现。有位老爷爷在路边地里挥舞着锄头。在这两辆人力车来到跟前时，他突然向龙一那边的车夫喊了几句话。那个车夫就回了他几句，但是没有停车。紧接着那个老爷爷又说了几句。就这样，拉车前行的车夫和庄稼地里的老爷爷之间开始了奇怪的对话。但是不一会儿，随着两人之间的距离变得越来越远，他们说话的声音也就相应地越来越大。最终，车夫用一种让人吃惊的吼声回答"知道啦"，也就结束了他们之间的对话。①

　　这同样是一个日常生活细节的描绘。读者在读完这段话之后，自然会在头脑中浮现出其中的场景，体验到一种日常生活中的情趣与真实感。随着创作经验的积累与人生体悟的丰富，弥生子的文学作品逐渐在写生文的基础上有了改变。她的作品不再仅仅局限于对日常生活的描摹，而是尝试着去构建更加复杂的故事情节，增加更多的叙事内容。同时，她的作品中对社会、人生的观察逐渐增多，而且其思想性也逐步加深。这是弥生子在写生文创作基础上的提高，也体现了她在文学创作方面的进步。中篇小说《父亲和他的三个女儿》（1911）就体现出她的这一转变。尽管里面还保留着写生文的特色，但是无论从作品中那众多的人物塑造以及复杂的情节，还是从作品与社会和人生的密切程度来看，都能发现弥生子在小说创作方面的这一转变。在这之后，弥生子仍旧不

---

① 野上弥生子「女同士」、『野上弥生子全小説 1』、岩波書店、1997 年、134 頁。

时地创作那种客观描写自然环境与日常生活的写生文。比如,《虫干的半日》(1911)、《秋之一日》(1912)、《巳之吉的一天》(1912)等。但是,她的创作开始呈现出写生文式的创作与偏重于社会与人生的创作交替出现的情形。这反映出了她对社会与人生思考的加深,以及对于人类内心世界的探寻。她以自身体验为素材创作的《新生命》(1914)、《五岁儿》(1914)、《父亲之死》(1915)以及《写给母亲的信》(1919)等作品均体现出这一转变。虽然这些作品打开了弥生子创作生涯的新局面,但其中融入的写生文这一文学技法也是不能忽视的。因为在这一系列描述新生命的作品中,她对于新生命外在行为以及内在心理的细致观察与把握皆源于此。比如,弥生子在《五岁儿》中对于婴儿喝奶情景的一段描述就体现出她对婴儿的细腻观察:

> 海野对抱在怀里的婴儿说:"要喝奶啦。这可是你第一次喝哦。"然后她就把婴儿放到母亲身边,让他含住乳头。这时敏锐的味觉好像忽然苏醒了一样,婴儿就开始他那微妙的本能活动了。周围的人们——护士和女佣等三人——好像被那种不可思议的造化之妙深深地吸引住了一样,呆呆地注视着这个婴儿最初一次喝母乳。[①]

这是对于一个年轻母亲给婴儿哺乳情景的描述。这里有对婴

---

① 野上弥生子「五つになる児」、『野上弥生子全小説 2』、岩波书店、1997年、161頁。

儿的细致观察，而且对周围人们神情的描述也显得很真实与贴切。正如助川德是所言："在野上弥生子的语言世界中，不论是其表现、构成、主题还是描写，都是较具常识性的。那是一个凭借唯一的方法，也就是'观察'这一方法所支撑的世界。"① 此处的"观察"这一写作技巧，显然是来源于弥生子在创作写生文时所积累的经验。《海神丸》（1922）的问世，显示了弥生子在创作上的飞跃，并为她赢得了文坛上的知名度。这篇小说的成功并非偶然，其中弥生子这些年所积累的写生文的创作经验就是其中一个主要因素。《海神丸》真实地再现了这次海难事件。作品将船员们置于极端恶劣的自然环境中，描摹出人性中的丑恶以及信仰所带来的精神救赎。弥生子在作品中将写实推向极致，并且在字里行间不掺杂任何主观感情，从而使得行文简洁、干练而没有一丝拖沓的感觉。显然，她的这种不掺杂任何主观感情的文风、客观的写实，与其初期写文的写作有着密不可分的关联。

《大石良雄》（1926）是弥生子创作的涉及历史题材的小说。小说以细腻的心理描写刻画出大石良雄纠葛与挣扎的心路历程，从人性的角度对历史人物进行了重新建构。在这部作品中，弥生子的视角由对外部世界的观察转为对人物内心世界的描摹。这种视角的转换同样与写生文有着紧密的联系，因为它只不过是将写生文所要求的描摹对象由外部世界转向内心世界。在这之后，弥

---

① 助川德是「野上弥生子の初期作品—「観察」の構造について」、『名古屋大学教養部紀要 A 人文科学・社会科学』20、1976 年 3 月、225 頁。

生子又相继创作了《真知子》（1928—1930）和《年轻的儿子》
（1932）。这两篇小说都以人物的内心世界为重心，尤其是刻画出
了意识形态影响下的人物内心世界的纠葛冲突。这种探索人类内
心精神世界的创作动向，是弥生子在创作脉络上的延续，同样与
其先前的写生文创作密不可分。

　　长篇小说《迷路》（1936—1956）的创作前后耗时二十年时间，
详细地描绘了一群左翼知识分子在运动失败后所面临的不同命运
与自我救赎之旅。作品中对"转向"者痛苦的内心世界的刻画，
对资产阶级颓废而又奢靡的生活方式的呈现，以及对中国战场的
描摹，都显现出写生文式的创作痕迹。1963年创作的《秀吉与利
休》（1962—1963）将秀吉与利休这两位历史人物的内心世界刻画
得淋漓尽致，并呈现出丰满的人物形象。尤其是作品中对于他们
之间微妙关系的把握，体现出弥生子对人物内心世界的洞察。《森
林》（1972—1984）作为弥生子的最后一部小说，是其对自我成长
历程的回顾，在明治社会史与女性史上都有着重要的意义。作品
以加根为视角人物，对那个年代的社会、历史、人物与事件等进
行了冷静而又客观的观察与分析。而这一创作技巧正是源于贯穿
于弥生子创作生涯的写生文风的创作手法。濑沼茂树曾对此评论
道："弥生子那由写生文所培育起的精致的描写与表现能力，在她
中年以后，在其想象力的映衬下而愈加精湛，直至晚年而达到成
熟。而且如果再将其随笔感想里那些直言不讳的文明批判联系在

一起考虑的话，弥生子堪称明治以来日本女性文学的第一人。"① 在这里，濑沼茂树不仅指出写生文的创作技法在弥生子文学创作中的重要作用，而且将其与弥生子的文明批判联系起来思考，从而给予弥生子颇高的评价。写生文注重对客观对象的细致观察，而当对象变为社会文明时，弥生子的创作技法便演化为对文明的批评。

综上所述，自创作之初，写生文的创作就成为弥生子的侧重点。写生文培养了弥生子在写作方面重视细致观察与写实的创作风格，这一创作风格贯穿于弥生子的整个创作生涯。在这之后，弥生子的作品逐渐摆脱写生文的单一结构，具备了更加复杂的故事情节，并在人物内心世界的刻画、作品的社会性与思想性等方面不断加深。与此同时，写生文的创作风格仍旧保留了下来，成为弥生子文学创作中不可或缺的重要元素之一。

第二节　书信体与日记体叙事

书信体与日记体小说，是指以书信或日记为基本表达形式与结构的小说。这类小说多采用第一人称的叙述方式，依靠主人公的所见所闻来推动人物形象的塑造以及故事情节的展开。因为文中多为第一人称"我"的亲身经历，所以会伴随着一种较为强烈

---

① 瀬沼茂樹「野上弥生子全集の編纂について」、『野上弥生子全集月報合本』、岩波書店、1985 年、5 頁。

的真实感，从而拉近与读者的距离。这类小说所对应的叙事方式可以称为书信体与日记体叙事。这正是弥生子在其创作生涯中所经常采用的一种叙事策略。弥生子将她与友人的书信以及自己的日记进行艺术加工后，创作了多部书信体或日记体小说。比如，《来自曙之窗》（1912）、《写信的日子》（1914）、《K男爵夫人的遗书》（1915）、《命运》（1916）、《写给母亲的信》（1919）等。在这些小说中，弥生子以书信或日记的形式去进行故事情节的构建与人物形象的塑造，从而传达出主人公复杂而又细腻的个体感受。

书信体与日记体叙事都属于比较传统的叙事手法。它是第一人称叙事方式的变格，偏重于人物的主观抒情及其内在心理真实的开掘。因此，它多以虚拟的时间架构来表现人物零碎而又隐秘的内在情感，同时又有着对人物心理真实的追问以及人物对自我灵魂的拷问。它所展现出的矛盾重重的内心世界，能够多角度地叩击读者的心扉，引导读者设身处地地体味人物的内心情感，从而增强文章的艺术感染力。弥生子正是借助这一叙事策略，将主人公那复杂而又细腻的内心情感淋漓尽致地呈现出来，进而引发读者的感悟和思考。下面笔者结合其创作历程来分析弥生子对这一叙事策略的运用。

《来自曙之窗》（1912）是弥生子的第一部书信体小说。小说主要讲述了女主人公光子的学生生活以及她在面对恋爱与婚姻时的疑惑与思考。全篇由光子写给龙子的八封书信组成，并采用了第一人称独白这一叙述方式。比如，作品中这样写道：

你也知道，两个月前丹羽阿姨所提起的那件婚事。我因被牵扯其中，而挣扎着想从里面逃脱出来。当时我的第一感觉是，这还不是我应该去做的事情。如我所愿，我暂且从那个漩涡中挣脱了出来，这样我也算放心了。这段时间，我可以像往常一样，无忧无虑地专心学习了。我的求知欲被重新唤醒，有太多想学的东西。我在以前也这样跟你说过，我在那个时候的想法确实是那样的。因为你也知道，在我写给你的信里面，是没有半句谎言的。但是这段时间以来，我内心深处的想法却与之前有了很大的不同。当注意到这一点的时候，我感到很震惊。因为我根本没有从那时的漩涡中摆脱出来。相反，我正一步步深深地陷入那个漩涡当中。这是怎样的一种变化啊。这几周的时间，对于我来说就像过了十年那样久，而且我觉得自己好像有种重新成为人类的感觉：亚当、夏娃。亚当和夏娃，在小时候，我从母亲告诉给我的故事中听过这两个名字。然而，现在这两个人带着诸多新的愿望、疑惑、喜悦、悲伤与恐惧出现在我的面前。我思考过这两个名字很多次，也曾经像对待考试试题那样，严肃而又认真地去思考与这个名字相关的谜团、权力和命运。①

　　这是作品中的第八封信中的一段。这一段凭借女主人公的第

————————
① 野上弥生子「曙の窓より」、『野上弥生子全小説 1』、岩波书店、1997 年、392-393 頁。

一人称内心独白，将其内心复杂的思绪、强烈的情感较好地表现了出来。这时的读者就仿佛成了书信的倾诉对象而被带入到小说当中，依靠自我的人生体验与感受来参与小说的再创作。

《来自染井（一）》（1914）以书信的形式记述了作者与好友一天的愉快生活，而《来自染井（二）》（1914）则讲述了作者有关大扫除的感想。这两部作品篇幅不长，都以第一人称的书信形式写成，充满了一种明快的格调和对于生活的喜悦之情。作者仿佛与读者面对面一样，将故事娓娓道来。这种第一人称书信形式的写作方法，能够调动起读者的阅读兴趣，更好地传递出人物的内心情感。同年9月，弥生子又先后在《新日本》和《妇人画报》上发表小说《一个女人的信》（1914）、《写信的日子》（1914）。《一个女人的信》除去前面部分的情节交代外，其余部分采取了书信体的形式，讲述了男爵遗孀在与十年前的心仪之人见面前，对自我心路历程的回顾与反省。弥生子采用书信体叙事，将女主人公从对爱情的憧憬、痛苦到淡然的心路历程刻画得淋漓尽致。《写信的日子》以三个女学生步入社会后互通书信的方式，呈现出她们对婚姻、恋爱的不同认识以及她们各异的人生轨迹。这篇小说由三个不同人物的三封书信构成，不仅出场人物增多，同时也是弥生子第一次引入多人物的交叉书信这一更加复杂的叙述方式。三封书信代表了三个人物不同的恋爱故事与人生轨迹。这不仅使得情节变得更加复杂，而且互相之间的对比也更好地烘托出小说的主题。1915年3月、4月，弥生子先后在《妇人画报》和《中央

公论》发表小说《来自故乡》《K男爵夫人的遗书》。《来自故乡》
记述了弥生子因父亲去世而回到时隔八九年的老家时的所见所闻。
小说采用了书信体的形式，通过第一人称"我"的视角，将家乡
的风土人情展现出来。《K男爵夫人的遗书》讲述了身患重病的男
爵夫人在临终前内心痛苦的告白。小说同样借助书信体的叙事策
略，将女主人公所饱受的精神上的折磨与痛苦表达出来，从而激
发起读者情感上的共鸣以及对于人物命运的同情。从以上的作品
可以看出，弥生子在创作生涯的前期就已频繁采用书信体叙事这
一策略来进行小说的创作。这一策略的运用，使得作品在人物情
感的抒发，以及人物心理真实尤其是女性心理真实的开掘方面得
到较大的提升。

　　之后，弥生子在1919年6月8日至29日，先后分20次在
《大阪每日新闻》上连载小说《写给母亲的信》。这篇小说以向母
亲汇报家庭近况的书信形式创作而成。弥生子以这种形式将孩子
们的近况汇报给远方的母亲，希望以此减缓母亲对孩子们的思念
之情。小说借用书信体这一形式，就像女儿在向年长的母亲当面
诉说一样，呈现出母亲眼中天真无邪的儿童世界。小说读来令人
忍俊不禁的同时，又能引发人们的思考。1933年，弥生子在《妇
人之友》发表小说《梦》。除去开篇由主人公的姐姐进行了简单的
剧情交代外，全文由女主人公写给姐姐的九封信件构成，前后时
间跨度为两个月。书信按照时间顺序排列，呈现出女主人公在面
临命运选择之际内心的激动、疑惑与失落等复杂心绪，从而使读

者感受到一种强烈的情感宣泄。1934 年 1 月，弥生子又在《妇女界》发表小说《命运》。小说由女主人公的七篇日记组成，这是弥生子首次采用日记体叙事这一创作方式。这些日记提供了小说的故事情节，充盈着女主人公对于爱情强烈的向往之情以及对于世俗伦理道德的无奈。同年 7 月，弥生子在《妇人公论》发表小说《潘多拉之箱》。小说以给友人写信的方式，表达了对友人那处于青春期的妹妹的同情与信任，尤其强调了人类的"希望"与让人类获得成长的"经验"所具有的重要意义。

《悲哀的珍珠》（1935）讲述了姨母纠结于自己不幸的过去，而终其一生都保持单身的悲剧故事。小说先由女主人公交代了故事的结局，然后随着姨母日记的发现，借由她的十一篇日记将其复杂的内心世界呈现出来。弥生子在这里采用了倒叙的叙事手法，将日记置于小说中，从而使得小说的情节更为复杂并且更具艺术感染力。《扫帚菜之歌》（1937）以弥生子所听说的故事为素材创作而成。作品同样采取了第一人称的叙述视角来讲述女主人公的不幸命运，表达出她对不幸命运的控诉和对世俗道德的抨击，从而让读者身临其境般地感到一种强力的情感冲击。在长篇小说《迷路》中，弥生子专门写了"慎吾的笔记"这一章，这一部分完全由慎吾的多篇日记构成。这一章作为慎吾个人的内心独白，不仅将他充满纠结、困惑与挣扎的复杂内心世界表现了出来，而且使得人物形象更加丰满，同时又与小说的主线相辅相成，推动了小说剧情的进展。就这样，弥生子将这一叙事策略运用于长篇小说的架构之中，从而开拓了作品的叙事领域，提升了作品的表现力度。

　　纵观弥生子的创作生涯，书信体与日记体叙事这一叙事策略有着不容忽视的重要意义。但同时，也不能忽视其中存在的不足之处。书信体与日记体叙事大多采用第一人称的叙述方式，这就使得作品主人公既是故事的叙述者，同时又是作品中的角色人物，进而导致故事叙述者的视角会受到角色身份的限制，即无法叙述该角色所不知道的内容，从而在一定程度上导致了叙述上的主观性。

第三节　对社会与时代的理性观照

　　弥生子的创作始于明治时代，经由大正时代而一直延续到昭和时代末期。在这漫长的职业生涯中，除去家庭与身边的日常生活体验外，她还先后经历过日本明治维新后的社会变动、大正时代各种思潮的冲击、昭和时代的动乱以及战后日本的重建等社会局势的大变动。这些社会与时代的激烈动荡，都在其文学作品中有所呈现。她对于自我家庭以及周边的日常生活，以至于社会与时代都有着相对冷静而又理性的思考。正如中村智子所言："弥生子并不是一位创作告白式私小说的作家。她是日本的女性作家中最为理性与知性的人。"①

弥生子出生于九州臼杵的一个商人家庭，富裕的家境使得弥生子可以随心所欲地去学习知识，满足自己那旺盛的求知欲。小时候，她就在地方的私塾里学习日本古典文学和汉学。进入东京的明治女学校后，她又开始大量涉猎西方原典著作。这种对于东西方知识的大量摄取锻炼了其思维，开阔了其社会视野，也成为弥生子能够对时代与社会保持冷静审视的一个重要因素。但同时，弥生子并不是一位擅长交际的作家，或者也可以说她是一位有意与外界和文坛保持了一定距离的作家。这一处世方式使她可以远离世俗的纷扰，并能时刻保持冷静而又清醒的思考。弥生子也是一个有着强烈自省精神的作家，在日常生活及其文学创作中，她会不断地反思自我、反思时代与社会，以使自己能够保持清醒的自我剖析，以及对社会与时代的冷静凝视。下面笔者主要结合她的创作生涯来做进一步的分析。

《明暗》是弥生子创作的第一部作品。当时这部作品未能发表，直到 1988 年弥生子去世后才在她位于成城的家中被发现。之后，小说全文刊载在同年 4 月份的《世界》杂志上。作为第一部作品，小说多少透露出弥生子的一些思考方式与价值取向。小说讲述了女主人公幸子拒绝世俗的婚姻，将绘画当作自己毕生追求的故事。比如，文中这样写道："幸子是闺秀画家，西洋画研究室里的唯一一位女性。她凭借着自己在绘画方面的天赋以及娇好的容貌，

① 中村智子『人間·野上弥生子』、思想科学社、1994 年、8 頁。

获得了世人很高的评价。"① 她有着明确的自我价值追求,甚至会因此拒绝男性的求婚,呈现出一个自立而又勇于实现自我价值的女性形象。可以说,作品对家族制度、婚姻以及女性职业的自觉认识所体现出的,正是弥生子对于社会现实问题的关注和冷静思考。

1910 年 1 月,弥生子生下长子秀一后成为一名母亲。之后,她又于 1913 年 9 月生下次子茂吉郎,1918 年 4 月生下三男耀三,最终成为三个孩子的母亲。在这段时间内,弥生子将视角主要置于家庭内部,先后创作了《新生命》(1914)、《五岁儿》(1914)、《小小两兄弟》(1916)等一系列取材于日常生活的作品。这些作品透过一位年轻母亲的视角,刻画出儿童所特有的内心世界与行为特点。但是,弥生子对他们的观察并没有任凭感情奔流,而是站在人类与生命的高度,对新生命以及儿童世界进行了细致的观察与冷静的思考。就这样,她的这种与观察对象保持一定的距离,仿佛置身事外一样时刻保持冷静观察与思考的创作姿态,在其创作的前期阶段已经初见端倪。

1914 至 1915 年间,弥生子失去了多位亲人。她将这些个人体验融入《死》(1914)、《父亲之死》(1915)等作品中,并对人类的"生"与"死"这类终极问题保持了冷静的思考。比如,她在《父亲之死》中如下写道:

有时候,茂子在心中都会为自己的冷静而感到吃惊。她在给

---

① 野上弥生子『野上弥生子全小説 1』、岩波書店、1997 年、554 頁。

丈夫的信中这样写道：

> 最终父亲会死吧。毕竟自一周前发烧以来，父亲腰部以下的部位都已经麻痹了。今天我特意观察了医生的诊疗，即便是用长长的针去刺父亲身体的部位，他也已经基本上没什么反应了。父亲一半的身体已经没有任何机能了，而且剩下的另一半也正在我们面前慢慢地消亡。

> 我至今从来没有见证过亲人的离世或者是像父亲这样慢慢消亡的人，而且特别是这种事情如果发生在自己最为亲近的人身上的话，那该是多么悲伤与痛苦的事情啊。我想到，那几乎需要付出最大限度的悲哀与痛苦等的情感吧。但是，现在我发现自己的想象是错误的。即便不能说完全感觉不到悲伤，但至少可以说是一种比较淡的感情。……我想到，为什么我们能在垂死父亲的病房，有那种轻松的心情呢？唯一的解释就是，我们绝不是真心地为父亲的疾病而感到悲伤和恐惧。为此感到悲伤和恐惧的，除了病人以外没有其他任何人。我们只不过是心里想着要感到悲伤和恐惧。正因为如此，我们才能够有那种悠闲的心情。当想到这一点的时候，我感到非常过意不去。[①]

　　这是主人公在面临其至亲离世时的思考与观察。在这一特殊场合，她直面自我的内心世界，进而撕去蒙在表层的世俗伦理道

---

① 野上弥生子「父の死」、『野上弥生子全小説 2』、岩波书店、1997 年、272-274 頁。

德的面纱，达到了对于自我内心的反省和对于人类本性的认识。
同样，在这之后的《洗礼之日》（1915）讲述了一个陷入迷惘的女
性向宗教寻求精神救赎的故事。女主人公一方面对于朋友的遭际
报以关心与理解，另一方面则以冷静的眼光审视着所发生的一切，
并对她是否能够真正依靠基督教而获得救赎提出些许质疑。尽管
这是弥生子对女性命运与基督教信仰这一问题的探索，但同时也
体现了她对基督教信仰问题的理性思考。随后，弥生子以好友的
人生经历为素材创作了小说《命运》（1916）和《她》（1917），对
她们的命运遭际进行了冷静的审视与思考。弥生子在《命运》中
对女主人公的不幸命运表示同情与理解的同时，又对她的宿命意
识以及近乎偏执的固执与坚守有所质疑。《她》是以青鞜社的"新
女性"伊藤野枝为原型而创作的作品。弥生子在其中既有对这些
"新女性"的认同与赞美，又时刻对她们投以理性的凝视。

　　在那之后，弥生子又接连创作出《生别》（1920）和被称为
"准造四部曲"的《澄子》（1923）、《准造和他的兄弟》（1923）、
《加代》（1924）、《疯狂的时钟》（1925）等作品。《生别》讲述了
主人公日夜思念的母亲终于来到东京，从而母女团圆的故事。同
时，小说也反映出传统家族制度在新时代下的诸种不合理性。"准
造四部曲"以弥生子的叔父一家为素材，刻画出叔父的人生历程
及其与周边人物的复杂关系。弥生子本人生活在东京，远离了九
州故乡，因此她能够从外部更为客观地审视孕育了自己的传统大
家族。《茶料理》（1925）讲述了曾经相恋过的男女在多年后再次

见面的故事，描绘出两个中年人在回忆过去时，内心的那种充满亲切而又不乏孤寂的感觉。实际上，这也体现出弥生子在处理爱情这一题材时的从容与淡然。

进入 20 世纪 30 年代后，日本国内形势变得异常严峻。左翼思潮风起云涌，影响了一大批年轻学生。同时，日本军国主义政府正加紧对中国的侵略战争和对国内无产阶级运动的镇压。在这一动荡的社会与时代下，有的人追随军国主义政府并为其摇旗呐喊，有的人投身于日本的无产阶级运动。整个社会因充斥着各种思潮和主义而变得混乱无序。这时的弥生子与这个混乱而又躁动的时代保持了一定的距离，就那样在远处观望，从而保持了较为冷静的头脑。弥生子在这段时期内相继写下了《真知子》（1928—1930）、《年轻的儿子》（1932）、《悲哀的少年》（1935）、《迷路》（1936—1956）等小说。这些小说所关注的，都是在动荡不安的社会与时代大环境下的年轻知识分子们的命运遭际。《真知子》主要讲述了女主人公为摆脱传统伦理道德的束缚，试图借助于左翼思想来实现自我价值的故事。同时，小说也传达出女性在左翼运动中所遭受的在意识形态遮蔽下的性别压迫。《年轻的儿子》主要描绘了在左翼思想影响下的年轻学生们的思想变化与社会实践。在小说中，弥生子所关注的，与其说是左翼思想意识形态这一层面，倒不如说是参与人的人格与品性这一层面。《悲哀的少年》主要刻画了一个在战时军国主义体制下受到压抑而倍感孤独与无助的少年形象，从而反映出弥生子对于时局的不满与质疑。再到后来，她的这一思考为长篇小说《迷路》所继承。《迷路》是弥生子前后耗时二十年而写成的巨著，其写作由于战争、言论控制等种种因素而被迫中断，直到1956年，弥生子才写完这部小说。小说紧扣时代脉搏，从日本动荡的社会局势、社会的各个阶层，一直延伸至日本的侵华战争，既有对上层社会那些官僚政客的描摹，又有对左翼运动失败后转向者命运的刻画，将日本的社会百态与政治经济等方方面面的因素熔为一炉。而且，她在作品的创作过程中，并没有局限于狭隘的政治理念与意识形态，而是始终保持了更为广阔的社会视野。

二战结束后，随着日本军国主义政府的垮台，国内又逐渐恢复了自由开放的氛围。弥生子也很快恢复了自己被迫中断的文学创作。在战争结束后不久，她就相继写下了《砂糖》（1946）、《狐》（1946）、《神》（1947）、《转生》（1947）等作品。这些作品都取材于战时或战后的日常生活，其中有的表达了对战争的控诉，而有的则传达出对战后世态炎凉的讽刺。小说《砂糖》和《狐》都涉及在战争阴影下的日常生活，并且主人公最后都失去了自己的生命。这在折射出战争之残酷的同时，又体现出弥生子对于社会与时代的冷静观察。《神》和《转生》都取材于战后弥生子的日常生活，讽刺了在动荡的社会形势下人们的投机取巧与见风使舵。

之后，弥生子又创作了《笛》（1964）与《铃兰》（1966）这两部以战后的日本家庭以及社会下层女性命运为题材的小说。在小说《笛》中，弥生子所关注的是战后两代人在家庭观念上的冲突这一社会现象。而小说《铃兰》是一部刻画社会底层女性命运遭际的小说，呈现出她们的社会处境与现实生活。这两部小说都体现出弥生子对战后女性命运的同情与关怀，尤其是对那些谋求经济独立女性的关注与思考。可以说，相比于《笛》中所表现的处于传统与现代家庭观念夹缝中的女性这一主题来，《铃兰》更侧重于探讨社会下层普通女性的社会处境。尽管作品所关注的重点不同，但无疑都呈现出一种内在的延续性，即这些都是弥生子对于战后女性社会处境的冷静观察与理性思考。

《森林》（1972—1984）是弥生子的最后一部长篇小说，也是具有自传体性质的小说。明治女学校时代是弥生子个人成长的原点，用她自己的话来说就是其成长的"一片沃土"。在作品中，弥生子对这一自我成长的原点进行了客观的审视，进而描绘出在时代与社会的动荡下，有着基督教背景的明治女学校以及其中人们的命运纠葛。这既是弥生子对自我心路历程的审视与反思，又是对这一时代与历史的洞察与思考。尽管在小说完成之前，弥生子就去世了，但这并未影响到作品所具有的时代与现实意义。

总而言之，弥生子是一位自始至终对社会与时代有着冷静审视与理性思考的作家。正如谷川彻三所言："她未曾有过显赫的存在，然而却是的的确确常在的；她长期游离于文坛，然而，身上却有着谁也不能漠视的东西。文坛每每试图对其敬远，而良知却不时伸过手来，谛而听之，有时甚至要抓住不放。"① 就像她在第一部作品《明暗》中所体现出来的那样，她对于女性的社会现实处境有着清醒的认识。随着人生经验的日渐丰富，她对自我及其周边的日常生活进行了冷静而又理性的观察。比如，对于儿童世界的细致观察、对于死亡的冷静分析、对于传统大家族的冷静审视、对于爱情与信仰以及女性命运的理性观照等。及至昭和初期，日本国内外形势日趋恶化。在如此恶劣的社会环境下，日本年轻人的命运将何去何从，这成为弥生子当时的一个重要关注点。弥生子在系列作品中对他们被时代浪潮所裹挟的命运遭际进行了冷静的分析。战争结束后，弥生子又对战时以及战后日本民众的普通生活进行观察，表达出对于残酷战争的批判以及对于女性命运的关注。而在创作生涯的最后阶段，弥生子则通过对自我求学经历的回顾，对明治女学校和其中女学生的命运，甚至于整个明治时代的历史进行了回顾与思考。因此可以说，在整个文学生涯中，弥生子都是一位对于社会与时代有着冷静观察与理性思考的作家。

---

① 转引自王述坤：《野上弥生子和她的文学创作》，《日语学习与研究》1990年第 2 期，第 56 页。

结　语

　　以上的正文部分，在纵观弥生子文学生涯的基础上，对其小说世界进行了分析与解读。总体而言，弥生子的小说世界，呈现出丰富多彩的文学景观，其中有对女性命运的审视，有对家庭与儿童的观察，还有对历史与社会的思考。而她的这些观察与思考的背后所透露出的，又是她的旁观者的姿态和偏重理性的思考这两个最为重要的特质。

　　先来看弥生子的旁观者的姿态。所谓旁观者的姿态，顾名思义，就是从纷扰的事物中超脱出来，在一旁静静观察的姿态。这种姿态，是渗透于弥生子文学世界与人生经历中的一贯姿态。这种旁观者的姿态，对于作家而言，有积极的一面，也有消极的一面。积极的一面在于，作家以这种超脱的姿态，可以在一定程度上挣脱社会意识形态的束缚而专注于作品的创作。消极的一面则在于，作家往往因旁观而无法获得真切的体验，可能会在一定程度上削弱作品的艺术感染力。这两个方面都在弥生子的文学世界与人生历程中有所体现。

　　弥生子的旁观者的姿态，最鲜明地体现在与日本文坛、日本的女性运动、左翼运动保持距离等方面。弥生子自二十世纪初登上文坛以来，除去与夏目漱石及参加木曜会的人有过密切的联系之外，一直与日本文坛保持着若即若离的关系。这一点，其实与曾经给予过她指导的夏目漱石有点相似。众所周知，在自然主义风行日本文坛之时，夏目漱石也是保持了一定的距离的，并且针锋相对地提出了所谓的"余裕"论。而且，夏目漱石自始至终保持了这样的超然的姿态，去体悟并追求"则天去私"的境界。弥生子对待文坛，也采取了相同的姿态。她无论是对于自然主义，还是稍后的唯美派、白桦派、无产阶级文学，还是侵华战争期间的所谓"战争文学"、战后派所代表的现代主义文学等，都保持了一定的距离。在这里，说弥生子与文坛保持了一定的距离，主要是指她没有主动去接纳这些文学理念，也没有在这些理念的指导下创作相关的作品。弥生子所做的，只是在自己的文学道路上，结合自己的人生体验，将自己对人生与社会的思考融入作品的创作中去。正因为如此，弥生子才在自然主义盛行之时创作了多篇《缘》那样的写生文，在无产阶级文学盛行时创作了对左翼运动进行反思的《真知子》《年轻的儿子》，在日本侵华战争期间着手创作了以左翼知识分子为主人公的《迷路》。这些都体现出了弥生子对文坛的疏离。

　　对于日本当时的女性运动，弥生子同样保持了一定的距离。1911 年，女性杂志《青鞜》在平冢雷鸟等人的主持下创刊，这是日本第一个由女性团体创办的女性杂志。在杂志创刊号的会员一栏中，就有弥生子的名字。但是，没过多久，弥生子就宣布退出了青鞜社，而仅仅保留该杂志的投稿作家身份。那么，她为什么会忽然退出该杂志社呢？最主要的原因，就是她一贯的对团体和组织的旁观者的姿态。对此，弥生子曾写道："我与青鞜的关系，从一开始也就是帮帮忙的事。每当涉及人际与社会关系的时候，我总会不自觉地认为事情不会进展得很顺利，所以我压根就不适合掺和这些轰轰烈烈的事。"[①] 诚然，弥生子的这种态度或许与"轰轰烈烈"的女性运动不太相符，但是，在这背后所隐含的，则是她对这种团体与组织的疏离。

弥生子的这一姿态，在随后的无产阶级文学与运动兴盛之时，体现得更为明显。众所周知，在二十世纪二三十年代，无产阶级文学创作兴盛，无产阶级文艺理论甚为活跃，无产阶级文学组织此起彼伏。在这种形势下，弥生子依然与无产阶级文学与组织保持了一定的距离。这从她相继创作的《真知子》《年轻的儿子》等与主流无产阶级文学颇为不同的、对无产阶级运动略有质疑的作品中，都不难看出。当然，这理所当然地招致了无产阶级阵营作家与评论家的责难。对此，弥生子说道："一部分人由于看到年轻女主人公（指真知子——引者注）所体验的不幸恋爱，而想给这部作品贴上反动的标签。我认为这是见仁见智的事。说得更明确

① 野上弥生子「その頃の思ひ出」、『野上弥生子全集』第十九巻、岩波書店、1981年、479頁。

点的话，那就是政治理念实践方法的差异，所以我觉得没有辩解的必要。"① 继而，在 1931 年 5 月 12 日的日记中，她又写道：

今后纳普的势力会越来越大吧。但是，隶属于强有力的团体，并不能在本质上改变一个人。尽管这样做会带来一些利益、便利和一些好的影响，但是一个人所具有的十分才能，并不会因为他加入了纳普，就会变成十五分、十六分。倒不如说是加入了纳普，会给他带来一种风险，那就是让人误以为自己的十分才能变为十五、十六分。这并不仅仅限于纳普，像在白桦和文艺春秋等团体庇护下的作家，都有类似的风险。现在加入纳普这件事，确实是有利的，而且还会有很多的便利和支持吧。但是，我要是只能从他们的观点出发来写作的话，那是什么都写不了的。我想要更自由的立场。②

这就将弥生子自己对于团体和组织的看法说得很明确了。换句话说，就是不加入团体与组织，不想受团体和组织的束缚，想要继续自由地写作，也就是要继续保持自己的旁观者的姿态。这也正如谷川彻三所言："她未曾有过显赫的存在，然而却是的的确确常在的；她长期游离于文坛，然而，身上却有着谁也不能漠视的东西。文坛每每试图对其敬远，而良知却不时伸过手来，谛而

---

① 野上弥生子『野上弥生子全集』第七卷、岩波書店、1981 年、5 頁。
② 野上弥生子『野上弥生子全集第Ⅱ期』第三卷、岩波書店、1987 年、242 頁。

听之，有时甚至要抓住不放。"①

那么，她为什么采取这么疏离文坛的姿态呢？笔者认为，这与明治女学校的教育、夏目漱石的指导、弥生子本身的秉性以及其艺术追求都有一定的关系。她在明治女学校求学六年，它对于年少的弥生子而言是其"精神的摇篮"。明治女学校不同于一般的公立学校，是一所尊崇基督教精神，并具有无拘无束、自由自在氛围的较为独特的学校。在岩本善治、内村鉴三等文人学者的言传身教之下，她除去学问素养的提升之外，更为重要的是掌握了独立批判思考的方式。正如弥生子所言："……不但让我在懵懂中知道了神灵的存在，也让我开始思考人类与社会。"②这一宝贵的精神资源，直接影响到了弥生子日后对于人生与社会的思考。上文中已经说过，夏目漱石本身就没有那么强烈的参与文坛的意识。所以，他的这种做法自然而然会影响到周边的这些弟子们。而且，夏目漱石也曾告诫过他的弟子芥川龙之介和久米正雄，要求他们不要急躁，要像老牛那样一步一个脚印地稳步前进。这里所体现出的，也是一种对于弟子们安分守己、兢兢业业的期待。就弥生子而言，她作为夏目漱石的弟子之一，自然也会受到一定的影响。而且，就其性格而言，弥生子本人似乎也不喜欢在外抛头露面，不喜欢在外面应酬，觉得自己"不适合掺和这些轰轰烈烈的事"，

---

① 转引自王述坤：《野上弥生子和她的文学创作》，《日语学习与研究》1990年第2期，第56页。

② 野上弥生子「森」、『野上弥生子全集第Ⅱ期』第二十八卷、岩波书店、1991年、86頁。

这自然也对弥生子对文坛的疏离具有一定的影响。就其艺术追求
而言，她向往的是无拘无束的、自由的创作环境，而不是要受某
种主义指导的那种受限制的环境，这也就决定了弥生子对待团体
与组织的疏离的态度。

　　当然，这种旁观者的姿态，有助于弥生子站在团体组织的外
围进行自由创作，但同时，也不可避免地导致由于缺乏亲历性而
不能更为深刻地去描绘社会与时代。比如，弥生子的《真知子》
中的真知子，作为一名试图投身于左翼运动中的知识女性，由于
得知了所倾心的左翼人士的不检点行为，一转身便投入到了之前
所讨厌的资产阶级人士的怀抱。尽管小说创作有虚构与想象的权
利，但是，这种思想层面上的一百八十度的转换，难免会给人以
唐突、生硬之感，让人觉得不是那么自然。同样的情况，也存在
于她的长篇小说《迷路》中。《迷路》的主要人物省三，同样是信
奉左翼思想的知识分子，但他却与他所本应反抗的资产阶级人物
纠缠不清。这同样使人感到在情感逻辑方面的不甚通畅。对此，
有过切身的"转向"体验的作家岛木健作就曾说道："小说里描写
了作为转向者的日本现代青年。但是小说究竟写出了转向者的什
么呢？……我作为一名转向者，和其他的转向者一同来恳请作者，
更加正面地深入地去触及和挖掘转向问题。"① 岛木健作的这种不
满，应该与作者缺乏左翼运动的切身体验不无关联。但不管怎样，
从整体上来看，这种旁观者的姿态，带给弥生子更多的是更为自

---

① 　野上弥生子『野上弥生子全小説 9』、岩波書店、1998 年、429 頁。

由的思考和更为自由的创作。

再来看弥生子偏重理性的思考。偏重理性，顾名思义，是与偏重感性相对而言的，就是在创作中不被感情所左右的，能够保持较为冷静的、客观的、独立的思考与判断的能力。这种偏重理性的思考，也是弥生子在创作中所保持的一贯的思考方式。这在其创作生涯与人生历程中，也得到了较为明显的体现。有关这一点，在"弥生子小说的艺术特色"这一章的第三节"对社会与时代的理性观照"中已有所涉及。这里笔者再简要交代几点，不再详细展开论述。

实际上，弥生子的这种偏重理性的思考，在其第一部作品《明暗》中就已经显露端倪。这部作品已经体现出作者对于女性的职业问题、家庭问题、婚姻问题等的思考。在这之后的以儿童的成长为题材的作品中，也体现出了弥生子对于儿童天性的知性观察。她的以传统大家庭为舞台的"准造四部曲"，在一定程度上反映出了传统大家族的诸种不合理之处，也体现出了她对日本传统家族制度的客观审视。

弥生子的偏重理性的思考，还反映在对待日本的青鞜社、左翼运动以及左翼知识分子的态度方面。以青鞜社为中心的女性运动自然有为日本女性争取平等权利的积极的一面，但同时，也暴露出了女性参与者良莠不齐、在两性关系上的随意等的一系列问题。而这些问题，都是弥生子在作品中所涉及并表示过担忧的。比如，在以伊藤野枝为原型创作的《她》这部作品中，弥生子就对所谓的"新女性"表现出了既认同又困惑的略显矛盾的心境。弥生子所认同的，是她们为了女性权利所进行的努力与抗争，而她所困惑的，则是新女性们是否真正对所进行的运动有过认真且严肃的思考，以及她们是否能够对恋爱与婚姻保持理性的思考。事实上，伊藤野枝为了大杉荣而抛家弃子，而大杉荣又同时与其他女性（如神近市子）保持关系，从而闹得满城风雨。最终，大杉荣与伊藤野枝两人在关东大地震后惨遭宪兵杀害。从伊藤野枝的遭遇来看，也可以说弥生子对新女性的疑惑是不无道理的。

再如，在对待左翼思想、左翼运动与左翼知识分子方面，也体现出了弥生子的偏重理性的思考。这一点在《真知子》《年轻的儿子》《迷路》等作品中都有所体现。弥生子在《真知子》中，一方面对左翼思想给予认同，但同时也促使人们去思考左翼运动中所隐含的对女性的性别压迫。同样的，在《年轻的儿子》中，她也对左翼运动提出了质疑，那就是左翼运动中以阶级的眼光看待所有事物是否合适的问题。而在《迷路》中，弥生子所着力刻画的是"转向"后的左翼知识分子，并描绘他们如何在激荡的社会中去实现各自的人生价值。在作品中，弥生子写出了他们各自选择的不同的人生道路，从而对左翼知识分子在战争中以及战后所要面临的社会处境投以审视的目光。可以说，上述作品都在不同程度上体现出弥生子偏重于理性思考的创作风格。

那么，为什么弥生子会形成这种偏重理性思考的创作风格呢？这首先与上述的弥生子的旁观者的姿态有着密切的关联。俗话说得好，当局者迷，旁观者清。如果一个人站在事情的外围，多少会更为客观、冷静且理性地对事情的现状与发展做出评判。弥生子就是这样，站在九州老家的大家族、各类文学团体以及社会思潮运动的外围，对其进行了冷静的剖析。弥生子的这种思考方式还与她青睐英国文学有着一定的关联。上面已经说过，夏目漱石曾对弥生子的创作进行过指导，而且，他还将英国文学中的一些作品推荐给了弥生子，其中就有英国女作家简·奥斯汀的《傲慢与偏见》。在此影响下，弥生子不仅熟读了这本书，还在丰一郎翻译此书之际帮助其校对，并进一步将《傲慢与偏见》翻译改写为《虹之花》。此外，弥生子曾不止一次地提到对简·奥斯汀的敬仰之情。比如，她在1927年12月14日的日记中就这样写道："我每次去读这篇小说都会有新的感动。这正是一种自然的，没有伪装过的，最为平淡而又本真的人生。……她那天才般不可思议的力量才是让人惊叹的。我原本打算至少要写一篇像奥斯汀那样的长篇小说，现在看来是不太可能达到她的高度了。要是能够像她那样写就好了。"[1] 众所周知，《傲慢与偏见》所着力塑造的主人公伊丽莎白，是一位聪慧机智的，而且对传统的爱情和婚姻有着独立思考的女性。而这种独立的思考，自然也会对弥生子的思想意识与文学创作造成影响。实际上，我们将《傲慢与偏见》与弥生子的《真知子》略加对比，就会发现简·奥斯汀对弥生子显而易见的影响。此外，对弥生子偏重理性思考有所影响的，还有她对于日本国内外

---

[1] 野上弥生子『野上弥生子全集第Ⅱ期』第二卷、岩波书店、1986年、199頁。

文学书籍的大量涉猎，以及九州老家商业氛围的浸染等方面。这在正文中已有所涉及，在此不再赘述。

弥生子的这种旁观者的姿态与偏重理性的思考，若放在日本现当代文学的脉络中来看，是一个颇为特殊的存在。这种特殊性，主要表现在其文学观念与日本主情主义文学观念的偏离方面。一般认为，日本文学是偏重主情主义的。所谓主情主义，指的是侧重表达作者的情绪、情感，不对人物做善恶、道德上的评判的一种文学观念。其中，最典型的就是日本的"物哀"论，这与中国基于儒家思想的道德主义形成了鲜明对比。但纵观弥生子的文学创作，却较少发现恋爱、爱情的恣意张扬，而更多是对恋爱与爱情的冷静凝视，并且时常带有明显的作者的情感与价值判断。甚至在某种意义上，可以把弥生子的文学观念称为"主知主义"也未尝不可。岩桥邦枝就在《评传野上弥生子：穿越迷路走向森林》一书中指出，弥生子的情感主义批判与知性主义标榜是与生俱来的秉性。① 弥生子也曾在与圆地文子的对谈中，这样评价《源氏物语》："为了摆脱日本文学中的情感第一主义，难道不是有必要抛开《源氏物语》吗？"② 不可否认，弥生子的这种对待古典文学的、对待日本审美传统的态度略显绝对，但这也至少表明了弥生子的文学观念与日本的主情主义文学观念相乖离这一点。

---

　　① 　岩橋邦枝『評伝野上弥生子—迷路を抜けて森へ』、新潮社、2011 年、174 頁。
　　② 　野上弥生子「緑陰閑談—「源氏物語」のことなど」、『野上弥生子全集別巻二』、岩波書店、1982 年、236 頁。

　　除去上述的与主情主义文学观念的乖离之外，弥生子的独特之处，还体现在她的文学与社会时代的紧密关联方面。一般而言，日本的纯文学是尽量疏离社会时代、疏离政治的。日本的文学家、文学评论家都认为，文学与社会时代、政治结合在一起的话，就会影响文学的纯粹性，而且也不利于长久保持作品的艺术生命力。比如，日本的芥川龙之介、川端康成等作家，都是尽量远离社会时代与政治来构建其艺术世界的。但是，相比之下，弥生子的文学作品却大多与社会时代、社会思潮、社会运动紧密结合在一起。比如，弥生子的多部作品（如《写信的日子》《悲哀的珍珠》《多津子》等），都是对于女性的社会现实处境的刻画，并试图去寻找女性实现自我价值的出路。她又在《真知子》《年轻的儿子》《迷路》等作品中，对当时日本的左翼运动以及参与运动的年轻人的社会处境进行了刻画，并表达了自己对于左翼运动的明确的态度。并且，在创作《迷路》时，弥生子曾在1937年1月31日的日记中这样写道："对我来说，如果小说和社会意识没有关联的话，我就什么都写不出来。这次也是在写下'解散议会，举行总统选举'这句话后，才终于开始动笔的。之后，这个时代会引领我前往该去的地方吧。"① 二战结束后，她又在1956年12月13日给河野与一的信中这样写道："到目前为止，主要是我笔下这个主人公独自完成了'迷路'的突破。但是，战后面临原子弹、氢弹的威胁，这个主题会扩大为整个人类的'迷路'。苏伊士、匈牙利问题，

---

① 野上弥生子『野上弥生子全集第Ⅱ期』第五卷、岩波書店、1987年、280頁。

都只是冰山之一角。我现在年纪大了，而且精力也不如从前，所以对于自己到底能不能胜任这项工作，是有疑问的。但是，要是在我去世之前必须要写点什么的话，那我就会选择停下手头工作，而专心致志地做这一件事情。"① 不难发现，弥生子是有意识地去刻画时代和社会问题的，是着意要表现社会时代中的人的现实处境的。所以，在这个意义上可以说，弥生子的文学又是传统的现实主义的文学。

　　弥生子的这种主知主义的、现实主义的文学，尽管在日本现当代文学中并不是主流的，但同时却是日本现当代文学发展脉络中的一个有机的、不可或缺的组成部分。从日本现当代文学思潮的发展脉络来看，弥生子的文学实质上是一种早期的现实主义文学，并体现出一种近代朴素的人道主义思想。所谓早期现实主义，是与后来的左翼现实主义相区别的，是一种对现实的描摹与再现的艺术主张。早期现实主义不同于左翼现实主义之处，在于与阶级斗争、党派政治观念的相对疏离，即具有一定程度的超越意识形态的属性。纵观弥生子的文学世界，就会发现弥生子对女性境遇、家庭环境、社会环境等的刻画与描摹，对左翼思想与左翼运动的审视，都体现出了早期现实主义文学的特色。而所谓近代朴素的人道主义思想，指的是以近代的科学、理性为依托的，主张以人为本，爱护与尊重人类，充实与完善人类自我并进而去探求

---

① 野上弥生子『野上弥生子全集第Ⅱ期』第二十五卷、岩波書店、1991 年、477 頁。

真理的思想。弥生子在其创作中，始终贯穿着对于女性命运的同情、对于女性充实自我的期待、对于儿童本性的呵护，以及对于社会时代浪潮中的年轻知识分子的关怀。这些都体现出弥生子文学中的朴素的人道主义思想。

总之，弥生子的文学在本质上是有着近代朴素人道主义思想的现实主义文学。在日本的明治、大正、昭和时代的各色文学思潮、文学流派的交相更替中，弥生子始终保持了这样的文学创作理念。在她的文学世界里，没有对自我的暴露与忏悔，没有自我的忧郁与颓废，也没有激进的文本实验，有的只是朴实无华地对人类社会处境的关怀和对人世间真善美的探寻。

参考文献

（以出版时间为序）

一、日文部分

（一）野上弥生子作品

野上弥生子『野上弥生子全集』（二十三卷・別卷三）、岩波書店、1980 年 6 月～1982 年 8 月。

野上弥生子『野上弥生子全集第Ⅱ期』（二十九卷）、岩波書店、1986 年 11 月～1991 年 8 月。

野上弥生子『作家の自伝 44　野上弥生子』、日本図書センター、1997 年 4 月。

野上弥生子『野上弥生子全小説』全十五卷、岩波書店、1997 年 8 月～1998 年 7 月。

（二）研究著作

伊藤整『野上弥生子・宮本百合子集』、講談社、1965 年。

渡辺澄子『野上弥生子研究』、八木書店、1969 年 12 月。

板垣直子『明治・大正・昭和の女流文学』、桜楓社、1979 年
4 月。

瀬沼茂樹『野上弥生子の世界』、岩波書店、1984 年 1 月。

助川徳是『野上弥生子と大正教養派』、桜楓社、1984 年 1 月。

渡辺澄子『野上弥生子の文学』、桜楓社、1984 年 5 月。

緑川亨『野上弥生子全集　月報合本』、岩波書店、1985 年
9 月。

助川徳是『新潮日本文学アルバム　野上弥生子』、新潮社、
1986 年 5 月。

脇田晴子・林玲子・永原和子『女性文学史』、吉川弘文館、
1987 年 8 月。

江藤淳『リアリズムの源流』、河出書房新社、1989 年 4 月。

村松定孝・渡辺澄子編『現代女性文学辞典』、東京堂、1990
年 10 月。

逆井尚子『野上弥生子』、未来社、1992 年 12 月。

中村智子『人間・野上弥生子―「野上弥生子日記」から』、
思想の科学社、1994 年 5 月。

岩淵宏子・北田幸恵・高良留美子編『フェミニズム批評への

招待』、學藝書林、1995 年 5 月。

田村道美『野上弥生子と「世界名作大鑑」—野上弥生子における西欧文学受容の一側面』、香川大学教育学部、1999 年 1 月。

渡辺澄子『女性文学を学ぶ人のために』、世界思想社、2000 年 10 月。

稲垣信子『「野上弥生子日記」を読む』上・下、明治書院、2003 年 3 月。

稲垣信子『「野上弥生子日記」を読む』戦後編上・下、明治書院、2005 年 5 月。

渡辺澄子『野上弥生子—人と文学—』、勉誠出版、2007 年 2 月。

稲垣信子『「野上弥生子日記」を読む』完結編上・中・下、明治書院、2008 年 6 月。

狩野美智子『野上弥生子とその時代』、ゆまに書房、2009 年 6 月。

藪禎子『女性作家評伝シリーズ 3　野上彌生子』、新典社、2009 年 10 月。

新・フェミニズム批評の会編『大正女性文学論』、翰林書房、2011 年 1 月。

岩橋邦枝『評伝野上彌生子：迷路を抜けて森へ』、新潮社、2011 年 9 月。

古庄ゆき子『野上彌生子』、ドメス出版、2011 年 12 月。

（三）期刊论文

篠田一士「野上弥生子「迷路」論」、『三田文学〔第 2 期〕』47（3）、1957 年 3 月。

大宅壮一「野上弥生子論」、『文芸春秋』35（11）、1957 年 11 月。

市橋鐸「野上八重子の写生文—縁と七夕とに就て」、『愛知県立女子大学・愛知県立女子短期大学紀要.語学・文学』11、1960 年。

篠田一士「文明と小説—野上弥生子論」、『文學界』18（9）、1964 年 9 月。

篠田一士「鎮魂と転生—野上弥生子論 2」、『文學界』18（10）、1964 年 10 月。

篠田一士「連続と非連続と—野上弥生子論　完」、『文學界』18（11）、1964 年 11 月。

伊藤宇太子「野上弥生子作「迷路」：改作の問題を中心に」、『日本文學』24、1965 年 2 月。

関本直子「「縁」前後—明治 40 ～ 42 年の野上彌生子の作品とその特質」、『日本文學誌要』20、1968 年 3 月。

板垣直子「真知子＜野上弥生子＞」、『國文學：解釈と教材の研究』13（5）、1968 年 4 月。

坂本育雄「野上弥生子の道程」、『芸文研究』27、1969 年

3 月。

　関本直子「「閑居」前後：写生文と野上弥生子」、『日本文學誌要』22、1970 年 3 月。

　助川徳是「「新しき生命」の世界―大正 5 年までの野上弥生子 (大正 5 年前後の文学＜特集＞)」、『日本文学』24（9）、1975 年 9 月。

　高橋春雄「野上弥生子 (文学における妻の投影＜特集＞)―(妻としての作家)」、『国文学：解釈と鑑賞』40（13）、1975 年 12 月。

　助川徳是「野上弥生子の初期作品―「観察」の構造について」、『名古屋大学教養部紀要 A 人文科学・社会科学』20、1976 年 3 月。

　中西芳絵「「海神丸」まで―大正期の野上弥生子 (一九二二年前後の文学＜特集＞)」、『日本文学』28（1）、1979 年 1 月。

　渡辺澄子「野上弥生子論―野上文学の原点および漱石受容の問題について」、『日本文学研究』19、1980 年 2 月。

　相原和邦「野上弥生子「真知子」の真知子 (名作の中のおんな 101 人)」、『国文学：解釈と教材の研究』25（4）、1980 年 3 月。

　津田孝「野上弥生子について―その作家的特徴と「真知子」の問題」、『民主文学』178、1980 年 9 月。

　紅野敏郎「女流における知性と感性―野上弥生子と竹西寛

子（女流の前線―樋口一葉から八〇年代の作家まで＜特集＞）―（戦後女流文学の展開）」、『国文学：解釈と教材の研究』25（15）、1980 年 12 月。

渡辺澄子「野上弥生子「秀吉と利休」（近代女流文学＜特集＞）」、『日本文学』30（6）、1981 年 6 月。

中西芳絵「「大石良雄」論―野上弥生子と芥川竜之介」、『相模女子大学紀要』46、1982。

加賀乙彦「野上弥生子の長篇小説―「森」によって完結された円環（野上弥生子の一世紀）」『新潮』81（6）、1984 年 6 月。

大江健三郎「大いなる「妹の力」（野上弥生子の一世紀）」、『新潮』81（6）、1984 年 6 月。

竹西寛子「思惟の花―野上弥生子氏の文学（野上弥生子の一世紀）」、『新潮』81（6）、1984 年 6 月。

松木新「野上弥生子の作品と侵略戦争―「真知子」「若い息子」「迷路」を中心に」、『民主文学』234、1985 年 5 月。

大江健三郎「確信されたエロス（追悼 野上弥生子先生）」、『世界』475、1985 年 6 月。

谷川徹三「野上弥生子の文学世界（追悼 野上弥生子先生）」、『世界』475、1985 年 6 月。

渡辺澄子「野上弥生子論（野上弥生子＜特集＞）」、『国文学：解釈と鑑賞』50（10）、1985 年 9 月。

磯田光一「明治女学校の遺産―野上弥生子「森」をめぐっ

て」、『新潮』82（12）、1985 年 12 月。

西垣勤「野上弥生子論―「真知子」から「若い息子」へ」、『文化評論』297、1985 年 12 月。

桶谷秀昭「小説「森」の歴史意識―野上弥生子「森」」、『文学界』40（3）、1986 年 3 月。

亀岡泰子「野上彌生子「迷路」論：阿藤三保子の造形をめぐって」、『岐阜大学国語国文学』19、1989 年。

渡辺澄子「「真知子」＜野上弥生子＞（近代文学に描かれた青春＜特集＞）」、『国文学：解釈と鑑賞』54（6）、1989 年 6 月。

寅岡真也「2 つの「明暗」―夏目漱石と野上弥生子の間」、『愛媛国文研究』40、1990 年。

陳淑梅「野上弥生子の問題意識試論―『真知子』と『若い息子』を中心に―」、『明治大学日本文学』18、1990 年 8 月。

木崎さと子「祝福された“シェイクスピアの妹”―野上弥生子小論（作家による作家論＜特別企画＞）」、『文学界』46（2）、1992 年 2 月。

加賀乙彦「野上弥生子の長編小説」、『世界』569、1992 年 6 月。

陳祖蓓「野上弥生子「迷路」における「中国」―第 6 部を中心に」、『都大論究』30、1993 年 3 月。

根岸泰子「野上弥生子「真知子」（大正・昭和初期長編小説事典＜特集＞）」、『国文学：解釈と鑑賞』58（4）、1993 年 4 月。

坂本育雄「野上弥生子の方法 -2-「森」」、『鶴見大学紀要 第 1 部 国語国文学編』31、1994 年 3 月。

田村道美「野上弥生子と工藤哲子（一）:「森」を中心にして」、『香川大学教育学部研究報告 . 第 I 部』92、1994 年 9 月。

竹西寛子「随筆の野上弥生子」、『世界』610、1995 年 7 月。

宮尾俊彦「野上弥生子の方法（2）「黒い行列」「迷路」と日記」、『長野県短期大学紀要』50、1995 年 12 月。

大塚豊子「野上弥生子作『秀吉と利休』論（上）」、『学苑』672、1996 年 1 月。

陳淑梅「文学者が見た近代中国（二）―野上弥生子「私の中国旅行」論―」、『明治大学日本文学』25、1997 年 6 月。

安達美代子「野上弥生子の『明暗』と夏目漱石のその批評をめぐる覚書」、『國學院雜誌』99（8）、1998 年 8 月。

江後寛士「野上弥生子の文学と良識（江後寛士教授退官記念号）」、『国語の研究』25、1998 年 10 月。

渡辺ルリ「野上弥生子「多津子」論」、『東大阪短期大学研究紀要』25、1999 年。

佐々木亜紀子「野上彌生子『明暗』の行方：漱石の批評を軸に」、『愛知淑徳大学国語国文』22、1999 年 3 月。

佐々木亜紀子「野上彌生子の「ホトトギス」時代―安住の場からの逸脱」、『愛知淑徳大学国語国文』23、2000 年 3 月。

佐々木亜紀子「野上彌生子の『青鞜』時代―ソーニャ・コヴ

アレフスカヤとの出会い」、『愛知淑徳大学国語国文』25、2002年3月。

大塚香「逆説のリアリズム―野上弥生子『海神丸』における志向と躓き」、『研究紀要』65、2003。

渡邊澄子「野上彌生子文学に描かれた父親像（特集 近代文学に描かれた父親像）」、『国文学：解釈と鑑賞』69（4）、2004年4月。

石月静恵「知識人女性の台湾訪問と台湾認識」、『桜花学園大学人文学部研究紀要』8、2005。

小野由紀「野上彌生子『七夕さま』考―初期小説における少女の語り」、『梅花児童文学』13、2005年6月。

小野由紀「野上彌生子訳「ギリシア・ローマ神話」論―彌生子文学の源泉」、『梅花児童文学』14、2006年6月。

山名美和子「芥川龍之介・野上弥生子・真山青果の「大石」」、『大衆文学研究』2、2006年12月。

中村直子「野上弥生子と明治女学校」、『東京女子大学比較文化研究所紀要』69、2008年1月。

下山嬢子「野上弥生子『森』―虚実の狭間に」、『日本文学研究』49、2010年2月。

笹川博司「野上彌生子『真知子』の軌跡：狂気から自然へ」、『日本言語文化研究』17、2013年2月。

関口すみ子「「評論家」野上彌生子、戦時・戦中・戦後：「題

言」(『婦人公論』)・「新しき婦道」(『日本婦人』創刊号)・「若き友へ」(『婦人公論』再生第一号)」、『法學志林』110(3)、2013年2月。

　　関口すみ子「遅れてきた人間・ついに現れた人：野上彌生子と宮本百合子の交わり」、『法學志林』110(3)、2013年2月。

　　関口すみ子「伊藤野枝の表象：野上彌生子の「彼女」及び「野枝さんのこと」」、『法學志林』110(4)、2013年3月。

　　関口すみ子「伊藤野枝から野上彌生子への回答：「夫と子供を捨てて」「大杉の許へ走った」、「社会主義かぶれ」?」、『法學志林』110(4)、2013年3月。

　　渡邊ルリ「一九三五年の台湾と野上弥生子：花蓮・大武の公学校教師との出逢い(戦間期東アジアの日本語文学)」、『アジア遊学』167、2013年8月。

二、中文部分

（一）著作

陈晓兰:《女性主义批评与文学诠释》，敦煌文艺出版社，1999。

[日]水田宗子:《女性的自我与表现——近代女性文学的历程》，陈晖、吴小莉等译，中国文联出版社，2000。

叶渭渠、唐月梅:《日本文学史　现代卷》，经济日报出版社，

2000。

乔以钢：《多彩的旋律》，南开大学出版社，2003。

[法] 西蒙娜·德·波伏娃：《第二性》，陶铁柱译，中国书籍出版社，2004。

寿静心：《女性文学的革命——中国当代女性主义文学研究》，中国社会科学出版社，2007。

肖霞等：《全球化语境中的日本女性文学》，山东大学出版社，2009。

李德纯：《战后日本文学史论》，译林出版社，2010。

[日] 加藤周一：《日本文学史序说下》，叶渭渠、唐月梅译，外语教育与研究出版社，2011。

刘春英：《日本女性文学史》，商务印书馆，2012。

[美] 伊莱恩·肖瓦尔特：《她们自己的文学 英国女小说家：从勃朗特到莱辛》，韩敏中译，浙江大学出版社，2012。

叶琳主编《现当代日本文学女性作家研究》，南京大学出版社，2013。

肖霞：《元始 女性是太阳——"青鞜"及其女性研究》，山东人民出版社，2013。

[英] 弗吉尼亚·伍尔芙：《一间自己的房间》，吴晓雷译，陕西师范大学出版总社有限公司，2014。

贾敏：《新时期女性作家"超性别意识"小说研究》，黑龙江人民出版社，2015。

（二）期刊论文

王璧城：《狐鸣声声有真意——读野上弥生子的小说〈狐〉》，《外国文学研究》1982 年第 3 期。

野上弥生子：《诹访泅渡》，孙久富、王庆民译，《日语学习与研究》1984 年第 5 期。

平献明：《战后日本现实主义文学及主要作家作品》，《日本研究》1985 年第 1 期。

野上弥生子：《一条腿的问题》，卞铁坚译，《日语学习与研究》1985 年第 1 期。

郭来舜：《日本现实主义文学的一座丰碑——评野上弥生子〈迷路〉》，《日语学习与研究》1989 年第 3 期。

平献明：《日本当代现实主义文学问题》，《现代日本经济》1989 年第 5 期。

平献明：《略论日本无产阶级文学运动》，《日本研究》1990 年第 1 期。

王述坤：《野上弥生子和她的文学创作》，《日语学习与研究》1990 年第 2 期。

何乃英：《日本当代文学的发展轨迹及其特点》，《河北大学学报（哲学社会科学版）》1996 年第 2 期。

李新：《近代日本妇女文学鸟瞰》，《华北电力大学学报（社会科学版）》1997 年第 3 期。

王成：《日本女性文学进入新时代》，《外国文学》2000年第2期。

孙树林：《战后日本民主主义文学》，《日语知识》2000年第4期。

李德纯：《不得不面对的事实》，《光明日报》2001年9月19日。

邱雅芬：《〈上海游记〉：一个充满隐喻的文本》，《外国文学评论》2005年第2期。

王晶：《动荡时期的日本女性文学——日本战后女性文学之管窥》，《大连大学学报》2005年第3期。

陈晓明：《鬼影底下的历史虚空——对抗战文学及其历史态度的反思》，《南方文坛》2006年第1期。

赵春英：《日本明治、大正时期的女流文学研究》，《沈阳大学学报》2006年第3期。

李墨：《从家庭观的嬗变管窥日本当代女性文学发展》，《外国文学研究》2006年第3期。

［日］西垣勤：《论野上弥生子作品的思想特质》，刘立善译，《日本研究》2007年第1期。

尹伟：《解读野上文学中蕴涵的"真实"》，《辽宁行政学院学报》2008年第1期。

沙仲辉：《日本近代女性文学探究》，《社会科学家》2008年第8期。

刘春英：《战后日本女性文学萌生的时代土壤》,《外国问题研究》2009 年第 2 期。

黎跃进：《简论日本战后民族主义文学》,《日本问题研究》2009 年第 4 期。

李振声：《中国当代文学阅读视野中的日本现当代小说》,《中国比较文学》2010 年第 3 期。

肖霞：《突围与建构：论日本现代女性文学的发展》,《文史哲》2010 年第 5 期。

叶琳：《论日本战后女性文学的创作风格》,《外语研究》2010 年第 6 期。

王志松：《"魔女的理论"：析日本女性主义批评》,《日语教育与日本学》2011 年。

周萍萍：《日本女性文学的发展历程：从哀愁、抗争到反叛》,《国外文学》2014 年第 2 期。

李先瑞：《私小说与女性主义文学——日本女性主义文学表现手法探究》,《日语教育与日本学研究》2014 年。

附　录　野上弥生子年表

明治 18 年（1885）出生

5 月 6 日，出生于大分县北海部郡臼杵町 511 号，是父亲小手川角三郎与母亲真沙（日文为マサ）的长女。原名八重。家庭成员还有妹妹美津（日文为ミツ）、弟弟武马（继承其叔父的产业之后改名为金次郎）以及同父异母的哥哥次郎。其家族世代从事酿酒业。

明治 24 年（1891）6 岁

4 月，升入臼杵寻常小学。

明治 28 年（1895）10 岁

4 月，升入臼杵高等小学，跟随国学家久保会藏学习《源氏物语》等日本古典文学以及《四书》等汉文典籍。

明治 32 年（1899）14 岁

3 月，高等小学毕业。跟随后藤熊生学习英语。

明治 33 年（1900）15 岁

为了继续求学而前往东京，暂时居住在叔父小手川丰次郎位于本乡弥生町的家中。后经木下尚江介绍，进入位于府下巢鸭存庚申塚 246 号的明治女学校普通科就读。

明治 35 年（1902）17 岁

臼杵町大字福良 27 号杂货店主野上庄三郎的长子野上丰一郎（1883 年 9 月 14 日生）就读于东京第一高等学校。后经儿时伙伴久我爱（日文为久我あい）哥哥的介绍，弥生子开始向野上丰一郎学习英语。

明治 38 年（1905）20 岁

暑假与野上丰一郎一同回九州老家。9 月，丰一郎考入东京帝国大学文学部英文学科。

明治 39 年（1906）21 岁

3 月，明治女学校高等科毕业。8 月 15 日，与丰一郎结婚。10 月 11 日，从丰一郎这里听取夏目漱石举办的木曜会的信息，并受此启发写下了第一部作品《明暗》。

明治 40 年（1907）22 岁

丰一郎代为将《明暗》拿给夏目漱石过目，得到夏目漱石的点评。2 月，经由夏目漱石推荐，《缘》刊载于《杜鹃》。6 月，于《杜鹃》发表《七夕》。7 月，于《中央公论》发表《佛座》。笔名均为野上八重子。

明治 41 年（1908）23 岁

1 月，于《新小说》发表《紫苑》，于《杜鹃》发表《柿羊羹》。3 月，在《中央公论》发表《池畔》。在这之后，笔名不再固定为野上八重子。12月8日至27日，在《国民新闻》发表《女同伴》（笔名为弥生子）。9月，野上丰一郎大学毕业。

明治42年（1909）24岁

4月，在《杜鹃》发表《鸽子的故事》，署名为野上弥生子。自此以后，都统一采用了这个笔名。

明治43年（1910）25岁

1月，长子素一出生。4月，在《杜鹃》发表《母亲大人》。6月，发表《闲居》。10月，发表《家犬》。

明治44年（1911）26岁

2月，于《杜鹃》发表《经过墓地　二》。8月，发表《父亲和他的三个女儿》。9月，在《青鞜》创刊之际曾加入会员。10月，宣布退社，转为外部投稿作家。

明治45年·大正元年（1912）27岁

1月，于《东京日日新闻》发表《巳之吉的一天》，随后于《杜鹃》发表《秋之一日》。9月，于《青鞜》发表《京之助打瞌睡》。10月至翌年1月，在《青鞜》发表译文《近代人之告白》。

大正2年（1913）28岁

7月，由尚文堂出版其译作《传说的时代》（作者为托·布尔芬奇）。9月10日，次男茂吉郎出生。11月至翌年8月，在《青鞜》连载《索菲·柯瓦列夫斯卡娅的自传》。年内移居至巢鸭驹迁329号。

大正 3 年（1914）29 岁

4 月，于《青鞜》发表《新生命》。7 月，在《中央公论》发表《五岁儿》。8 月，童话集《玩偶的愿望》由实业之日本社出版发行。9 月，父亲小手川角三郎去世。10 月至翌年 2 月于《青鞜》连载《索菲·柯瓦列夫斯卡娅》。

大正 4 年（1915）30 岁

2 月，于《三田文学》发表《父亲之死》。3 月，于《新潮》发表《洗礼之日》。4 月，于《中央公论》发表《K 男爵夫人的遗书》。9 月，在《青鞜》发表写给伊藤野枝的《私信》。10 月，其叔父丰次郎于神田松永町去世。

大正 5 年（1916）31 岁

1 月至 3 月于《读卖新闻》连载《两个小小流浪儿》（后改名为《小小两兄弟》）。7 月，在《文章世界》发表《命运》。11 月，第一部小说集《新生命》由岩波书店出版发行。汤浅芳子初次来访，两人结下友谊。

大正 6 年（1917）32 岁

2 月，于《中央公论》发表《她》。之后不久，丰一郎父亲野上庄三郎去世。9 月，丰一郎母亲去世。春季，移居至小石川指谷町 7 号。

大正 7 年（1918）33 岁

1 月，于《太阳》发表《优秀的人》（后改名为《多津子》）。4 月，三男耀三出生。9 月，于《中央公论》发表《助教授 B 的

幸福》。11 月，在《新潮》发表评论《关于我的小说——致江口
涣氏》。

大正 8 年（1919）34 岁

6 月 8 日至 29 日，在《大阪每日新闻》连载《写给母亲的信》
（全二十回）。

大正 9 年（1920）35 岁

1 月，于《太阳》发表《恐怖的启示》，于《改造》发表戏曲
《藤户》。9 月，于《中央公论》发表戏曲《邯郸》。11 月，在《女
性日本人》发表《一个少女的不可思议的死》。在这一年，移居至
东京荒川区日暮里渡边町 1040 号。

大正 10 年（1921）36 岁

4 月，于《中央公论》发表《一个家》（后改名为《所有》）。9
月，于《中央公论》发表《一个男人的旅行》。

大正 11 年（1922）37 岁

1 月，于《中央公论》发表《一个女人的故事》，于《改造》
发表戏曲《绫鼓》。3 月，开始与荒木百合子交往。4 月，《小说六
篇》由改造社刊行。9 月，于《中央公论》发表《海神丸》。11 月，
由春阳堂出版《传说的时代》的改译本《希腊罗马神话　传说的
时代》。12 月，由春阳堂出版《海神丸》单行本。

大正 12 年（1923）38 岁

4 月，在《中央公论》发表《澄子》。9 月，于《中央公论》
发表《准造与他的兄弟》。10 月，在《改造》发表《燃烧的过去》。

11 月，在《女性改造》发表《有关伊藤野枝》。

大正 13 年（1924）39 岁

1 月，于《中央公论》发表《基督教与祖父与母亲》。4 月，于《中央公论》发表《加代》。9 月，《海神丸 其他》由改造社出版。11 月，岩波书店发行《索菲·柯瓦列夫斯卡娅》单行本。

大正 14 年（1925）40 岁

1 月，于《中央公论》发表《疯狂的时钟》。3 月，由岩波书店刊发小说集《新生命》。9 月，在《中央公论》发表《茶料理》。

大正 15 年·昭和元年（1926）41 岁

1 月，在《中央公论》发表《珍珠》。4 月，戏曲集《人类创造》由岩波书店出版。9 月，于《中央公论》发表《大石良雄》。

2 月 8 日，同父异母的哥哥次郎去世。

昭和 2 年（1927）42 岁

5 月，于《改造》发表戏曲《衰败之家》。9 月 29 日至 10 月 14 日，于《东京朝日新闻》连载感想文《入学考试陪伴记》（全十六回）。10 月，译作《希腊罗马神话 传说的时代》作为岩波文库本出版发行。

昭和 3 年（1928）43 岁

3 月，岩波书店刊发《大石良雄》文库本。5 月，编著的童话集《小小的生命》由岩波书店出版。7 月，写下《回忆二则》，被收录于岩波书店出版的《漱石全集》第十六卷月报中。8 月，于《改造》刊载《真知子》，自此，长篇小说《真知子》开始连载。

昭和 4 年（1929）44 岁

分别于 1 月、3 月、10 月在《改造》连载《真知子》。5 月，在《改造》发表《有关入学考试（对于抗议的抗议）》（后改名为《对于一个批评的回答》）。

昭和 5 年（1930）45 岁

《真知子》续篇分别于《改造》1 月、5 月、12 月号刊载；12 月，发表终章《血》，至此，《真知子》连载完结。2 月，在《文艺春秋》发表《南蛮之梦》。

昭和 6 年（1931）46 岁

3 月，于《文艺春秋》发表随笔《建议芥川选择死亡》。4 月，《真知子》由铁塔书院出版。10 月，于《妇人公论》发表《来自鸣响的浅间山麓》，在《女人艺术》发表《有关孩子的思想》。

昭和 7 年（1932）47 岁

2 月，在《中央公论》发表《女性有罪吗》。译作《沙翁物语》（查尔斯·兰姆著）由岩波书店出版文库本。12 月，于《中央公论》发表《年轻的儿子》。

昭和 8 年（1933）48 岁

1 月，于《妇人之友》发表《梦》。2 月 1 日至翌年 1 月 1 日，长篇童话小说《阿尔卑斯山的女孩——来自斯比丽夫人》陆续刊载于《妇人之友》。3 月，《入学考试陪伴记及其他》由小山书店出版。7 月，小说集《年轻的儿子》由岩波书店出版。11 月，在《岩波讲座世界文学》发表《童话文学》。

昭和 9 年（1934）49 岁

1 月，于《妇女界》发表《两个灵魂》（后改名为《命运》）。6 月，在《妇人公论》发表《世界最早的大学女教授索菲·柯瓦列夫斯卡娅》。同月，由岩波书店出版《阿尔卑斯山的女孩》文库本。3 月，由于法政大学骚动，丈夫丰一郎被迫辞去法政大学校长一职。以此为契机，丰一郎埋头于能乐研究，取得了丰硕成果。

昭和 10 年（1935）50 岁

1 月，在《中央公论》发表《小鬼之歌》。1 月至翌年 4 月，在《妇人公论》连载译作《虹之花》（全 16 回，为简·奥斯汀著《傲慢与偏见》的一部分）。5 月，在《文艺》发表《夏目老师——在修善寺》。11 月，于《中央公论》发表《悲哀的少年》。同年秋天，与长男素一同去台湾旅行。

昭和 11 年（1936）51 岁

4 月，于《改造》发表《台湾游记》（后改名为《台湾》）。11 月，于《中央公论》发表《黑色队列》（后改名为《迷路》第一部）。12 月，《致年轻朋友的一封信》由刀江书院出版。9 月，长男素一去意大利留学。

昭和 12 年（1937）52 岁

1 月 1 日，于《东京朝日新闻》发表《一个心愿》。9 月，由相模书房出版随笔集《秋风帖》。10 月至 12 月，在《妇人之友》发表《帚木之歌》。11 月，于《中央公论》发表《迷路》（后改名为《迷路》第二部）。12 月，《虹之花》由中央公论社出版发行。

昭和 13 年（1938）53 岁

1 月，在《新女苑》发表《致年轻的友人》。3 月，在《中央公论》发表《作为老师与朋友的丈夫》。12 月，在《图书》发表《写在旅欧之时》。

7 月，丈夫丰一郎获文学博士学位，并成为法政大学名誉教授。10 月，丰一郎作为日英交换教授赴欧洲讲学，携弥生子一同出访。两人 10 月 1 日从神户出发，游历欧美之后，于翌年 11 月回国。在罗马时，曾与留学意大利的长子素一见面。

昭和 14 年（1939）54 岁

2 月，在《妇人之友》发表《来自欧洲——野上丰一郎夫妻的书信》。3 月，在《妇人公论》发表《来自海外》。4 月，在《妇人之友》发表《罗马的大学都市》。4 月至 8 月、10 月、12 月，分别在《妇人公论》发表《海外书信》。9 月 1 日，第二次世界大战爆发。野上夫妇为了躲避欧洲战火而绕道美国，于 11 月 18 日返回日本。

昭和 15 年（1940）55 岁

1 月、2 月、4 月至 12 月，分别在多家杂志发表欧洲旅行的纪行文，后都收录在《欧美之行》一书中。7 月，在《妇人之友》发表《文化的发祥地——大分县的小港口臼杵町》（后改名为《故乡与断章》）。

昭和 16 年（1941）56 岁

1 月，于《中央公论》发表《山姥》。继续在多家杂志上发表欧美纪行文，后统一收录在《欧美之行》中。7月，由甲鸟书林出版随笔集《藤》。4月3日，弥生子的母亲去世。12月8日，太平洋战争爆发。

昭和 17 年（1942）57 岁

1月，于《中央公论》发表《明月》。5月，由岩波书店出版《欧美之行》上卷。9月，小说集《山姥》由中央公论社出版。

昭和 18 年（1943）58 岁

6月，《欧美之旅》下卷由岩波书店出版。9月，《能之物语》由小学馆出版发行。

昭和 19 年（1944）59 岁

12月，于《文艺》发表《草分》。移居至北轻井泽山庄，开始避难生活。

昭和 20 年（1945）60 岁

11月，《山庄记》作为"日本丛书"第二十一卷，由生活社出版。4月13日，在美军的空袭下，东京荒川区日暮里渡边町的住宅被烧毁。8月15日，日本战败。12月，长男素一回国。

昭和 21 年（1946）61 岁

1月，于《文艺春秋》发表《山彦》。2月，《续山庄记》作为"日本丛书"第二十三卷，由生活社出版。4月，于《世界》发表《砂糖》，在《妇人公论》发表《对政治的开眼》。11月，于《改造》发表《狐》。

昭和 22 年（1947）62 岁

1月，随笔集《山彦》由生活社出版。3月，小说集《明月》由东京出版株式会社出版发行，《黄金苹果》（希腊神话）由小学馆出版。同月，丰一郎就任法政大学校长。12，小说集《草分》由小山书店出版。

昭和 23 年（1948）63 岁

7月，《能物语》由小学馆出版。8月，在《妇人》发表《我憎恨战争》。10月，对之前的《迷路》第一部进行全面修订；12月，连同《迷路》第二部，由岩波书店出版。

5月，购入世田谷区成城町 20 号的住宅。9月，结束持续五年的山庄生活，入住成城的住宅。同年，当选日本艺术院会员。

昭和 24 年（1949）64 岁

1月，在《世界》发表《江岛宗通》。4月，发表《故乡》。6月，发表《伯父》。8月，发表《青梦》。10月，发表《海峡》。这些构成了《迷路》第三部。11月，《野上弥生子选集》（全七卷）开始由中央公论社刊行，一直持续至 1952 年 6 月。

昭和 25 年（1950）65 岁

1月，在《世界》发表《桥》。4月继续发表《反战者宗通》（收入单行本时，改名为《秋》）。以上皆为《迷路》第三部。8月发表《屏风与文化使节》（收入单行本时，被划入《迷路》第四部）。同月，在《女性改造》发表《两种声音》，与其他日本女性联名发表了《非武装国日本女性有关议和问题的要求》。9月，在《改造》发表《对于世界和平的诉状——致杜鲁门总统的公开信》。

2月23日，丰一郎因脑出血去世，享年66岁。4月，代替丰一郎出任法政大学润光女子初中、高中名誉校长。

昭和26年（1951）66岁

1月，在《世界》发表《夏云》。4月，发表《裸妇》。7月，发表《蝙蝠》。11月，发表《万里子》。以上都是《迷路》第三部，但在收入单行本时，改为了第四部。

2月，《妇人公论》发表其与宫本百合子的对谈《让女性放眼世界》。3月，于《妇人公论》发表《追忆宫本百合子》。4月，在《文学界》发表与平林泰子的对谈《人间·宫本百合子》。8月，在《改造》发表与中岛健藏的对谈《女流作家》。

1月21日，畏友宫本百合子因病去世。9月7—12日，于北轻井泽山庄招待中勘助夫妇。9月17日，田边元夫人千代去世，以此为契机，与田边元结下友谊。

昭和27年（1952）67岁

1月，在《世界》发表《爱》。4月，发表《历史》。8月，发表《崖》。除《爱》外，其余的都收录于《迷路》第五部。

6月《迷路》第三部，7月《迷路》第一、二、四部相继由岩波书店出版。

昭和28年（1953）68岁

1月，在《世界》发表《中坂的新宅》。5月，发表《坠落》。11月，发表《中途下车》。以上都被收录于《迷路》第五部。5月，《年轻的姐妹们啊，该如何生活下去》由岩波书店出版。7月，《对

于政治的开眼——致年轻一代的友人》由和光社出版。12月,《山
庄记》增订版由生活手帖社出版。

昭和 29 年（1954）69 岁

1月,在《世界》发表《慎吾的日记》。4月,发表《赤纸之
日》。9月,发表《饲料征缴队》。以上都是《迷路》第六部。9月,
《迷路》第五部由岩波书店出版。

6月,在《文学》发表《聆听作家》。8月,发表《来自从前
的日记——有关中条百合子》,作为筑摩书房刊发的《现代日本文
学全集》第三十五卷《宫本百合子集》的第 16 号月报。

昭和 30 年（1955）70 岁

1月,在《世界》发表《有塔的山丘》。5月,发表《张先生》。
10月,发表《振子》。以上都是《迷路》第六部。

3月4日,在《东京朝日新闻》刊载《有关相马黑光》。11月,
《与年轻女性交谈》作为角川新书出版。

昭和 31 年（1956）71 岁

1月和5月,在《世界》发表《逃跑》。10月,发表《方舟之
人》。至此,《迷路》连载完结。11月,《迷路》第六部由岩波书店
出版。12月,与荒正人的对谈《〈迷路〉完结》发表在《世界》杂
志上。同月,《能·狂言物语》作为《日本少年少女古典文学全集
9》,由弘文堂出版。

昭和 32 年（1957）72 岁

3月,与平野谦的对谈《历史的现实与创造——围绕〈迷路〉》

发表在《文艺》杂志。6月2日，应中国对外文化协会、中国作家协会的邀请，到中国旅行。7月10日回到日本。10月至12月，于《世界》杂志连载《延安纪行》。

昭和33年（1958）73岁

5月与7月，发表《胡同之家》。10月，发表《大同与云岗》。

4月至6月，《迷路》文库本四册由岩波书店出版。

2月，《迷路》获第九届读卖文学奖（小说奖）。6月，开始构思以千利休为主人公的小说。

昭和34年（1959）74岁

2月，在《世界》发表《广州》。同月，《我的中国之行》作为岩波新书出版。4月，开始创作《秀吉与利休》。

昭和35年（1960）75岁

年内，继续创作《秀吉与利休》。

5月，参加反对《日美安全保障条约》的文学者集会。

昭和36年（1961）76岁

3月，于《多喜二与百合子》发表《宫本百合子》。继续执笔《秀吉与利休》。

昭和37年（1962）77岁

1月，开始在《中央公论》连载《秀吉与利休》，直至翌年9月，全二十一回。3月27日，在《我的小说》栏目中，以《饥饿使人变成鬼》的标题介绍《海神丸》。分别于10月8日至13日、15日、16日，在《朝日新闻》发表《山庄杂记》（后改名为《山神》）。4 月 29 日，田边元去世。年内，《海神丸》由导演新藤兼人以"人"为名翻拍成电影。同年，获文部大臣奖。

昭和 38 年（1963）78 岁

9 月，《秀吉与利休》连载完毕。同年，《迷路》的俄语译本由苏联外国图书出版所出版。

昭和 39 年（1964）79 岁

2 月，《秀吉与利休》由中央公论社出版。4 月，于《哲学研究》发表《记录之片段》，后又追加了"关于田边元博士"的副标题。6 月，发表了《我是如何聆听先生的讲义》，作为《田边元全集》第十四卷的第 14 号月报。8 月，随笔集《鬼女山房记》由岩波书店出版。10 月，在《新潮》发表《笛》。

4 月，凭借《秀吉与利休》获得第三届女流文学奖。

昭和 40 年（1965）80 岁

1 月 3 日，于《朝日新闻》发表《诹访泅渡》。6 月，于《妇人公论》发表《由越南战火所想到的——致一位年轻友人的书信》。10 月，与纲野菊的对谈《女流文学与作家生活》发表在中央公论出版的《日本文学》第 44 卷的第 21 号月报上。11 月，与竹西宽子的对谈《女性与文学　兼论时代》发表在《妇人之友》。11 月，入选"文化功劳者"。

昭和 41 年（1966）81 岁

1 月，于《世界》发表《铃兰》。5 月，于《中央公论》发表随笔《追忆夏目老师》。6 月，小说集《笛　铃兰》由岩波书店出版。

6月7日，安倍能成去世。8月，在《世界》发表《安倍先生的点点滴滴》。

昭和 42 年（1967）82 岁

1月，在《妇人公论》发表由竹西宽子记述的《身兼妻子、母亲与作家的人生》，此文后被收录于竹西宽子的《人与轨迹——聆听 9 位女性》（中央公论社，1970 年 4 月）一书中。5月，于《新潮》发表《一隅之记》。

昭和 43 年（1968）83 岁

6月，于《文学》发表《〈海神丸〉后日物语》。8月，随笔集《一隅之记》由新潮社出版发行。

昭和 44 年（1969）84 岁

4月至6月，在《世界》发表《来自山中的书信——关于"马克思的女儿们"等》。

昭和 45 年（1970）85 岁

8月，《海神丸》附加上了《〈海神丸〉后日物语》和"后记"，由岩波文库改版发行。9月14日、21日、28日和10月5日，分别在《朝日新闻》发表随笔《巢箱》。6月15日，参与了十九位学者文人发起的"日美安保废弃声明"。

昭和 46 年（1971）86 岁

1月，在《赤旗》发表《宫本百合子与我》。7月9日，弟弟小手川金次郎（武马）去世。8月，与奥野健男的对谈《绿荫闲话》被收录于学习研究社出版的《现代日本文学》第 8 卷《有岛武郎·野上弥生子集》月报第 45 号中。11 月 3 日，文化勋章颁奖仪式举行，但弥生子并未出席。

昭和 47 年（1972）87 岁

5 月，《森林》（长篇小说《森林》的第一章），10 月，《向冈之家》（《森林》的第二章）相继发表于《新潮》。之后，《森林》一直在《新潮》连载至 1984 年 1 月，最后一章《春雷》（未完）。同年，被选为臼杵名誉市民第一号。

昭和 48 年（1973）88 岁

1 月 6 日，于《朝日新闻》发表《正月》。3 月，发表《圣诞节》（《森林》第三章）。7 月，发表《再次做梦》（《森林》第四章）。

昭和 49 年（1974）89 岁

3 月，发表《春之离别》（《森林》第五章）。6 月，在《海》发表与圆地文子的对谈《绿荫闲谈——有关〈源氏物语〉等》。

昭和 50 年（1975）90 岁

1 月，发表《扉》（《森林》第六章）。3 月，《〈迷路〉聆听野上弥生子》发表于《民艺同伴》。9 月，发表《鸦之子》（《森林》第七章）。11 月，在《中央公论》发表《〈中央公论〉与文学》。

4 月 8 日至 20 日，三越剧场上演《迷路》。

昭和 51 年（1976）91 岁

1 月 3 日，于《朝日新闻》发表与大江健三郎的对谈《文学 历史 文明》。5 月，在《世界》杂志发表与加藤周一的对谈《四方山话》。8月，发表《失踪》(《森林》第八章)。

昭和 52 年（1977）92 岁

1月，在《海》发表《夏目漱石》。5月，发表《一个星期六的午后》(《森林》第九章)。7月，在《法政》发表与中村哲的对谈《文学与思想——在漱石文化的脉络之中》。10月，随笔集《花》由新潮社出版。

昭和 53 年（1978）93 岁

4月，发表《马车必须要有人来拉》(《森林》第十章)。同月，在《图书》发表《回忆种种》。

昭和 54 年（1979）94 岁

1月，在《海》杂志发表与唐纳德·金的对谈《于文学史之余白》。6月，发表《遥远的焰火》(《森林》第十一章)。

昭和 55 年（1980）95 岁

4月，发表《嵌绘玻璃之女》(《森林》第十二章)。6月，《野上弥生子全集》(全二十三卷·别卷三)，由岩波书店开始发行。与大分县知事平松守彦的对谈《从历史中学习文化》发表在大分县的《Let's Love Oita》第 4 期。

昭和 56 年（1981）96 岁

1月，在《海》发表与谷川俊太郎的对谈《以前的故事　现在的故事》。8月，发表《崖》(《森林》第十三章)。

昭和 57 年（1982）97 岁

6月，发表《锡耶纳之女》(《森林》第十四章)。8月，岩波书店版《野上弥生子全集第Ⅰ期》完结。11月，左眼接受白内障手术。

昭和59年（1984）99岁

1月，发表《春雷》（《森林》第十五章）。5月，《野上弥生子日记：震灾前后》由岩波书店出版。10月，《关于我的两部处女作》被刊载在岩波书店发行的《漱石全集》的内容简介中。同月，《世界，能够存续下去吗》被收录在岩波书店出版的《WOMAN 35》中。

5月10日，出席文艺四团体组织的"祝贺野上弥生子女士百岁"之宴会。5月30日至6月4日，在新宿伊势丹举办"野上弥生子展——百年生涯与文学"。

昭和60年（1985）100岁

1月，于《中央公论》发表《我也走到了现在啊》。3月30日上午，于世田谷区成城家中去世。6月，《新潮》发表了《森林》遗稿。与谷川俊太郎的对谈《回忆起的诸多事情》被刊载于《中央公论》。11月，《森林》由岩波书店出版。

4月3日，葬礼于东本愿寺别院举行。24日，一部分骨灰葬于镰仓东庆寺野上家的墓地，另有一部分葬于北轻井泽山庄和臼杵。

昭和61年（1986）

11月，全集第Ⅱ期开始由岩波书店发行，直至1991年8月，出全《野上弥生子全集第Ⅱ期》全二十九卷，共三十一册。

昭和63年（1988）

1月，《明暗》原稿于成城的住宅中被发现，并于4月被发表在《世界》杂志上。

注：本年表参照薮禎子的《女性作家评传系列3 野上弥生子》（新典社，2009）、濑沼茂树的《野上弥生子的世界》（岩波书店，1984）上的相关资料制作而成。

后　记

本书在本人博士论文基础上修订而成。

当为论文画上最后一个句号时，我的内心久久难以平静。这三年间为了论文的写作而早起晚睡、焦头烂额的日子，仿佛仍旧历历在目。现在回味其中的滋味，既有摸索时的苦闷，又有疑惑解开时的舒畅，而这一路走来有太多的人需要感谢。

首先要感谢的是，我的导师邱雅芬老师。邱老师为人谦和，在学术方面有着严谨的态度和严格的要求，是我学术与人生的导师。在报考之初，邱老师对我粗浅的学识是有所了解的。当我怀着忐忑不安的心情报考她的博士生时，她并没有嫌弃我的不才，反而将我收为她的学生。在这之后，邱老师在资料查询、论文选题、开题报告的撰写、开题答辩、学位论文的撰写与修改、预答辩、最终答辩等方面面给予了我悉心的指导。正是在邱老师不厌其烦地教诲下，我才得以最终完成博士论文的写作。今后无论我到哪里工作，邱老师的人格魅力与治学精神都将继续鼓励我并给予我勇气。

我还要感谢相继参加过我的开题答辩、论文预答辩、论文答辩的广东外语外贸大学的刘金举老师、深圳大学的童晓薇老师、华南师范大学的李雁南老师、广东外语外贸大学的韦立新老师、中山大学的张兴老师和丁建新老师。他们都提出了宝贵的意见，使我受益匪浅。

感谢叶从容师姐和潘贵民师兄，他们在论文的开题与写作方面给予我诸多有益的建议。感谢王乐博士和赵朝泉博士，他们和我共同探讨问题，彼此间互相鼓励，共同度过了三年的美好时光。

感谢我的父母、岳父母。我长期在广州求学而无暇照顾他们，为此我感到深深的愧疚。他们的博大宽容以及对我的关怀与牵挂，使我倍感温暖，给予我前进的更多动力。

最后，我要感谢我的妻子张璋和女儿。我离家读博时，女儿尚未满三岁，但如今女儿已经五岁多了。在她这宝贵的三年时间里，没能陪伴在她的身边，我感到万分愧疚。尽管在读博的这段时间里，我疏于对她们的照顾，但她们一直默默奉献，给予我支持，为我提供避风的港湾，让我体会到家庭的温暖。没有她们的支持与鼓励，我无法想象自己能否坚持下来。在此，我想再次向她们表达我的感激之情。

另外，感谢九州出版社提供的帮助与支持。作者才疏学浅，本书若有不足之处，欢迎批评指正。

宋波

2017 年 5 月 20 日于中山大学南校区

2021 年 5 月修订